魅麗文化　桃天工作室

枯木逢春

Kumuyi fengchun

君素 著

广东旅游出版社
GUANGDONG TRAVEL & TOURISM PRESS

中国 · 广州

图书在版编目（ＣＩＰ）数据

枯木亦逢春 / 君素著 . -- 广州：广东旅游出版社，
2017.2
ISBN 978-7-5570-0161-2

Ⅰ．①枯… Ⅱ．①君… Ⅲ．①言情小说－中国－当代
Ⅳ．① I247.5

中国版本图书馆 CIP 数据核字（2015）第 178673 号

责任编辑：梅哲坤
责任校对：李瑞苑
责任技编：刘振华

广东旅游出版社出版发行
（广东省广州市越秀区环市东路 338 号银政大厦西楼 12 楼　　邮编：510060）
邮购电话：020-87348243
广东旅游出版社图书网
www.tourpress.cn
湖南凌宇纸品有限公司印刷
（长沙县黄花镇黄珑新村工业园区财富大道 16 号）
880 毫米 ×1230 毫米　　　　32 开
9.5 印张　　　　　　　　227 千字
2017 年 2 月第 1 版第 1 次印刷
印数：10000 册
定价：26.80 元

目录

目录

炎炎六月。

我接到八哥楚凤的消息，自黄泉月匆匆赶回绝仙阁。此时正近傍晚，阁中弟子都被设了门禁，出不得房来。偌大的广场上，一尊白玉人雕像高耸入云天，衬得它脚下的那些个人小如蝼蚁。我和八哥一同穿进了结界，恰巧落在相隔不远的老六和白长轩之间。

老六捂着半边脸，望见我二人，浓粗的眉头一拧又一展，眸中含着凄凄男儿泪，嘴唇嚅嗫了半晌没能说得出一个完整的字。另一边，白长轩一头如瀑青丝在风中翻飞出了绝世的姿容，站在那处，剑指凝气，肃杀以待。

仔细算来，这是我自十五年前离开绝仙阁后头一回见着白长轩。一见他，他就给了我一个这么大的惊喜。

今儿个早上，我在黄泉月睡得正安稳时，老八前来找我。他刚喊出"小师"，"妹"字还没脱口，我手上一晃，一块木牌就立在了他跟前。

那上面写着的，是我一向的待客之道：

一字值千两，百字打八折，生命诚可贵，相杀可免费。

树下的老八见着此牌，甚为识趣地摸了下腰包，又抬头望着树梢撑头睡得风情万种的本姑娘，商量道："咱们师兄妹一场，你这应该多打点折。"

"唔，"我沉吟一句，袍袖一挥，用落叶拼凑出几个字，"给你打个'骨折'怎么样？"

八哥一脸正经："你这就太见外了。小师妹，当年你被掌门师兄扫地出门，事隔这么久，你这死爱银子的习惯还没改过来吗？"

我合着双目，伸出一根手指摇了摇："这不是习惯，这是天性。"

"天生爱财？"

我敷衍着"嗯"了一声，又说："就跟你天生劳碌命是一样的。"

老八哼唧两句，一边念叨"真是没错配了'钱月'这个名"一边将我拽下了树梢。

作为一个杀手来说，我最不喜的就是被人扰了睡觉。正欲刀兵相向，就见楚凤像一阵儿风似的开始拖着我往外走，说："掌门师兄疯了！"

"啊？"

闻言，不用他拽，我已经脚下生风，踏上云端急往绝仙阁飞去。楚凤恐怕会以为我是担心白长轩，实际上我心里是在暗笑。白长轩这只老狐狸，竟然有今日，我定得好好回去看看，看他怎么发疯，好在日后有个奚落他的把柄。

这把柄可以用来干诸多事，例如：白长轩，过来给我亲一口！什么？你不愿意？嘿嘿嘿嘿……

八哥冷不防地拍了一下我肩膀，问："小师妹，你笑得这么瘆人干什么？"

我干咳两声，板起脸，让八哥将白长轩发疯的经过道来。

八哥组织了好一会儿语言，凝眉道："还不就是因为修行三派的关系愈发紧张闹的。现在这个仙道第一派的位子不好坐啊，又要引领正道发展，又要和其余两派斗智斗勇。那碧云峰的岚音你知道吧？那个死尼姑，不知道用何种手段威逼了掌门师兄，致使掌门师兄闭关两月，出来后就成了这样了。现在整个绝仙阁岌岌可危。我们四人商量了，看是要杀了师兄还是绑了师兄，结果世离说，你虽然被师兄赶出了门，但好歹还是绝仙阁的一分子，这事儿还得听你一份意见，你看呢，小师妹？"

我抚着下颚想了想，偏头笑道："我看，就杀了吧。"

说着，我俩就到了绝仙阁，刚一落地，便见着了方才这一幕。老六洛钰已经被白长轩打得鼻青脸肿、涕泗横流。我看着白长轩癫狂的模样，刚要迈开步，就听得他低沉地吼道："岚音，今日你我不死不休！"

他指着的人，正是洛钰。

老六一怔，双手齐摆，不停往后退："掌门师兄，你看清楚，我不是岚音，我是老六啊！"

白长轩听不进，凝着剑指往前逼近。我见形势不对，本来想装模作样地皱下半边冒烟眉以示我的忧心忡忡，结果一想到白长轩疯了后可以吃他的豆腐，还是不自觉地扬开了嘴角。我慢悠悠地退了半步，到楚凤身旁，压着嗓音问："白长轩最近是练了什么功夫吗？该不会是辟邪剑谱之类的吧？"

楚凤抚着下颚回答我："不知道，反正掌门师兄也不准备娶老婆嘛。"

谁说不准备娶！我斜眼瞄了一下楚凤，没和他计较。我脚下一纵，蜻蜓点水似的掠到了白长轩跟前，负手道："老狐狸，认不认得我？"

老狐狸周身都凝着蓝光，一双上扬的凤眼仔仔细细瞧我了个遍。隔了许久，他锁眉唤道："老三，是你！"

三和十，有这么难分清楚？我是老十，不是老三。况且我那三哥早死，我堂堂一个半遮面的娇羞女子，和我那三哥八竿子打不着。白长轩是真疯了。这是我经过思考后得出的结论，那么……这种情况，只能智取，不能硬来。

我上前三步，轻声道："是我，大师兄。这里危险，你先离开，那个……那个岚音由我来应付。"

白长轩一把将我揽到身后："不行，我们共进退。三弟，还记得日月同招吗？"

我翻了几记白眼："不记得……记得！"

白长轩满意地点点头，举着剑指念出了法诀："日属阳。"

罢了，他转头看我。

我仓促接道："呃……我属阴！"

"日月合璧荡妖魔！"

这是在作诗吗？谁知道早些年白长轩都和我那三哥练了些什么招数，可怜我并不知情，又书读得少，看白长轩如画的眉眼把我盯得越来越紧，只好合眼随意念了句："你脱衣来我下河。"

某人一个愣怔，结界中其他两人则都倒抽了一口风进肚，一个咳嗽不止，另一个"噗"出了声。趁着这个间隙，我翻掌凝气，一个斜劈砍在了白长轩颈间。他晃了两晃，回转身指我："你、你……"

我看此掌效果不佳，又提起手准备再补一下，白长轩看准势头，双目一合，就势倒在了我怀里。其身法标准，落位精确，像练习过无数次一般。

我揽过他的腰身，低眸看着这只老狐狸。

数年不见，他还是一如既往的好看，就像书里说的，一笑万古春，一啼万古愁。他到现在还没啼过，我不知效果是不是如书所讲，但就他的笑容来说，这东荒上，除了他谁认第一，我就劈谁，太没自知之明了嘛。总之，再总之，这头老狐狸，好看得一点都不真实。如今散了一头青丝，更是……

我凝了眉扭头，喉咙灼热地咽了咽口水。

老八和老六上前查看，我挥手撤了结界，把老狐狸往背上一送，冷着脸扔下句："我先送他回房。"

我轻车熟路地背着白长轩回了后山上的逍遥居。方正格局的院内，正中对门处的三间正房是白长轩的居处，而左侧厢房，便是我以往的居所。如今，那厢房门上扣着的铜锁，都还是我走时的模样。寒铁颜色的浅草恰好没过脚踝，像这么多年都没生长过。老狐狸对这种颜色奇怪、像失了生命一样的花木异常偏爱，自我晓事，逍遥居里就遍布着这种不知名的植物。我小心挪着步子，以防踩坏了他的心头好。

白长轩下颚在我颈窝旁一戳，模糊着呢喃了一句："阿月……"

我脚下顿了顿，随即啐出一口唾沫，咬紧牙关背他走得一步一哆嗦。等你这阵疯过去，白长轩，届时我再让你背着我在后山围着跑十圈。

刚把他搁上床放平，我胸腔里的气尚未顺过来，老八和老六就赶来了。一向冷清傲视群雄的逍遥居因着这两人，顿时接了不少地气。老六还是捂着被打肿的嘴角，又是爱又是恨地看着白长轩，问："掌门师兄怎么样了？"

我摊手："不知道。"

屋里静了下来，他俩也不说话，两双圆溜溜的眼珠子只管盯着白长轩看。我转了个身，扯着玉白的衣袂，坐到桌前，将茶壶在手上一过，茶水就沸腾出了几缕白烟。兀自斟了一杯茶，饮了半数，留了半数，又在手间转了半圈后，我终是忍不住开口道："四哥呢？为什么不见他人？"

据我所知，十五年前自我离开绝仙阁后，我们同辈分的师兄妹十人，就只剩了五个。老三已死，老九沐沧尹不知去向，五哥和七哥这一双流浪汉又去云游四方，眼下白长轩一倒，绝仙阁里能做主的，就只有一向沉稳的老四烨世离。可自我刚才回转至今，竟不见他现身。

老八见我问话至此，背着屋外已黯的黄昏，微厚的嘴唇浮出半丝笑意来。

我暗地里一拍大腿，糟了，我这一问就等于进了圈套。

果不其然，楚凤故作深沉地靠近一步，道："世离前两日便去寻了东荒上的鬼医来诊看掌门师兄的症状，唉……"

他叹一口气，并不继续。

我将茶杯又转了三圈，实在忍不住道："怎么说？"

楚凤道："鬼医言，世上唯有一物能救掌门师兄。此番叫你回来，一是因为你是师兄最看重的小师妹……"

他话没说完，我蹭地起身。本姑娘这辈子就恨别人说我是白长轩的小师妹，这是百分百的雷区啊。楚凤知晓自己用词失误，打了两句哈哈，才道："二来嘛，现今绝仙阁，只有你和老九功力最是深厚，老九已经找不到人，唯有找你去取物了。"

我半边银面具下眉毛一挑，问："是什么东西？"

楚凤小心地望了一眼屋外，确定无人探听后，压低嗓音答："念灵珠。"

所以说，我一直觉得当初离了绝仙阁自立门户待在黄泉月的做法是对的。这一门师兄，看着没一个好人，特别是白长轩。那念灵珠是什么东西，能说取就取吗？上古秘本上记载，念灵珠乃三皇没世后所余最后一点灵气凝聚而成，又集日月精华，是向道人的修行至宝。谁要是用好了，少说也能免去七八十年的修行历程。当年仙道三派的三位祖师爷无意间得到这宝物，为避免内讧，便立下了规矩，将念灵珠供在弥留虚境，谁也取不得，谁取谁死。

那鬼医，铁定是和老四有仇。

我正左右思量间，一双大手在我眼前晃了数遭，只听老六叫道："小师妹，你想什么这么出神？"

我默了片刻，自袖口里掏出价目表，朝洛钰、楚凤泰然一笑，丢出三个字："我很贵。"

作为一个称职的杀手，我的价目表从未变过，总共四级：天价级，钻石级，白金级，白银级，起步价为三千两黄金。

老六揉了揉嘴角，踱近两步，打了个响指点亮屋中烛火，借着那点微薄光亮看了片刻后，指着天价级的地方问我："这天价级的对象，为什么是路人甲等等？"

我嗤之以鼻，旋即挥衣坐下，支着头道："杀个小虾米也敢劳我动刀，不收天价级怎么突显我的身价。"

老六小声嘟嚷："难怪掌门师兄要赶你出门。"

其实这件事我很想跟某些浅薄无知的人声明一番，十五年前我离开绝仙阁，并非是白长轩一方驱赶，若是我不愿做的事，这天底下，尚无人能强求我。但仔细想了想，我到底还是懒得解释。我挥手示意老八和老六站近一些，他俩面面相觑了一阵，不解地靠了过来。我用手扇了两下，一股怡人气息钻入鼻中，我眉头抽动了下，又缩回黑暗中执起茶杯。

老六问："小师妹，你这是做什么？"

我自顾自地盯着手上的白玉瓷："掂量下你俩身上的银子够付我哪种价位。不过，现在看来，你们是哪一种也付不起了。"

老八闻言站在原地浅笑不出声。老六挠了挠头发，道："小师妹，看在咱俩从小一起玩到大的分儿上，你不能收个友情价吗？"

我鄙视地瞅着他："六哥，我若没记错，我幼年时你最爱待在自己房里，何来玩到大一说？"

老六继续挠头，不好意思地笑："我在我家玩，你在你家玩，也是玩到大嘛。"

听了这话，我一时没留神，一口茶直接从嘴角溢了出来，赶紧扯着袖口擦了擦。真的，我从今天起一定拒绝和老六说话，他的思维和常人不在一个水平线上。

老八捂着心口憋笑憋了半天，好一会儿才平复下来。端起担忧之色睨了眼白长轩，他又摇头叹："唉，我还是去寻世离另想办法吧。"

我深表赞同："八哥慢走。"

老八暗红轻纱的袍子一转，提步往门口行去，走了一半，忽然又停下来。这一停没个征兆，害得跟在他身后的老六一个没留神就撞了上去。老六估计撞到了伤处，捂着脸蹲在原地。老八的视线越过他，看向我，勾起似笑非笑的唇角，道："我觉得有句话说得好，今日难得师妹回来，与你分享一下。"

"哦？"我眉梢挑动，听得老八言道："凡人说，泼出去的妹妹收不回的水，要是养个妹妹不孝顺，就不如养头猪嘛，肥了还能杀来吃。小师妹你说呢？"

"啪——"，白玉瓷的茶杯盖子飞了出去。楚凤一个侧头，险险躲过，看那杯盖在紫红檀木门上砸出了几个碎洞后，理了理衣袍，从容笑道："小师妹，别动粗嘛。"

屋内骤然冷风吹拂，烛火跳动，勾勒出我周身无数黑色的长羽，我阴暗着脸色，慢悠悠地说："是嫁出去的女儿泼出去的水，八哥，比我还没文化，很可怕啊。"

"嘿，嘿嘿。"楚凤干笑两声，拖起还在地上捂脸散淤的老六，用他挡在身前，道，"来来，六哥，我带你去敷药。"

老六支吾了两声，在不明就里的情况下被楚凤拖着带离了逍遥居。

此时已入夜。白长轩的寝房中弥漫着淡淡的青草香气，好像是从他的身上散发出来的。一盏烛火跳得太过黯淡，我起了身，走至一方书案前寻找火折子。案上，还摆放着白长轩平素里爱看的书，诸如剑术、秘传之类典籍的摆了好几本，还有一本《诗集》。

我曾听派中前辈提及，早些年的白长轩是执剑的，那时候的他，盛气凌人，看人都用下巴，狂得没边，舞起剑来，天地日月都失色三分。只是自多年前他接掌绝仙阁后，便不曾见过他那把佩剑了。

我这有生之年的三个愿望之一，就是见一回执剑的白长轩。

放下剑术的书，我又拿起《诗集》来看。

泛黄的书册封面已然微有破损，好似被翻过千百遍，但内中的每一页都整整齐齐，没有褶皱的痕迹。我幼年时，十分厌恶读书写字，便总被白长轩逼迫着看这本《诗集》。当时的我已经在他的淫威下培养起了坚决不屈的精神，一看到这书就会用面瘫、绝食等一系列"症状"来对抗白长轩。久而久之，他也进化出了应对之策，往往就会在这个时刻理着我脑后的长发，在我耳边浅浅低吟："阿月听话，来乖乖看书。"

我不依，他便嘴角一笑，用薄唇在我脸上印上一吻。

这个方法，我很受用。

乃至于后来我一看到这本《诗集》就小心肝儿蹦个不停，摩拳擦掌地准备摆出面瘫技能等着他吻我。

那是我与白长轩最亲昵的时候。

许多年以后，白长轩发现，吻我的时候我眼睛里总在冒着各种色眯眯的光芒，于是他把怀柔政策彻底改成了不打不成才的错误教育方法，这也是导致我后来离家出走的原因之一。

回忆完往事，我一边寻着火折子，一边不自觉地念叨了两句："弥勒汝当知，一切诸众生，不得大解脱，皆由贪欲故，堕落于生死，若能断憎爱，及与贪嗔痴，不因差别性……"

找着了火折子，多点了四盏烛火，房中蓦地明如白昼。借着这便利，我坐到白长轩床沿，将他看了个仔细。我用自诩修长白嫩的指尖滑过他脸颊的轮廓。白长轩呀白长轩，你就赌定了我不会不顾你，是吗？诚然，你将我的心思猜得准确，那在这之前，你也多少须得付出些代价。

这是定金！老狐狸！

我嘴角一挑，笑了，身子一转，淡然地睡在了他身侧。眼看白长轩浓密的睫毛似不经意地抖了抖，我装作没看见，又侧了个方向，对准他的脸，只手搭在了他腰间。

我嘴上呢喃："哎，两人共眠一枕，如此距离，近在咫尺。以你我身份，不知别人看了，会作何感想，你说呢，老狐狸？"

白长轩眼角细微地抽了抽，准备背过身去，我手上加大力道按住他。他不动声色地挣扎了两三次，没翻过去，最后浅浅嘘出一口气，认命地躺平了。我脑海里的奸笑声一阵高过一阵，眉梢眼角忍不住上扬，但碍于脸上戴着半边银面具，想必是看不太出来的。我压着声音里的笑意叹道："哎呀，忘了你已经疯了嘛，你我还是趁早睡吧。明个儿我自会去弥留虚境替你取回念灵珠。"

说罢，我起身扯过棉被，搭在我与他身上，又仔仔细细替他掖好被角，趁此机会，还在他右侧脸颊上轻而柔地印了一吻。若是平时，白长轩肯定在我近他身前就已经退得不知去向，可眼下退不能退，他只能无奈地颤了一下。于是我又本着有豆腐就要尽量吃的初心，再在他另一侧脸上吻了一下。直到我看见白长轩的眼角浸出了水渍，还屈辱不堪地抿紧了唇，我才放弃了咬上他嘴唇的想法，抱着他挥手熄了屋内烛火。我窝在他身旁，柔声说："睡了，老狐狸。"

许久，耳畔回应了一声："你，给我抱松点。"

翌日。

天刚亮时我便醒转了。大概是这么久没见白长轩，一见就与他同床共枕的缘故，我的一颗心跳了整晚，梦里反反复复演绎着过往的许多事情，譬如我离开绝仙阁的那一日。

彼时我刀道初成，听闻临风涯有妖怪扰民，便顺道去寻那妖怪祭刀。妖怪除后，百姓将我当成了神祇，又是好酒又是好肉地招待。最后临行前，他们还想给我张罗特产。我看他们如此热情，不好拒绝，怕伤了他们的心，便提出用银子代替特产的想法。村民们满口答应，是以我便开了个价，普通价——

三千两白银。

村长一听这数目，顿时跌进孙女怀里晕厥过去。我看他们拿不出，也没说什么，就是走之前撂了句："做人言而无信，肯定天打雷劈的嘛。"

罢了，这事儿我也就没有放在心上。谁知七八年后，有一个老头找上位于东海中心的绝仙阁，哭诉我的罪行。时值一门师兄都在听，当闻及全村老少为了我那三千两白银，全去当矿工，导致粮食生产滞后，饿死不少少年时，都向我投来了鄙夷的眼神。我不以为意，对这控诉坦然相对。

白长轩彼时在正座上坐得端正，手里执着圆润的琉璃耀华一直没说话，微敛的双眸看不出任何神情来。老头说完，他挥了挥手，示意劳模老八将老头带去好好招待，随后又沉默了下来。我的三位师兄个个如坐针毡，左看看右看看，见白长轩眯着狐狸眸好似睡着了，便由不怕死的老六起了个头，挨个悄声溜向了门外。最后走的是老四，我还记得他那双邪魅狂狷的眼，望着我笑得媚骨生香，他拍了拍我的肩膀，安慰的神情里盛满了鼓励之意，就差没做个手势了。

我哭笑不得。

等到最后一人走远后，白长轩终于醒了过来。

他道："阿月，此事你让为兄如何处置才好呢？"

我每回一听他自称为兄，心情就自动差三分。板着脸，我道："在绝仙阁，除了你，还有谁能说得上话？"

白长轩抚着下颚想了想："你此话，很有道理。不过为兄也要走个例行流程，问下你还有没有其他看法。"

"没有！"

"既是如此，为兄问你，钱财真对你如此重要？"

"是。"我略微有些赌气。

他拧了眉，又道："比为兄还重要？"

我转回头来，直直看他，他那张脸，有蛊惑人心的魅力。我原本是想说，当然是你重要，可话到嘴边，自然而然就成了："当然比你重要。"

白长轩闻言，一把捂住胸口，装模作样地捶了几拳："寒叶飘逸，洒满我的脸；吾妹叛逆，伤透我的心……"

我瞬间像被魔音灌耳，双手颤抖着想去捂耳朵。

"你的话语就像冰锥刺入我心底，为兄真的很伤心。"表情做足，满是伤痛委屈，连带他头上两撮梳得整齐的头发也不知怎的垂了下来，十足像耷拉着的狐狸耳朵。

我摸下脑后发钗，顺手飞过去钉在他所坐的太师椅上："用这个扎自己嘛，嘴角流点血，眼中带点泪，演得更起劲儿。"

白长轩伸出手："啊，好阿月，你……"

我别过头，一声冷哼。这几句话，他从我十岁念到我六十几岁！每回一逆了他的意思，他就给我说这杀伤力极为巨大的谜之魔经，起初我完全无法抗拒，可时日渐长，我也逐渐明白了一个道理。

堂堂仙道三派的首智、绝仙阁的掌门——白长轩——要说他最擅长也最恶趣味的事就是对着我演戏！

我已经看腻了！

保持着静坐的姿势，我打算看他要演到何时。白长轩见我这个观众反应不佳，半晌后，收敛了几分神色，正经道："唔，此事若不惩处，会在仙道三派落下我绝仙阁的口实。"

我无所谓地站起身，抖了抖衣袍："那便逐出师门嘛，我看其他门派一向都这么做的。"

"这……"白长轩迟疑了片刻。

我跟了这老狐狸这么多年，仗着他对我这个小师妹所谓的感情，吃定了他会在这件事上徇私。望着殿外湛蓝天色，我已经开始思考下一笔银子要去何处捞，结果下一刻，就听白长轩认真道："逐出师门，这也好。"

我呆在原地，良久，问："我是不是听错了？"

白长轩紫袍一挥，起身立于阳光之下，手中琉璃耀华闪得刺眼。他半垂着眸子凉悠悠地道："离开绝仙阁后，你要好好戒掉你死爱银子这个毛病。我堂堂绝仙阁掌门之妹，怎能如此低俗。待你想清楚了为兄和钱财哪个比较重要，届时再回来。"

我气得拔脚就走："那我这辈子都不会回来了。"

于是，从此以后，我成了一个无家可归的……不是孤儿，是怨妇！

话出口，若无意外情况，我是必然会做到的。在十五年间，我确实从无踏进绝仙阁一步。黄泉月里的金银越来越多，每每我想起白长轩，便会往那条河里扔进无数财宝。外人见了，都道我是富得流油。其实不然，本姑娘真的是在拼死苦练不爱钱……

一番思绪扯得太远，待我回过神来，红日早已洒遍草木。我这厢正理着衣衫，就听门上有序的敲门声响起，一声尽了又三声，似一种暗号。我留神听完，等那门外人方要离去，我挥袖负手，大门一敞，大踏步走了出去。

楚凤刚走出不远，听见声响，回头一看，手里玉笛"当"的一声落在了地上。暖晖下，我噙着半丝浅笑靠近他，捡起他的玉笛观摩了片刻，方才递回："八哥这么早就来逍遥居，关心白长轩吗？"

楚凤接过玉笛，笑得不甚自然，眼光贼溜溜地在我脸上晃着，又看进屋内："是、是啊……你怎么从大师兄房内出来，你……"

他指了指北面我应住的厢房，又指回来，看见我的领口尚未扣好，露出了右侧肩上的小片肌肤，顿时颊边晕开粉色，转头睨向旁边的无名铁树。

"非礼勿视，非礼勿视。"

系紧领口，我调侃道："看来八哥还是只习惯看四哥的胸肌啊。"

"噗！喀喀……"他眉头一拢，神色严紧地转回来，"小师妹，我和世离只是性格合得来，性格合得来。你莫乱说。"

我偏了头："八哥你看你，好像我真的说了什么不该说的似的，你的脸都红到耳根子去了。"

老八闻言，又剧烈地咳嗽了几声，这才交代道："我就是来看看掌门师兄的情况，既然没事，我去寻世离另想解救师兄的办法。"

我挥手阻止他，一边往屋内走，一边说："不必了。他想要念灵珠，我会去取。我就说嘛，这么多年，八哥你来黄泉月数次，就这次下得血本够足，连带白长轩也进好了这局，我又怎能不入？"

"小师妹，你……"

不等老八说完话，我就踏回了寝房，长袖一挥，将门虚掩了去。白长轩在床上躺得纹丝不动，倒是很沉得住气。我站在床畔，眯眼打量他，没一会儿又俯下身，双手撑在他枕边，隔着近在眉睫的距离，感受着他的呼吸扑打在我面上，引得胸腔里的一颗小心脏一阵瞎跳。

我咧着嘴笑："老狐狸，要不要在临行前给你一个爱的亲亲？"

话音甫落，听得门口传来一口凉气倒抽的声响。后脑顿时连冒三根黑线，我泄气地站起，看向背光的那人。楚凤抽动着嘴角，颇为尴尬，用右手里的玉笛拍着左手掌心说："方才忘了告诉你一件事。"

"何事？"

他从怀里掏出一支笔："此去弥留虚境，凶险非常，世离让我把这个交给你，在危急时刻或许派得上用场。"

我应声接过。两个人又默了下来，面对面站着，许久无语。我皱眉："八哥你还不走？"

老八似回过神来："啊？小师妹，你还不去，这都快到午时了，早去早回嘛。”

“我还有点事没做完。”

“哦。”楚凤回了一个字，又继续站在那处望墙角。

我怒道：“你还站在这里干什么？！”

他委屈地看了我一眼，又看了白长轩一眼，小声道：“我要保住掌门师兄的晚节嘛。”

我大发雷霆，身形化作疾风掠出房门，既冷又狠地扔下一个字：“哼！”

时值心情烦躁郁闷之际，人总要有个能宽慰自己的物什。我摸了摸身上，掏出一张大额的银票来，凑到鼻下一阵扇动——

嗯，心情好了，上路。

据书上记载，扶摇山向东三千里，杳无人烟，四季飞雪，寒气侵骨。修为不高者，只要踏入边境，便会被这凛冽寒霜要了性命。去往弥留虚境，这是必经之途。我站在云头上，放眼山河。

我甫入此地，一身薄纱不御寒，打了个冷战。

“白长轩，你这个老狐狸，你要我做的，我从未拒绝过。只是不知道，若是真有一日我不再在你身边，你该如何是好？”

我正自言自语，眼前不知怎的，突然就出现一个幻影，真实如那人在眼前。一身紫衣，于风中飒飒翻飞，只见他眯着凤眼笑：“吾妹阿月，为兄可没打算过放你离开我身边。”

我吓了一跳，甩头仔细看，却又哪里来的幻影？只是方才那感觉太过真实，以致我怀疑这是白长轩的术法。怀里的无幻笔无端发热，我伸手摸了摸，低声自语：“你这人，总是如此自信加自恋，根本不顾他人感受。”

说完，我颇有些伤感。一伤感，我就想起了今晨醒来前做的最后一个感伤的梦。梦里白长轩总是离我很远，我怎么追也追不到。我在漫天花雨下，很痛苦地大吼：“白长轩，我喜欢你，你可知晓？”

白长轩的身影隐在花树后，只有声音浅浅地传来：“自然知晓，不知晓我躲你作甚。”

这真是一个感伤的故事，我就是被这么吓醒的。

一边思虑着，我手上捏了诀，气贯周身，御住寒气，脚下云头速度骤增，向着千里之外的弥留虚境飞去。

半日后，路的尽头方才隐隐出现了一方美轮美奂的境地。水天连成一线，如苍茫的白，绵延远方无止境。风在此处倏然静止，激不起水面半丝涟漪。在湖中央，有一个小岛，方圆只有二十来丈，一株参天古木独立岛中，叶泛白蓝色光芒，粗壮的树干上挖空了一处，悬着一团无形无态的白色亮光。

看来这便是传说中的念灵珠了。

我落脚岛上，甫一站定，脚底就陷入泥土三寸，体内的灵力一空，被那土壤源源不断地吸收了去。半侧秀眉拢了拢，随即又舒展开，我两指一定，将灵力逆行倒施转向两臂，对抗着这诡阵。脚下刚踏出四步的距离，自那满树葱郁的枝头上，蓦然飞扑下来许多斑驳红点，待其飞得近了，我才定睛看清那是三十二只血蝶。

这传闻中杀伤力天下暗器难出其右的血蝶，见过之人无不丧命。再配合上这诡阵，确实值得我白里月凝神一战。

思量间，右手翻转，我摸向腰间银丝。觑准当头一只血蝶，猛然劈下。血光溅地三尺，白光乍现，银丝在一瞬间变成了一把长刀。

这把刀，名唤生之刃。白长轩亲赐的名，意为护我生存之兵。我带着它多年，从未让白长轩失望。

一时间风声鹤唳，头上的光叶随着这刀起的利风盘旋落下，剩下的血蝶在我周身不散，每每啄下，总在我身上带出血痕，好在它们时常啄的是我左侧的身子。缠战数刻，除却衣袍扯烂了些许，我的伤还算不上严重。

生之刃已有多时未曾挥舞得这般卖力。说来，也是最近经济不景气，能付钱请我这顶级杀手的人越来越少，搞得我好不惆怅。

如今做的这桩事，还没得银子可收。

不过白长轩叫人做事，一般都是不给钱的，我早已习惯。

右手执刀，左手捏诀点中自身内关穴，孤岛上，顿起黑羽铺天，呈绝美凌厉之势。

我一招化出万千刀法，血蝶在翻飞间，已尽数如灰落在我脚边。生之刃凝成丝收回腰上，我拍了拍手，只脚踩过血蝶尸体，往那株古木走去。

取个念灵珠，倒也没有想象中困难。我背着手在衣衫上擦了擦，小心地探进那树洞。刚碰到毫无形态的念灵珠时，明朗天际忽然有一道惊雷劈下，声音震耳响动五洲。我一个激灵，回头观望了片刻天色，眼下这种情况，据我多年职业杀手的经验来判断，恐怕有变数将起。我迅速将念灵珠取出，正要揣进衣衫，一股磅礴气旋猛然自珠中炸开，震得我连连后退了数十步。

原来方才那些个血蝶不过是些打头阵的，这次出现的才是重角儿。

死命握住那团不成形的灵气，待刺眼的光芒过后，我眼前忽现一人，端坐在地，合着双眸，嘴里念念有词。

"吱——"我倒抽了一口凉气，将那人浑身上下打量了一遭，结巴地道，"和、和尚？"

那人眼眸睁开，是世间少有的灿若星辰的双瞳，纯澈如溪。这和尚长了一副绝美的好皮囊，眉眼嘴角点点滴滴都似画中人，只是……

只是那满头的舍利子，看起来实在是有碍观瞻。

他不动不笑，语气淡然若水，盯了一眼我手中的念灵珠，说："施主，吃别人的嘴软，拿别人的手短，贫僧看你四肢健全不像残疾，怎么行这龌龊之事？"

这是不是就叫——不鸣则已，一鸣破功？哪有和尚开口是这么说话的？

"呵呵。"我干笑两声，不动声色地将灵珠收进胸口，搁置平缓，"真是没想到啊，仙道三派的祖师爷竟请了个和尚来看守念灵珠，真是丢人，太丢人了。"

"看守？"和尚沉吟了片刻，若有所思地打量我须臾，站起身，抖了抖白金相间的袍子，走近几步，再走近几步，认真颔首道，"看来施主的残疾是在别人看不见的地方。"

我无语。

"莫非这就是传说中的'脑残'？"

我大怒，因没有学到白长轩的口舌之利，一时又想不出有效的反击之词，只好眼神锋利地瞪着他。杀手第一准则，情绪不外露。

握了拳，左手并指凝气，右手拔刀出鞘，江山血月刀式毫不留情挥出。和尚大喊道："看来果然是被贫僧说中了！"

说中你个海螺头！

懒得废言，我起身就是无尽杀招。他既是在这岛上看守念灵珠，此战当是无可避免。不曾想，和尚不慌不忙，桃花眼微微一眯，单手变换伽印，看似毫无威力地吐出四个字："引魂相斗！"

我心下一骇，未及反应，眼前景象已变，顿时置身于一片荒芜的黑暗中。借着一点微弱亮泽，我旋身躲过迎面而来的刀风，但紧接着的是我最熟悉的血月八式。

真是……见鬼了！

不是在白长轩的口中听得，控灵术这种变态的东西早已失传了吗？怎么今日还能在这荒岛上遇见这么一个奇特和尚会用这种术法？他引我一魂出体，与我相斗，我若伤了那与我一模一样的魂体，便是在伤自身。不伤她，我又必死无疑，这怎么算都是一笔亏本生意！

我一边小心地与另一个自己斗着，一边冷着声气道："臭和尚，有本事你和本姑娘实打实地斗，用这虚的算什么好汉！"

片刻，那边答道："贫僧是出家人，不是好汉嘛。"

我不服气，又道："你一个出家人，用卑劣手段对付一个女子，传出去你佛门名声何在？"

他这次连沉默都没有，瞬间就接了话："我一个出家人，在乎这些虚名干什么。"

我突然有一种一脚踹上了棉花的无力感。念想间，魂体已然引极招上手，眼看这一击下去必见血色。在这千钧一发之刻，怀中的无幻笔迅速升温，一股紫色龙气沛然而出，浩浩荡荡，击碎了这昏暗幻境。控灵术一破，我横刀出去，袭向和尚身。和尚这遭变了脸色，看我与他招招擦身而过，骇得直往后退，意欲保持距离。我偏是不依，刀风快，身形更快，缠得他退无可退。

左手一掌拍出，和尚见隙，扯下了我的银丝手套，只见那五根手指……或者说是五根枯骨更为合适，现于青天白日下，尖长丑陋又刺眼。

他见了，俊逸的眉间竟是一皱，吞吞吐吐道："施主你……"

这一举动，严重地戳中本姑娘自尊心。我不由分说，手上攻势更快，逼得更紧。不知为何，和尚只是不停闪躲，并不敢与我过招，最后见没路可退了，举着佛掌哭丧着脸说："施主，你一个残疾人，不要逼贫僧啊……"

"本姑娘这辈子最恨别人说我是残疾人！"

刀锋贴面划过，和尚那白里透粉的脸上霎时添了一缕新红，他有些懊恼地望天喊了句："啊……苍天怜见，老命休矣，滚滚快来，滚滚快来。"

"疯和尚，你现在叫玉皇大帝都没用！"

结果，确实没有玉皇大帝。就在我刀锋正欲再进的当头，忽闻树后一声狗吠，吓得我怔了一怔。就在这一怔间，我眼见一条齐腰高的硕大獒犬自树后转出，昂着首，迈着爪，浑身雪白，毛发松散，看起来只怕比老虎小不了多少。它一双眼圆溜溜地望着本姑娘，最后竟将目光落在我左侧的枯指上。瞧它那张着的大嘴还流出了口水来，想必是将我的手指头当成了排骨。

哈，我冷笑一声，握着生之刃的手却是紧了紧，掌心浸出冷汗。

和尚拍了拍狗儿的头，和蔼可亲地道："好滚滚，醒得算及时。狗爱啃骨头，这是天性，不要怕，去吧。"

他指了我，我惊得猛退三步。那大狗脚下生风，三步并作两步扑到我跟前，咬住我的袖口，用力撕扯。我把生之刃挥过去要砍它，谁知这狗好似天生有神力，一刀下去，只听"砰"一声响，它却并无异状。

我收回生之刃，和这死狗较上了劲。几个回合下来，它见手不好咬，转向一口咬住我的左腿，脑袋甩了几甩，将我甩翻在地，叼跑了我一只脚的鞋袜。如此一来，我左侧的手脚都露在了外面，那是森森的白骨，映入何人眼中，恐怕都显诡异。

我失了鞋的支撑，没了平衡点，再也站不起来。那条狗在我左脚上嗅了几嗅，张嘴开始又舔又咬。

那半侧身子原本是没有感觉的，只是看着这畜生如此张狂，我又没了办法，心中一时急怒交加，加之先前伤势，口中竟溢出了一丝血在唇角。和尚见了，喝止住那狗，踱到不远处看我，疑道："施主，你半掩着脸面，莫非你整个身子左侧都是……"

"都是白骨吗？如何？"我抬眼，冷然看着他。

"唔，像这样还能活到今日，施主的心理素质——贫僧拜服。"

"你！"我怒极，一道剑指扫过去，和尚侧身躲过，那剑指便在古木上刻下了印记。

他又垂头："施主先莫气，只要你归还念灵珠，贫僧是不屑为难残疾人士的。"

一口一个残疾人，不说实话你能死吗？

强行压下翻涌的心绪，再抬眼，假作镇定，我道："你叫什么名字？"

"唔，莲华生。"

莲华生，哼……好一个名字与心肠一点都不沾边的伪和尚。我暗自记下他的名，凝眉道："先把鞋还给我。"

这双鞋是多年前白长轩为我做的。左脚的鞋垫是他用了某种特殊材质做成，是以能保持我半边白骨、半边血躯的身子不倒。若是没了那一双鞋，别说做杀手，我看做伙夫都有困难。

人说脸大脖子粗，不是地主就是伙夫。很久之前，八哥说，其实我做伙夫也挺有面相的。

抹了一把辛酸泪，我冷静地望着莲华生这个臭和尚。

莲华生站在不远处提着我那只脚的鞋袜，很是踌躇。

我没好气地道："怎样，有你控灵术和这畜生在，还怕我跑了不成？"

他想了想，将鞋放至我脚边，又起身正色道："它叫滚滚。"

"狗如其名啊，就该滚得远远的。"我一边套鞋袜，一边冷嘲热讽。整理好脚下后，我见他手里还拿着我那只银丝手套，便皱了眉，"和尚，你是要留着本姑娘的东西以慰心中的空虚寂寞难耐吗？"

莲华生看了眼手套，面不改色地递还给我："贫僧若真要拿施主的东西作为慰藉，应该会拿……"一双眸子扫了扫，落在我胸前，他明显一顿，"施主，你真是女的吗？"

我气得一口老血险些喷出来。手握生之刃，气贯中田，再要出招，却听天际无预兆地又响了一声惊雷。白长轩曾经说过，忍人所不能忍，换海阔天空。

白长轩曾经还说过，宁围炉十个君子，也不单挑一个小人。

白长轩最后还说过——

忍无可忍，改明儿再忍！

我猛地抽刀而出，攻势快得眨眼不及。便在这时，怀中无幻笔再次发出紫色圣光，将我围成一团，隔绝了外界。

耳畔有冷冷的声音拂进："还不走？"

白长轩开了口，我不得不从。一挥白色衣袂，我借着无幻笔的灵力，踩上云头，扬长而去。

回首，我恰见莲华生那伪和尚双手合十，念念有词。我心里琢磨着，若有下次相遇，我定要将这伪和尚抽筋扒皮！

这是必须的！必须的！

一路跋涉到扶摇山，身上的伤病抑制不住，竟全面爆发。先前的血蝶，加上莲华生后来的引魂相斗，导致我右侧血肉之躯遍布着点点猩红。过山峰时，又须得以一身灵力御寒，害我险些抵抗不住而坠下山崖去。好在干杀手这一行，我非常精通保命术法，一路跌跌撞撞，在第二日黎明时候，总算是撞回了东海中心的海棠晓月。

此地位于绝仙阁的东海岸，仙云缭绕，鸟语花香。一座凉亭里，有阵阵筝乐声轻缓奏出，叮咚如山涧清泉。我下了云头落在凉亭不远处，倚靠着那块海棠晓月的石碑喘气。指尖有血，慢慢渗出，滴落在地，绽开了一地红花。

这亭中的人，正好是我那"劳模"八哥，及他最好的兄弟——老四烨世离。

老八在抚筝。烨世离坐在他边上，蓝色衣袍系至胸口，袒露着大片雪白的胸肌。他只脚踏在椅上，执酒闻香，银丝随意披散肩头，好一幅琴瑟和谐的画卷。

我一想到本姑娘在外头拼命夺宝，我这两位师兄却在这凉亭里增进感情，这种神伤的事情，光是肤浅地想想，我都能觉得心窝子在不停地淌血，我实在太命苦了。

我刚叹一口气要走，老八瞥见了我。他"咦"了一声，匆匆挥袖收了古筝，一路小跑过来："怎么伤得如此之重？"他边说着边双手运转阴阳之气，送进我体内，助我调息。

待呼吸重归平顺，我端起外表冷漠的骚包架子，斜着眼说："无事，小伤。"

老四拿了酒壶亦晃悠了过来，带得周遭一阵酒香："小师妹，先喝一口酒缓缓？"

酒壶递到眼前，我负手不接："我更不喜这酒水气味。"

"嗝……"老四打了个酒嗝，笑道，"是啊是啊。你走得太久，四哥都快忘了，你从来不饮酒。"上下打量我一眼，他复又道，"你手指好像骨折了啊？"

我低头，看见右手的小指往后翻起，想来是之前与那恶狗相斗，无意间折了这手指头。为此，我又问候了一遍莲华生的祖宗。咬碎一口银牙，我面无表情地狠狠一掰，将手指掰回原位。再抬眼时，眸中便落进了老四和老八下巴脱臼的样子。

"你不痛吗？"老八皱眉问。

我心里冷笑了一声，你们这群无知的小神……

老娘痛得眼泪都快出来了好吗？

合了眼，把水泽逼回去，我淡淡一句："不算很痛。"

老四啪啪拍了两下巴掌，侧身喝了一口酒，道："啊呀，掌门师兄果然是掌门师兄呀。"

"嗯？"我不解。

他又道："好好一姑娘，都能让他教成了铁血硬汉。干脆以后出去贴个小广告：要练功，不自宫，绝仙阁上找师兄。"

我干咳了两声，尚未开口，老四继续不知死活："如此一来，绝仙阁必定名声大震，有助于我们收徒弟啊。"

"呵呵，"我笑，"四哥，你想怎么死？"

烨世离嘿嘿回应："我想醉生梦死。"

我伸手去摸刀，老四一把按住我："玩笑嘛，玩笑。小师妹莫认真嘛。"

我敛着眼睛盯了他片刻，本想借此机会叮嘱一句"夜路走多了，总会踢到大理石"，可转念一想，他这说话的德行也不是一两天了。八哥早就对他下了定论：有病。

用了些许时候调整情绪，我摸向怀里的无幻笔，刚掏出来递到烨世离跟前，笔就断成了两截。我怔了怔。烨世离弯腰将断笔拾起，放回我手上："你应该知晓，此物并不是我的。我的法器，只会是酒坛子一类。"

嗯，这话说得诚恳。这样看来，果然是那只老狐狸，难怪不是幻影就是声音，害我以为自己已神经衰弱到了此种程度。

转了个身，我手上捏了诀，使得白衣焕然一新，举步朝逍遥居走去。身后，老八问："世离，小师妹此去，会不会发生什么不得了的事？"

老四想了想，十分不以为然："别看掌门师兄平日严肃内敛，但对小师妹，总归还是有兄妹情分的嘛。放心吧，即便小师妹前去问罪，两个人也就多打一架，大师兄的武功又没脑子那么好，打不出人命的。"

"啊，这样，那我就放心了。"

我心内顿时奔腾过千万头神兽，我的两个师哥，你们就不能等我走远了再说这么没人性的话吗？以后还要不要相处了？

甩了甩头，我伤心欲绝地加快了脚程。

逍遥居里，铁树反射出日头的光晕。我举步穿过时，特意将呼吸放得尽量平缓，不显出自己受过伤这等事。正屋的门此时正敞开着，内里因窗户紧闭而略显暗淡。我踱步进去，见淡紫的纱帘随风轻摆，一个人正襟危坐案前，琉璃耀华在旁，发出微薄亮光，映着那人一张绝世好看的脸。

他的头发这个时候梳得规规整整，毫无发疯的样子，致使我怀疑那日看见发了疯的白长轩，只是梦一场。可又想起吻他脸颊的一刹，我不禁心头一跳。

纱帘忽然被拉开，他现出一贯狐狸般的笑容来："好阿月，乖阿月，你可回来了，为兄想死你了。"

我侧身，没有搭理他。紫色的衣袖一挥，琉璃耀华在手，他起身绕过书案走来，捂头道："为兄在叫你，你怎的不理为兄？"

还是垂眸，我继续保持面无表情，无动于衷。你这只老狐狸，把我诓得这么凄惨，不摆下架子，你还以为我是便宜货。

"哎呀。"老狐狸一声喟叹，开始喋喋不休，"小妹长大了，就是这般冷漠啊。都说孩子是父母的贴心小棉袄，妹妹是兄长的爱心小暖炉，可我家阿月一走就是十五年，都不思量回来看为兄一眼。真是……"脚步虚浮，表情扭曲，像真真是有钻心的痛。

白长轩的演技嘛，又上一层楼了呢。

我张了张嘴，白长轩扑过来拍我肩膀抢话："寒叶飘逸，洒满我的脸；吾妹叛逆，伤透我的心……"

我说："够了。"

"不够。"老狐狸戚戚然摇头，"你的话语就像冰锥……"

不等他说完，我一掌推开他："说了这么多年，你不腻，我已经腻了。"

"啊！"白长轩捂住心口踉跄，弓着单薄的背不停抖啊抖，看得我几乎快要于心不忍。我冷静了片刻，上前一步，道："其实还有一句话，你应该也听过。"

"嗯？"

"小妹是兄长上辈子的情人，你知道吗？"

每回涉及感情问题，白长轩的脸总是变得像变天一样，迅速得让人眨眼不及。我乐于这样挑逗他，又不喜看到他这幅禁欲的模样，每每总是气得我心肝肺都在疼。这遭也不例外，话题一转到此处，老狐狸立刻上演变形计。

他姿态傲然，眸色精明，站得笔直，丝毫没有方才故作弱势的样子。

"为兄吩咐你的事……"

我失了兴致，冷哼一声将念灵珠转手化出，扔在书案上："东西取来了。若无其他事，我回黄泉月。"

白长轩不语，转回案前轻抚念灵珠。我见他不答话，也不知是该走还是不该走。从内心来讲，其实我是不乐意走的，毕竟还是希望天天都见着这老狐狸的。可他居然不开口相留，这让我由衷觉得挫败。

一时愤慨，身上的伤又阵阵闷疼，我扔下一句："白长轩，我诅咒你这辈子都没鸡腿吃！"

"啊？"琉璃耀华霎时落地，他颤着手指我，"不、不要啊……"

我咬着唇，忍痛往门外走去，甫走出第三步，背上就传来浑厚绵长的气劲，替我平复着体内伤患。我翻掌运气，中和着他的灵力。

仍是被他看穿了吗？哼。

老狐狸一边运劲，一边迟疑地咦了一声。待他收掌，我转身，他脸上又恢复了一贯的神色。

"阿月，此番出去，可见识强中自有强中手了？"

"哈，"我笑道，"你装疯卖傻骗我去取珠时，不就早已料到这个结果了？"

"嗯……"白长轩歪头笑起来，"为兄虽然向来算无遗策，无所不能，但也不担保不会出差错。那个和尚，不简单。"

能得绝仙阁掌门人白长轩三字"不简单"，那就是说明这个和尚……

真的不简单。

如此一来，对于我败在他和他那条死狗手下，我也稍稍好过了一些。

我问："你不是早说过，控灵术已经失传，为何那和尚会如此精通？"

白长轩思忖片刻，暗金色瞳孔一缩："这有两种可能。其一，此人为隐世高人，身怀控灵术，却从未入世。其二，当年会控灵术的人还活着。唔……"

话至最后，老狐狸合眼陷入了沉思，全然不顾旁听者是不是明白。我也不好打断他，只能耐心等他的下文。约莫半炷香后，他愕然睁眼："哎呀，阿月，你怎么还在这儿？"

"白长轩，你！"

你不气死我不舒心吗！

我狠狠瞪了他一眼，拔脚就走。老狐狸一阵讪讪，又拦了我的去路，歪头解说道："此事待为兄有了头绪自会告知你。眼下，还有更重要的事要你做。"

我一阵心塞，不要钱的事，还没完没了了。

白长轩无视我无声的反抗，拿着念灵珠端详："自今日起，为兄要闭关，绝仙阁暂时交由你打理。"

"闭关？这么突然？"我拢紧眉头，觑着他略显奸诈的表情，问，"为了何事？"

白长轩阴阴一笑："自然是研究这宝贝了。"

"哼！"

这老狐狸不知到底在盘算什么。我知晓这种事问了也没结果，索性就不问。我拿出那断裂的无幻笔，递到他跟前："还你。"

"啊……为兄、为兄的无幻笔啊！寒叶飘逸……"

又来！

我趁着某人的戏还没展开演，当即英明地往门口冲去。身后，白长轩凄凉地喊："阿月，阿月啊……"

我不理他。

他便愈加愁苦："阿月，你临走之前，不考虑一下收回刚才的诅咒吗？"

嗯？他不说，我都将那句话抛诸脑后了。看来，鸡腿对白长轩还是具有强大的杀伤力的。他居然连续吃了几十年的鸡腿还没腻！我望天，想了想，他比我大个百来岁，为了使得他身体健康，有朝一日能和我静坐庭前看云舒云卷，必须控制他的胆固醇，少吃肉！

于是，我坚决地回应："不要逼我诅咒你连肉都没得吃！"

"你、你……你个不悌之妹！"堂堂绝仙阁阁主，瞬间扑倒。

入了夜。

逍遥居里因地势较高，山风拂得劲烈，比之白日里，也就清冷了不少。我端坐在自己房中，狭隘的屋内，所有摆饰都一如往常。简单的一床、一桌、一椅、一梳妆台。梳妆台上有铜镜，尚未蒙灰。

各个角落，似乎都弥散着一股子青草香气，像有个身盈草香的人时常在这处打扫。不知我这想法猜准了几分，那人，可是日理万机的绝仙阁掌门？

想至此处，我笑出了声。模糊的镜中，映出我的容貌，半边脸掩在没有缝隙的面具下，还剩半边，看起来也有几分清秀。我没看过我完整的容貌，不知道会是怎样，如果有张完整的脸，说不准我不会觉得我和老狐狸之间总是隔了千山万水跨不过。

他太美好，我没有那份自信。

手指抚上左侧的冰凉，刚一碰到，便觉得钻心，又急急收了回来。残疾人就是有一点不好……

不对，谁是残疾人！我只是天生异于常人而已！

"啪"的一声响，把镜面扣向桌上，我走至屋中桌椅旁，从容撩开衣袂坐下。

今天遇上的那和尚，莲华生……所行招式，唔，这般，这般，再这般。

我细细回想着，一个不留神，门被人推开。老八手里端着一个药盅，稳若泰山地望了一眼我房中，再猫着步子轻轻走进，到我对面落了座："小师妹，你刚在干什么？"

我收神敛气，垂眼淡淡道："你看我在干什么？"

楚凤细致瞧了几番，说："在思春？"

我抬首睨他："哼哼！"

"不然你为何动手动脚的？"

我调整了一下脸上神情，使自己看起来比较平易近人，半眯着眸子，凑近楚凤，扯下左手的银丝手套晃悠，道："没办法呀，独处实在寂寞。既然八哥正好来了，不如……"

"不如喝药吧！"楚凤匆忙将药盅推到我这方。我凝眸觑了觑，又将眉头挑得老高："你煎的药？"

楚凤捂嘴咳嗽，颇为尴尬："谁让我是劳模嘛。"

我明显表示不信："这个点，通常你和四哥应是在抚琴作乐，还顾得上我的伤？再说了，我的伤并不严重，怕是入不了八哥的眼吧。"

楚凤讪讪挠头："怎会，小师妹的事再小也是大事，世离的事，再大也是小事。"

"哦？是吗？"

不紧不慢的一句话传来，声音凉得如覆了水色一般，却不是来自我的嘴里。我和老八一同侧首，但见门框上倚着一人，蓝衣款款，衬着朦胧的月色，颇有些出尘的味道。他低敛着眸子，一口酒灌下肚，摇晃着走了进来。

哈，今日这逍遥居，有好戏可以看了啊。

想想还有点小激动。

我抄起手，好整以暇地准备看他俩相爱相杀。楚凤反应也算迅速，眸色一转，想笑，又笑得比哭还难看。老四落座在他身侧，打量了一眼药盅，笑言："我就说，今个儿老八怎的过了时辰还未出现在海棠晓月，原来是上小师妹这儿来了。"

"我……"楚凤欲解释，老四继续说："呼呼，小师妹，你可要小心呀。绝仙阁出来的人，不在沉默中变坏，就在沉沦中变态。你八哥啊，受毒害这么多年，估摸着也不是没有小心思的。"

我悠然捋了下鬓发，但笑不语。

这话，明着是说给我听，暗着还不知在揪谁的心肝肺呢。老狐狸说了，战火不及己身的战场，咱们只要保持微笑就好了。

楚凤脸上的从容之色有些绷不住，支吾开口道："那个，我……"

老四再打断："不过，依我看，有人想打小师妹主意，恐怕还得掂量下自己的斤两。这满门的不正常人士中，可是有一个妹控大杀器的。"他推推老八肩膀，"不知凤卿你扛得住几波的阁主之怒呢？"

"我……你……世离，你……"老八被堵得张口结舌。

老四装模作样地摇了摇头，依然不消停，拿起勺子舀了药水，放在唇边吹了吹，又递到我嘴角来："来，小师妹，千万别浪费你八哥冒着生命危险为你熬的药，趁热喝。"

我斜眼睒着老八的脸色由红变白，由白变紫，眨眼之间瞬息万变，竟觉得异常欣喜。谁让你们联合起来骗我取珠！我朝老四浅淡一笑，张嘴打算吞勺子。

蓦地，一个巴掌挡在我脸前，老八蹭地起身，以一副欲掀桌的架势大吼："你们俩真是够了。非要逼我说实话！这药是掌门师兄熬的，他从日落一直熬到深夜，方才让我送来。要不是迫于他的淫威，我才不会干这事儿！大晚上的，来大姑娘房里的尴尬，也就只有老六穿外裤忘了穿内裤才比得上了。"

六哥还有这种光辉事迹。

原来是白长轩。恰好我这厢房门大敞着，望出去不远，就能看见白长轩的寝房。明明方才还亮着的烛火，在老八一气呵成说完上述话后，赫然就灭了，只余一屋漆黑。我绷着唇，想笑又不能表现出来，压抑得十分辛苦。老四很是理解我，暗递给我一个眼神，提起酒罐转身，大叹一口气："唉……"

楚凤见势，脚底似抹了油般，匆匆说了句："小师妹，你好好喝药。"最后一字还没落地，他已经追出去了。

暗夜里，两人的声音和着风鸣，渐行渐远。

"你说你有事没事非要把这捅出来干什么。"

"嗝，为了早日让大师兄迎娶'白富美'，出任仙道主，走上人生巅峰，指点江山，激扬……"

"嘘！你是不想活了。"

我暗自发笑，目光在药盅上流连了半晌，抬手端起来，一口下肚。

白长轩！你在药里放了什么？

我哽了一下，药入口的一瞬，我的世界简直变成一片灰暗，天旋地转、天崩地裂，完全不足以形容此时的感受。我颤巍巍地摸着桌子角，一咬牙，硬生生掰下一块木料。好不容易用唾沫平息了最后一丝苦味，我摇晃着站起身，打算去找白长轩算账。没承想，我居然没迈过门槛儿，脸朝地结结实实地摔了下去。

随即，半身高位截瘫，在凄凄夜风中抖成了筛糠。我望着老狐狸的大门，抹了一把眼睛。

好、好苦！

等你闭关出来，这笔账，我不和你打烂三个算盘，我就不姓白！

不对，是不姓白里！

白长轩入关的第一日，阳光明媚，天高气爽。我在逍遥居门前的古木上合眼小憩，偷得浮生半日闲。

白长轩入关的第二日，阳光仍是明媚，老四寻了我，与他一道在海棠晓月里听老八弹琴。其实，楚凤在多年前是不弹琴的，尽管他的琴艺一向过人，他只背着那把七星琴，却从来没有弹过，直到遇上了老四。

老四向来说话无节制，直来直往，但他之所以是我众师兄里较为沉稳的一人，是因他做事皆有深意。

就譬如和老八的相交。

老八初入绝仙阁时，并不喜与人交谈，成天都坐在海棠晓月的梅花树下，擦拭着他那把古琴。老六去和他搭腔，还被他一个白眼翻了回来。就这样擦了好几年，我们都和他没什么交情。直到有一日，老四喝多了酒，非得让老八弹一曲给他助兴。

彼时那场景，看得我几个师哥冷汗直下。恰逢白长轩又带着他的门徒去拜访万和派，众人都怕出什么乱子。

果不其然，他俩很快就打起来。东海之上，灵光冲霄，海水倒灌。任凭谁去阻拦，也拦不下。这一架打了好几个时辰，最后两人各自负了伤。老八的七星琴也不知怎的就落到了老四手上。老四嘴角见血，手上不停捣鼓着琴身。老八见状，又要上去和他撕打。两人又过了几招，老四把七星琴一把按在楚凤胸口上，说："兄弟，你这琴，弹不出好声音。"

楚凤无语。

"弦绷得太紧，也是会断。我替你调松了两分，你不如再试一试。"

接下来，事情的发展我就不大看得明白了，只怪我那时还年幼。总之，第二日白长轩回来，听闻事情经过，将两人罚去冰牢里反思了一宿，翌日辰时我去做早课，就听见了两个丧心病狂的称谓。

"世离，你的伤……"

"无妨，凤卿若是心疼，不如陪我喝上两壶酒？"

我捂住耳朵，匆匆落逃。

回过神，时日已如白驹过隙，就这么在起伏的琴音里过去了七十九年。我也不知，当年烨世离究竟是怎样打开了楚凤的心防，并让他从此往后向着劳模之路堕落下去的。此举太高深，我学不来，学不来啊。

我品完茶，听完曲子，回到逍遥居，又是一夜好眠。

白长轩入关的第三日……

清晨我甫一睁眼，敲门声就响个不停，急促得毫无章法。我掐指一算，那老狐狸不是今个儿出关啊，是什么事儿，能让常年闲得快生出鸟蛋的绝仙阁还有如此急躁的一刻？我套上一身白裙，系好盘扣，便去开门。

站着的人是老六。他额头上罩着薄汗，鬓发湿得透彻，结巴地道："小、小师妹，大事不好了！"

好在屋里没茶水，否则看老六这等模样，我真想转回头去喝口茶，看能不能急死他。

"什么事？"

不由分说，老六一把拽过我，往门外走："碧、碧云峰与万和派，找、找上门来了！"

"嗯？"我拧了眉。仙道三派平寂了这么多年，先前白长轩装疯一事，虽是借了岚音的名，但现下细细想来，岚音也不会为了白长轩坏她名声而上门问罪，更何况，以白长轩那老狐狸的手段，那日过后，能记得他发疯模样的人恐怕寥寥无几。好歹，他的抽丝剥茧术不是空有虚名。

那么，这两派浩荡前来，必是为了三派共同奉着的念灵珠了。

我暗地掐了一把大腿，心道不妙。我眼下功力只恢复了七八成，若是起了冲突……

算了，先去观战。

我抬头负了手，端出一派恣意狂傲的模样来，问道："他们在何处？"

老六答："恐怕已经到严华殿了。"

话音落，我长袖一挥，化光往严华殿奔去。

广场的前方，今日聚集了不少弟子。他们原本是在修行术法，但眼下却个个顶着头上的青天白日，三五成群地在讨论着什么。

"好些年没见过如此阵势了。两派来人，恐怕不是什么好事呢。"

"不知掌门是不是又做了什么让同道头疼的事。"一个声音放得极低，"谁让我们掌门是同道公认的麻烦制造机呢。"

"是啊，要是不折腾事儿，那还是我们掌门吗？"

"啪啪——"两道耳光，狠狠扇在说话两人的面颊上。我平生最恨就是别人当着我的面说白长轩的短处，虽然他这人好似也没什么长处。

收了手，我加快速度，冲进了严华正殿。

此时殿中立着十来人，为首的是一个年轻貌美的女子和一个中年男人。我化出身形，带起一阵疾风，惹得两路人纷纷退开。就着这条路，我疾步到殿上的正座前才停下，挥着衣袖转了身。

冷辉漫洒，偌大的空间里静寂无声，肃杀的氛围悄然蔓延。万和派带头的那人我认得，正是执掌宏卿。但碧云峰这位带头的，我倒要怪自己眼拙了，竟是认不出来。岚音那个老尼姑不都好几百岁了吗？没道理这么年轻貌美啊。瞧那一头褐色长发，妖冶的眼眸，举手投足都是媚气，加之坦了大半个的胸脯，呵呵，搞得一向以正直为标榜的宏卿执掌今个儿眼神儿也不怎么好使了。

我见敌不动，我也不动，端着架子负手站得悠然。

倒是宏卿终赶在眼睛抽筋前忍不住了："怎……"

话刚起头，碧云峰的女子就娇声打断他："我还道今日宏卿师兄是眼神走火，原来还能说得了话啊。"

正题还没上，这两派已然开斗。想来老八说仙道三派这些年暗流汹涌，倒也不是一句空口白话。宏卿听闻此言，脸上神色片刻之内就转了好几轮，最后定格为一个很是尴尬的表情："听闻岚羽姑娘神功初成，成为东荒之上第一个练就八品仙霖之人，在下艳羡，便只好多观瞻了几眼。"

"哦？"名唤岚羽的女子酥胸傲然，手执花扇掩嘴娇笑，"那宏卿师兄可要多看看，看是奴家的身段妙，还是奴家的修为高。"

说着，她就向宏卿慢步踱过去。宏卿见势，往后小退一步："都妙。姑娘是东荒上难得一出的妙人儿。只是在下今日来此的目的，却不是与姑娘攀附交情的。"

"哈……"岚羽低笑出声，复又转眼看我，"如何，绝仙阁掌门白长轩知晓自己惹了麻烦，便推了一个替死鬼出来吗？"

我冷冷觑她一眼，扭头看着身侧圆柱，这样的妖物，真是多看一眼都嫌眼疼。

岚羽见我不说话，又道："哎哟，架子还挺大嘛。"

我不急不缓开了口："与没有名姓的人说话，我习惯先收三千两白银。”

岚羽花扇一收，正欲启齿，老六自门口一路喘着气小跑过来，趁势偷睨了几眼殿中情况后，附在我耳畔道："那是碧云峰的二掌教，岚音的师妹，岚羽。"

我侧头瞪他，这种介绍名姓的话让她说嘛，也好让我杀杀她的锐气。你此番说了，倒显得本姑娘孤陋寡闻了！老六不明我眼里的意思，后退一步，浓眉拧成线，答："人家说的都是实话嘛。"

真想不通当年师尊怎会收了这么一个外观雄伟内心却很女人的弟子。

岚羽耳尖，听见了老六的话，笑得更是狐媚："眼下，还用我来自我介绍吗？"

我挥手："不必，直说来意。"

岚羽见我干脆，倒也不扭捏，上前一步，收了花扇道："不知这东西，你绝仙阁的人认识不认识？"

话间，她两指一转，一片黑色的东西抛到了我手上。那正是我出手时必伴身侧的标志物，黑色长羽。

拂袖将黑羽收起，我漠然抬眼："此物，是我所留。"

"哦。"岚羽应了声，弯起的眉眼显示对我的实诚相当满意，"既是如此，念灵珠想必也是你所取。今日我碧云峰与万和派来此，便是还顾念我们仙道三派的情分，只要你将念灵珠交出，我们大可既往不咎。"

好一个既往不咎，体现你碧云峰大度如斯。

可惜了，偏偏遇上我这么个小肚鸡肠的人。我沉默了会儿，负手道："念灵珠……既然我已取，就没有退还之理。如果要退还，我还取它作甚？"

扇子呼地张开，岚羽半掩着脸面："说这话，你可知后果？"

"后果嘛，无论为何，一肩担下便是。"

大殿中，气氛倏然一凝，寒气骤升，岚羽手中的花扇发出粉色光亮来，她道："那就让我来领教一下，区区一个绝仙阁门人，究竟有何能力担此后果！"

话音落，殿中万物似受岚羽灵力影响，震动不已。我心下一凛，摸上腰间的生之刃，蓄势待发。只见她翻手扬袖，带起万千似幻非真的花瓣，其间夹杂无尽杀气，向我袭来。手中生之刃应声而动，我小心以待。

传言，八品仙霖可召万物生灵为己用，化天地之灵气，今日一见，果然不同凡响。难怪这千万年来，东荒上才出了这么一个神功大成的人。

可为什么是个女人？

为什么还是个这么风骚的女人？作为一个有着先天性问题的女人，我再次感到很受伤，于是起手便是大招。

战意攀升，我的心绪却愈发沉稳。脑中灵光一现，我突然顿悟。这东荒上向来有个什么小道消息都能人人相传，更遑论是有人练就了八品仙霖这种大事。想来，白长轩在这个时间节点装疯，和这事该是脱不了关系的。那么，以他的深谋远虑，今日两派上门，铁板钉钉在他算计中了。

好一个老狐狸，竟敢这般算计我。不和你算清楚这账，我就半月不近金银！

唔，半月似乎有些长，还是半日好了。

如此一分神，岚羽掌上化出气旋击向我，带得我周身压力剧增，我凝眉挥袖迎上。此时，老四和老八也赶到了，见殿中肃杀至此，两掌相接毫无转圜，老四想要阻止，已是来不及。瞬间，冷风扫动，如利刃划过，带得那些无法闪躲的弟子脸上出现好些血痕。

我暗自叫苦，想不到江山代有泼妇出，今朝一见害自身。与她对掌的右臂被震得发麻，隐隐有血色浮现。岚羽用力一推，我止不住后退了三步，狠狠撞在圆柱上。

"就以你这般的修为，哈……"岚羽媚眼如丝，笑得轻蔑，"也妄想在八品仙霖面前逞强？"

语毕，她转手再凝真气。我见势，聚出半生功力在生之刃上，血月八式稳稳待发。

眼见这一击必是血腥遍布，就在掌风扫到我跟前三丈时，蓦地，一道紫色灵芒携千钧之力荡开岚羽，震得她脚下飞退数步。

随着青草香气盈满大殿，一声冰冻三尺的问话传入众人耳中："强？是有多强呢？"

我松开牙关卸下一口气。

紫光点点，从四面八方聚拢，拼出一个绝世人影。白长轩自圆柱后面大步走来，好看的脸上不怒自威，连衣袂都不知被哪里的风卷得飒飒翻飞。

殿中人皆是一肃，噤若寒蝉。

这老狐狸……出关得实在及时。

我收回生之刃，翻掌运气，平复着内息。他经过我身侧时顿了一顿，双眉微微一拢，沉声问："是否要紧？"

我摇头。

他便再不多话，径直往上座踱去，近了，紫袍一挥，回身坐下。

"如何？我绝仙阁是太久没有展现能为，以至于让同道这般小觑了吗？"灵气再溢三分，荡得众人一致后退，红橡木的扶手上一声脆响，结实的木料被白长轩五指捏碎，散落一地粉尘。老八的脸色霎时极为难看，老四捂着头小声道："呼呼，踢到铁板。"

阴鸷的目光落到岚羽身上，白长轩寒声道："还是说岚音的御下方式便是如此？竟敢在我绝仙阁的地界内随意动武？谁给你的胆魄？"

话中冷清之意，当时生生将两派之人从头到脚浇了一盆冷水。

宏卿许是思量着打个圆场，上前一步，开口道："白兄……"

话音未落，岚羽也上前，一改先前凌厉之势，娇弱得像朵折了腰的花："哎哟，这位就是声名响彻东荒的绝仙阁之主白长轩吗？"

老狐狸默然，将方才岚羽轻蔑我的眼神分毫不落地还了回去。我抬首望天花板，内心奔腾过一句话：无知，愚蠢！连白长轩都没见过，你就敢上门来踢场子？等着被某人的智者光环辐射吧！

场面一时僵持，岚羽掩嘴轻笑："第一次见白阁主，你就给了奴家这般深刻的印象。只是初次太过激烈，奴家怕承受不来啊。"

我没忍住，一咳嗽，牵扯到伤口，火辣辣地痛。左手一指那不要脸的女人，我怒道："你！"

"退下！"白长轩只手一扬，沉声道。

在这种情势下，我实在不好驳了老狐狸的脸面，只好哽了哽，依言收住想冲上去揍人的冲动。

白长轩的眸中精光灿灿，不知在算计什么，琉璃耀华在手中轻抚片刻，他道："两派今日前来，是为念灵珠一事？"

当事人已然将话题挑明，其余两派领头的，自然也是不愿多绕圈子。

岚羽半侧过身："正是。"

宏卿亦道："想不到多年不见，白兄的修为已然精进至此。只是宏某不知，已有这般的灵力，还取念灵珠作甚？白兄的意图，可否解说一二？"

按照我的思路，老狐狸应该拍桌子大喝一句：老子的意图还要向你们这种没智商的家伙说明？

可事实证明，我不是一派之主，完全猜不透一派之主什么时候高贵冷艳，什么时候平易近人。

老狐狸暗金瞳一缩，默了须臾，道："老夫取此物，自然是有其用处。我绝仙阁担下仙道第一派的名头，自然当为苍生谋福祉。眼下虽天下靖平，却难保将来不会产生变数。念灵珠供奉在弥留虚境，也是死物，不如在老夫手里，将它的用处发挥至最大，如此也不辜负这等灵物。"

"哈，说得冠冕堂皇，白阁主未免有些杞人忧天了。"岚羽甩着花袖道。

老狐狸闻言，半敛下眼皮："那碧云峰有何建议？"

"一则，将念灵珠交出，此事我两派可当未曾发生。"

老狐狸不动声色，语气却是轻视至极："如吾妹所言，既要还，我还取它作甚？"

岚羽眼色瞬间转利："那么，我碧云峰也只好……"

话未完，宏卿见局势将要走上极端，劝阻道："岚羽姑娘还是不要这般冲动吧。"

"宏卿执掌，你这是什么意思？"瞅着一同来的人不给自己撑腰，岚羽难得地变了脸色。我暗自心爽，等着看老狐狸接下来要怎么应对这个烫手山芋。

"这样吧，"放缓了语速，老狐狸道，"要老夫再将念灵珠送回弥留虚境，断无可能。不过，我也非不讲理之人，既然两派来此，我可给诸位一次机会，投票决定念灵珠该归哪一派。"

"白阁主这是逗我玩吗？"岚羽不怒反笑，"你认为念灵珠该归哪一派？"

白长轩一本正经："绝仙阁。"

"好啊，我认为该归入碧云峰，宏执掌认为该归入万和派，我们三派便是要来一次大乱斗吗？"

白长轩眸光扫过岚羽，薄唇扬开似笑非笑的意味："姑娘的眼光，短浅了。"

"你！"这次换了岚羽哑口无言。

随之，老狐狸再将目光投到宏卿身上。

宏卿思量半晌，也不知在白长轩和岚羽之间来回看什么，总归殿里静了良久，他方才沉稳开口："白阁主既言明取珠是为天下苍生，我万和派也非是没有度量。只望白兄记得今日初衷，切莫让我等失望。念灵珠，便交由你处理了。"

"宏执掌，你！"岚羽花扇一开，掩住气红了的脸。

宏卿只淡然扫过，继而朝白长轩一作揖："若无他事，万和派便不叨扰了。"

"请。白某来日再上万和与宏兄叙旧。"

话说完，万和派的门人在宏卿带领下一一化光离开。

看着万和派的人离开，岚羽神色瞬息万变，最后定格为一丝媚笑。

"看来，是奴家低估白阁主的能力了。这一次，真是让奴家痛到身子里啊。"

捂的地方不对，表情不对，语气不对，怎么看怎么风骚。我向来脾气不好，忍不了是正常，但连同白长轩和我那三个师哥也皱了眉，这就是本事了。老狐狸径自合了眼，缄默不语。岚羽想走近正位，我一发刀气过去，在地上砍出纷飞的石屑。

她脚步一驻，用看手下败将的眼神瞥了我一眼，然后望向老狐狸，笑声绵柔："既然念灵珠已经归白阁主所有了，奴家就期待白阁主的能力更上一层楼，下次见面，好与奴家大战三百回合。"

我大喝："熟人可忍，生人不可忍。看刀！"

生之刃将要出鞘，岚羽这厮却是没有给我机会，一路媚笑着领人腾云走了。

我气得要追出去，眼前无端横出一条手臂，拦了去路。

老狐狸眼角抽了抽，问："熟人可忍？"

我无语。现在重点是这个吗？

"生人不可忍？"

起开啊！不要挡我为民除害！

"这是什么句式？"老狐狸很不解，目光灼灼地盯着我看。

我抬首见人已走远，愤恨地哼了一声，收刀回鞘："这不是你们常爱说的话？"

边上的老四率先反应过来，憋着声音里的笑，问："小师妹你是想说……是可忍，孰不可忍？"

原来是这样说的吗？

老狐狸脸上一黑，分不出喜怒来。片刻，挥袖道："你们几人先下去吧。"

"是。"老四和老六回答得异口同声。只有老八单薄的身躯在风中颤抖，嗫嚅许久，哀号道："那是……那是上好红橡木做成的太师椅，整个东荒只此一把。"

老狐狸微不可查地一颤。

"就这样，随随便便……就捏缺了一边扶手。"

某人沉默地闭上眼睛。

我知道楚凤的劳模管家状态一旦开启，大家都会无差别膝盖中箭，正要为老狐狸点蜡烛，老八话锋一转："还有这青吾石的地板，你们……你们……"

可怜八哥，气得说不出话。我装模作样地绷着脸皮，负手望天，和老狐狸像极了两尊石头雕像。老四忍着笑，拽着老八袖口往门口拖，直到三人出了殿门，我还能听见八哥痛心疾首地低呼："为什么，这是为什么？"

"凤卿，冷静……"

"不应该啊！一家子都这么败家，这到底是为什么？"

殿中一派沉默。

我在原地杵了一会儿，寻思着等老狐狸先开口。但见他气定神闲，站在那儿也不知在思量什么。等了又等，我最终还是没耐得住。

"无话可说是吗？"我冷着声气问他。

白长轩像是突然回神，睁眼睬着我，突然，手往我肩上一搭，脑袋一歪，就要靠上来："为兄的好阿月啊，想不到，你竟然没文化到这么简单的一句话也说错了，为兄……啊，好难过。"

我缓缓往后退开半步，致使他的大好头颅落空。面无表情地回视着他，我道："都是你教得好嘛。"

"哎呀，为兄一直教你读书，是你自己不学无术，还怪罪为兄，真是……"

我心道，不妙。

果然——

"寒叶飘逸，洒满我的脸……"

"白长轩……"

"吾妹文盲，伤透我的心……"

五指一收，咔嚓一声脆响。我狠狠瞪他，甩衣袖往门口走去："等你不做戏的时候，再来和我说话！"

身周风动，老狐狸反应极其敏捷，一晃眼便站在了我跟前，颀长的身姿占据我眼帘。他一改方才神态，端着琉璃耀华气势慑人："阿月，你的伤势……"

"无碍。"我侧身躲避他全身上下仿佛闪瞎人的光芒。

"嗯。"沉吟一声，他续道，"方才的形势，你可看得明白？"

我沉默。

老狐狸眼角一挑："现在碧云峰的野心越来越明目张胆了。你可知为兄为何要取念灵珠？"

"因为八品仙霖？"

"猜对一半。"

"哼。"

"岚音退居幕后，意图让岚羽主事，很明显，修成了八品仙霖的岚羽很有可能修为已经超过了岚音。而为兄方才与她过招，也确实证实了这一点。"收了掌往身后一负，老狐狸又道，"刚才的形势，你着实不该与岚羽硬碰硬。宏卿为人一向谦和，乐于偏安一隅，不露风头，为兄方才将话挑明，他也明白，今日若是硬取念灵珠，绝不会有结果。倘若三派皆认为念灵珠该归入自己派门，而此时这东西又在为兄手上，结果会如何？"

如何？还不是你这强盗占山为王，死活不让。

大致是被我看穿，老狐狸扬唇笑了笑："所以，宏卿做了一个对他、对我都有利的决定。而因着这分情面，往后我绝仙阁，就自然欠他一个人情。说起来，岚羽还是太年轻。"

我不屑道："是你老奸巨猾。"

"哎呀，怎能这样形容为兄。好阿月，你虽然师承为兄，功夫是学到不少，可脑子嘛，唉……"

"白长轩！"

"喀喀，走题了。为兄是想安慰你，不要因为打不过别人，就想切腹自尽呀。"

这是在提醒我该怎么去死吗？我忍住伤痛，冷眼觑他。白长轩被我看得有些不好意思，扭捏地歪了歪头，正色道："不过，今日阿月之伤，终有一日，老夫会让碧云峰加倍奉还。"

这话说得笃定，我听得感动。别过头，按捺下想吻上那双勾人凤眼的冲动，默了默，我问："其实这两派会找上门，你早就算到了吧？"

"这……"

"留我挡招也是你早就想好的吧？"

我进，老狐狸退，继续："这嘛……"

果然是这样！

"那么，这笔账，你要如何跟我算？"

"兄妹之间，说算账太俗气了。"他摊手。

我冷冷道："我天生爱财，你还不晓得我俗气得很？"

"哎呀……"白长轩望着门外叫了一声，我以为又有什么事，往外看了一眼没人，觉得他是在转移话题，是以再逼近了半步。此番白长轩未曾后退，望了我，含笑又鼓励地点点头："看来今日皇历不好，又有煞星来找吾妹了。"

尾音刚落地，老四就走了回来。看着我和白长轩近在咫尺的姿势，极为暧昧地笑开。

"我也不想打扰你们说话的。就是……外面来了一个和尚一条狗，指名道姓找小师妹。我看那和尚又不像来闹事的，总不好一掌拍他出去，小师妹你看……"

事事都在白长轩算计中。

我提了提裤腰带，正要出去，白长轩拉住我的手："你已受伤，此事还是交给为兄吧。"

我凝眸睨了他一眼，只字不言，大跨步走出了严华殿。

参天玉像下，一人盘腿而坐，旁边一条狗，怎么看怎么碍眼。我不由分说，快攻向前，生之刃顿起的蓝芒，眼看就要近到和尚身上，莲华生突然从怀里掏了掏，大喝一声："去！"

哎呀！好一锭金元宝！

我劈的方向不禁偏了偏，但念及白长轩正在身后，又生生把刀锋掰回了正轨，架在莲华生脖子上。

他"咦"了一声道："怎么没用？世人诚欺贫僧啊。"

我嗅着金子的香味伤感，面上愈加凶神恶煞："臭和尚，你来干什么？"

莲华生面不改色地看了看刀刃，举起佛掌："贫僧不姓臭，施主你的记性真是……"

我刀锋往他肉里一嵌，和尚立刻识趣地转了话头："你拿走贫僧的狗……咯咯，念灵珠，贫僧自然是来找你归还的。"

哦，看来今天真是个黄道吉日，宜相杀。讨宝的人一拨接一拨地来，都没个空隙。我轻轻将刀一带，在莲华生白嫩的颈上割出了一条细细的血痕。他半合着眼，眉头都不皱一下。

我道："念灵珠你是讨不到了，命，我可以给你一条相抵。"

明眸抬起，他盯着我，等待下文。

"你看，现在只要我手上一拉，你的这颗和尚头就没了。你若识趣，就捡着这条命，有多远滚多远，你看如何？"

单闻一个"滚"字，他身侧的狗儿立时就伸出了舌头，口水流了一地，对着我又摇尾巴又小吠了两声。莲华生按了一指在自己唇间，噙着若有似无的轻笑，对着狗儿"嘘"了一声。

这举手投足也忒魅惑了！哪里有半分和尚的样子！

安抚了狗，莲华生转眼看我，眼神诚恳，认真道："施主，我想你还是没搞清楚自己的定位。贫僧方才一掷元宝，就是想和你有个转圜的余地，不必剑拔弩张，并不是贫僧怕了你。你这刀法，除了当个杀猪匠，实在取不了贫僧性命啊。"

"你！"我气得暴跳如雷，面上因半边面具遮掩，兴许还看不大出。臭和尚不怕死，火上还浇油："不信吗，那你试试。"

试试就试试，我白里月还就不怕搬起石头砸了自己的脚，何况你莲华生本事再高，我倒要看看转瞬之间，你的控灵术能奈我何。

一念落定，我抽刀欲回，身后传来沉厚的嗓音："慢着。"

又是白长轩。他这一嗓子，号得我进退不得，举着生之刃，抽动了半毫米，眼看刀刃都陷进了和尚肉中，我还是硬生生停住了。莲华生许是也觉得瘆得慌，小心翼翼地推了推刀刃。我一个眼神瞪过去，他翻了个白眼，又举起佛掌做超然物外状。

白长轩自石阶上步步走下来，紫色的长袍晃得我眼花。光晕在他头顶绽开，好看得不真实。这么看着，我也忘了眼下自己完全是个半残之躯，举刀久了，受伤的手疼得要命。

他凝眸，神色泰然："在我绝仙阁的地界上，阁下将话说得太满，对此行的目的定然不利。"

双脚站定，负手而立，风中飒飒翻飞的紫袍，好一副睥睨天下之姿。

莲华生从头到脚打量了他一番，念道："阿弥陀佛，这位是……"

"白长轩，绝仙阁之主。"

"哦，白阁主，"莲华生耸了耸眉峰，"怪贫僧隐世太久，未曾听过您的名号……"

"放肆！"

敢这么对老狐狸说话的，这不要命的和尚是第一人。我只容得下自己对老狐狸不尊重，他人不尊重，绝对是要付出代价的。我就要手起刀落，不料白长轩一把按住我手，不急不缓道："未曾听闻是正常，但自今日起，老夫这名，自当给阁下留一个深刻印象。"

自信是门技术活儿，干得好让人刮目相看，干得不好就让人想糊你一脸黄泥巴。

很明显，老狐狸是属于把这等活儿练到出神入化的那类人，所有的事，他都一副尽在掌握的笃定状。我看莲华生眸光几转，最终凝出了些许服软的姿态来。他垂头道："阿弥陀佛，白阁主的气息，贫僧认得，那日在弥留虚境破了贫僧的控灵术。阁主之修为，贫僧心服口服。"

白长轩应了声"客气"，随即又转向我，面无表情地沉声道："来者是客，将武器收了吧。"

我默了会儿，来回看了他和莲华生一眼，不情不愿地收回生之刃。我垂下手，这才痛得龇牙咧嘴，一个不稳，往后趄跄了一步。白长轩及时用手在背后撑住我，让我不致跌倒在外人面前丢了脸面。

莲华生那臭和尚眼中倒映出我略显苍白的面色，也不知是不是我眼花，他眨了眼从我手指滴落的血迹后，抬头道："施主受伤了啊？"

那种幸灾乐祸的表情和语气，他不觉得太过"违和"了吗？

碍于白长轩在这儿，我不想和他浪费唇舌。头一扭，眼一闭，我紧靠着青草香气的一侧。白长轩似在安慰，轻轻拍了拍我的后背。他嘴上不停，半是试探，半是肯定："阁下来此，是为念灵珠？"

"正是。"

"哦，若本阁主没有记错，我仙道三派该是从未托佛门之人看守至宝，不知你是……"

最后一字尾音拖长，莲华生思忖片刻，方才应声："阿弥陀佛，贫僧一直住在念灵珠内，时日太长，便也忘了。或许在贵派祖师发现此宝物时，贫僧便已在了吧。"

我愕然，睁眼，看向他："你这么大一坨，还加一条肥狗，那么小的珠子能住下？"

那狗儿冲我叫了几声，其间似乎饱含不满。莲华生看了看它，又看向我，解释道："滚滚说，它只是毛发松散了点，不是肥狗。"

"嗯……"白长轩沉吟道，"如此说来，阁下执着于念灵珠，也只是寻求一处栖息之地？"

莲华生不答话，算是默认了。

此时白长轩掌中化出琉璃耀华，一团纯白的灵气自法器中缓缓升起，正是数日前取回的念灵珠。只是，那珠子原本的灵力只剩了一半，让人着实惊讶。我凝了眉头，探寻地看向老狐狸，他却没有回应，只是古井无波地望着莲华生道："如你所见，此珠已为老夫所用，想必是住不了人了。"

蓦然，莲华生眼中乍闪一道红光，其间夹杂着无尽杀气。但那一瞬消失得太快，我尚未定神，他又恢复了一片平和，望着念灵珠良久，嘴角扬开半丝苦笑："看来，路上有位仙友说得的确很对。"

"嗯？"我疑惑。

莲华生摇头晃脑："人人都说白阁主有两个称号，一个是麻烦制造机，另一个嘛……就是仙道流氓，今日，贫僧算是见识了。"

仙道……流氓……

这个称谓虽然很贴切，但是……不对！我是要无条件站在老狐狸这边的人！谁敢叫他流氓，我就砍谁！

忍下笑意，我板着铁面"有私"的脸，咬牙切齿："你活腻了吗？"

老狐狸扬手，平静神色不见改变，眯眼道："是这仙友说话过激了。"

"是啊。"莲华生表示赞同："但白阁主现在的作为，似乎也和强抢民女的流氓没什么两样嘛。"

"噗……"我实在没忍住。活了这么久，还是头一遭遇见比我更敢和白长轩呛声的人。我不禁在心里为臭和尚竖起一根大拇指。

白长轩悠悠瞥了我一眼，我绷紧嘴唇，他又看向莲华生："那依阁下所见，想要如何处理此事？"

"唔，"莲华生左右环望了一番，道，"我看绝仙阁家大业大，多养一两人，也当非是难事。"

沉默片刻，白长轩一挥衣袖，他的嫡传弟子空青，立刻穿地而出，突然出现在我们面前，冷不防吓了我一跳。

"师尊。"

"带这位大师去西厢住下。"

我一听此话，当即蹙眉道："我反对。"

"嗯？"白长轩眉头微挑。我不说话，他那双上扬的凤眼就直勾勾地盯着我。

这也太不厚道了，这种关键时刻，眼神这么销魂做什么，不明摆着美男计吗？可怜了这世上就两样东西克得住我，要么银子，要么白长轩。

于是，我很没骨气地耷拉了脑袋："随你吧。"

他颔了颔首，意思不明显，但我仿佛看穿一些。他应该是在说，这绝仙阁本来就是他做主，反对的话，随便说说就好了嘛。

没了阻碍，莲华生和老狐狸莫名地一拍即合，定下了莲华生入住绝仙阁的事。伪和尚冲着我弯着桃花眼一笑，说了句让人吐血的话："施主，来日方长啊。"

我捂着心口，顿觉心塞。不等我答话，和尚袍子一挥，跟着空青步步生莲而去。走得大致都有十丈远了，那条白色的蠢狗却坐在原地，一动不动地望着我。

我"呔"了一声，挥手示意让它去追它那缺德主人。狗儿见我此举，很是高兴，冲到我跟前，脑袋在我腿上蹭了又蹭。

白长轩道："看来，它倒是和吾妹很亲热。"伴随话音，也不知哪里来了一阵恶寒的风。我挺起腰板，很是正经："这是误会，上次见面我还一心想砍死它来着。"

老狐狸不语。

我看着他脑门上似乎隐隐散发出某种不知名的黑色气息，生怕他误会了什么，刚想解释，莲华生远远插话道："施主莫想多了，滚滚就是太久没进荤腥，一见骨头就忍不住。"

"你给我滚！"我指着脚边的狗，对它怒目相向。它听闻一个"滚"字，自以为我是在饱赋深情地叫它，蹭得更是卖力，口水滴了我一袍子。

最后，还是莲华生无奈开口，它才依依不舍地离开。

我站在风里，半晌无话。低头看左手的银丝手套，又想起那袒胸露乳明目张胆勾引白长轩的岚羽，五脏一痛，险些气出血来。白长轩揽过我的肩，声音放得柔和："为兄的好阿月，老夫不是与你说过，任何时候都不要勉强自己，世上再没有什么事比你自身更为重要。"

我扭头望天："那是你的想法，在我心中，有比自己更为重要的人。"

"呃……"我斜眼偷瞄，某人也不知是什么感触，先是耳根子一红，随即薄唇荡开半丝浅笑，似是欣慰，"嘻嘻，你还记得为兄教你的保命绝招吗？"

"哼，不记得。"我撇嘴，翻了记白眼。那种打油诗，也堪叫作保命绝招？为人奸诈，处事圆滑，三个人以上，大招都不要发。

你这算是顾及文盲的感受吗？

白长轩轻轻在我肩上一拍："哦，既然不记得了，那你就好好将这句话抄个两百遍吧。"

我怒："凭什么？！"

老狐狸臭不要脸："就凭这是为兄特别为你想出来的呀。你要是不抄的话，"他抬头望天，两指捏诀，蓦地，漫天落叶飘洒，我急退半步，也止不住他的魔力紧箍咒，"寒叶飘逸，洒满我的脸；吾妹叛逆，伤透我的心；你的行为就像冰锥刺入我心底，啊……为兄真的好伤心！阿月……"

"我抄。"悲从心中来，我无奈败下阵来。

老狐狸闻言，随即抖抖衣衫，恢复高深莫测的阁主形象。清了嗓子，他对我道："如此就对了。你先行回逍遥居，为兄随后就来。"

被占了便宜，不讨回来，我精于做生意的杀手面子要往哪里搁？眼见白长轩欲提步，我腰一折，腿一软，英明神武地往前扑去。老狐狸手疾眼快，回身搀住我，眉头一拧。

我气若游丝地说："方才伤了脏腑，眼下却有些抑制不住了。"

他扫了一圈广场周围，确定没人后，望着我道："吾妹可不是轻易露出软弱的人。"

"那是待别人嘛。你不同。吱——"我吸了口气，手臂上的血涔涔而落，这一声痛，是真实的。

他颇为无奈，尚未启齿，我又道："前两日你装疯，我背你回逍遥居的事，你应当还有印象。"

白长轩抿唇。

"先前你诓我留守绝仙阁，惹得这一身伤患的事你应该也不会这么快就忘。"

某人还是抿唇。我只好使出绝招："那天晚上我和你同床……"

话未完，某人一脸严肃地打断我："吾妹伤势太严重，为兄背你回逍遥居。"

哈哈哈，我不厚道地连连笑起来。

天色入暮。

老狐狸挑了一条人烟稀少的小径往逍遥居走。没承想，半途还是遇见熟人了。老二跷着二郎腿，正躺在一棵树下的大石上看春宫图。听闻脚步声，他咬着马尾草很是厌烦地道："谁人这么不识趣，敢来打扰本爷？"

我下颚枕在白长轩的颈窝，见着他斜飞入鬓的眉头微有起伏，护我的手想要放我下来，我偏是不依，挂在他身上，有多紧抱多紧。

他侧头看了我一眼，不动声色，想要绕路过去。

这时，老二放下了册子，喝道："扰了本爷兴致，还敢不报名姓，嫌命太长了……"他起身，看见白长轩，又看见我，看见我俩的姿势，愣了半晌，说出最后一字，"吗……"

我皮笑肉不笑地回应："二哥，好兴致啊，大白天看这种书，不怕血气方刚逆冲上脑门吗？"

老二得我一句提醒，这才反应过来，慌忙将小册子塞进怀中，又望着我二人讪笑道："师兄，你这是……"

"锻炼身体。"白长轩目不斜视地望着小路尽头，一个多余的字都没有，四字罢了再也不说话，就这么站着。老二颇为尴尬不安了许久，放手的姿势连换了好几个后，终于开口道："师兄……要是没其他事，我、我先走了。"

"嗯。"

得了解脱，老二喜上眉梢，脚底抹油准备开溜。原本四下望了一圈，想挑一条可以绕开我二人的路走。看过之后倍感绝望，发现这个鬼地方只有一条道，于是愁苦着一张脸，大气都不敢喘地从我们身旁经过。

我本是想提醒老二下次得换个隐秘的地方，免得被白长轩这老狐狸撞见，可眼下情况，我着实懒得说话，便作罢了。就在错身刹那，白长轩的袖袍动了动，老二的怀里便突然烧起了一团小火，吓得他慌慌张张地将那着火的册子扔了，搁脚下使劲踩。

眼看册子烧成了一团黑灰，老狐狸方才神色沉稳地又迈开了步子。

林间六月飞花盛，身后眼神如利刃。

也许白长轩烧的是一本老二存了多年的经典版，我如是想。

回了逍遥居，他一路背着我进了寝房，放我坐下后，"呼呼"喘了两口气，抹着汗道："累死为兄这把老骨头了。"

兀自拿过茶具斟了两盏茶，推了一盏至他的方向，浅酌了半口，我道："我真是好奇，你是如何做到角色转换这么快的？还是你天生就适合演戏？"

白长轩举起茶杯豪饮下去，正色道："哪有啊，为兄面面都是真性情。"

"诓别人的真性情。"

他眯起眼，落座在我对面，笑："吾妹真了解为兄，都不是瞎说。"

"白长轩，我真想有一日能分清你到底什么时候是真，什么时候是假。"

"啊……"

"还是说正题吧，"我打断他，"你留下莲华生的理由。"

他肯随我一同回来，自然是有话还在喉头打转的，方才在广场，兴许是顾忌来往门人多，怕泄了阁主心思，所以没说出口。眼下逍遥居几乎无人敢进，总可放心言明了。

老狐狸思忖片刻，果然又眯起了满含算计的双眸："莲华生见着念灵珠的反应，相信当是逃不过吾妹精明如鹰、明察秋毫、不动声色的眼……"

"喀喀！"我呛了口水，瞪他，"说正题！"

他笑开，很快又收敛了表情："我仙道三派素来与佛门毫无瓜葛，让一个和尚来看守仙道至宝，此事绝无可能。若莲华生真是如他所说，早年便居于念灵珠中，你试想，是什么样的人肯屈居在这样一个小地方，且还会失传多年的控灵术？"

唔……这个问题有点困难，毕竟我的逻辑思维没有老狐狸这么发达。我想了想，皱眉回答："脑子短路的人？"

他眼里赫然呈现死灰状，好半晌才回复过来："你看你二师兄会去念灵珠里看春宫图吗？"

原来他还知道那叫春宫图，我一向以为白长轩只知道诗集、史书、战术之类的书籍。蓦然好奇心爆满，我随即问了一句在此刻十分不该问的话："你看过没？"

"什么？"

"春宫图。"

"你真是长幼不分，这是该与为兄讨论的话题吗？"

我喝了口茶，望墙角："看来是看过了。"

老狐狸捂住胸口，面上端着严肃又正经的长兄为兄形象，怒道："为兄在说正题！"

"我也在说正题。"

白长轩一脸想撞死的表情，看得我不禁心软下来："好吧好吧，让我想想。"转回思绪，我又仔细想了一遭，突然心头一凛，道，"难道，莲华生那臭和尚是被封印在念灵珠中的？"

这个想法，真真吓了我自己一跳。想念灵珠入我仙道三派成为至宝也有五六百年，如果莲华生真是被封印，那他的年龄……此话倒可不提，只是这样一来，倒也确实印证了他为何会失传多年的控灵术，但他为何被封印？又有谁人的修为如此之高？

白长轩显是对我这一次的推断比较满意，颔首道："确实有这可能。他身上佛气沛然，但方才显露出来的又有些诡邪杀意，此人前尘，当是不简单。在未了解清楚他的底细前，不可让他随意离开绝仙阁。"

"嗯……"应了声，我才突然反应过来，"啊？那不是要时常看见他与那条死狗了？"

白长轩莫名幽怨起来："为兄特意将他安排在往思台后的西厢，你在极东，若是不想见，自是见不着。若是想见嘛……"

我道："见他那个舍利头去死啦！"

老狐狸眉梢眼底都盛起笑意："哎呀，真粗鲁。"

我别过头，冷哼一声。此时屋外暮色已深，我身上的伤痛又有些抑制不住，右臂火辣辣地烧着疼。我怕白长轩担忧，便下了逐客令："话说完了，出去。"

他歪着头默了默，没有接话的打算。我等了半晌，见他毫无动向，便一眼瞪过去："听不懂吗？让你出去了！"

老狐狸突然执起我的右手，害我一怔。对面坐着的人脸上带着难得的宠溺表情，摇头叹气："又在逞强。"

我隐在面具下的脸烫得厉害，极力要收手回来，他不允，我只好僵硬着身体，咬牙道："谁逞强了！这点小伤怎么可能……啊——"

轻点啊！

我一时满眼泪花花，看着白长轩右手凝成剑指，划开我臂上衣衫，一点一点将已经粘在一起的血肉和衫分离。他手上看似小心细致，嘴里却在天然无害地道："嗯？你刚要说什么？继续说嘛。"

我语塞。

"这点小伤怎能伤得吾妹哑口无言呢，哎呀，一定是为兄的错觉。"

"白、长、轩！"

一天到晚这么玩我，信不信我分分钟发病给你看！

老狐狸约莫也知道火候够了，干笑两声，便收了话头。剑指越往上，伤势越重，至手肘处，裂开的血肉下，已能看清森森白骨。我一向觉得自己的最大优点就是扛打，是以受伤也是常事，虽是痛得慌，却还忍得住。于是我别过头，懒得再看。

倒是白某人，鼻息越来越重，待割开了整个袖袍，眸中就只余凌厉，好似恨不得把伤我的人捉来吃了。

我见他如此，安慰道："只是小伤，无事。"

他抬头，凝眉："为兄是在琢磨，你的修为在东荒之上算得一流高手，那岚羽却能伤你至此，为兄今后该选择怎样的态度待她。"

哦，原来不是担心我，我自作多情了。冷笑了一声，我答："我看她对你很有些意思，你若打不过，大可使用美男计，说不定她还能为你所用，这不是一箭双雕吗？"

他左手幻化出一瓶伤药，涂于指上，又轻缓地抹到我伤处，一边呵着凉气一边说："你这个提议，为兄不是没有考虑过。"

"哼！"

我要缩手，被他紧紧钳制住，不得动弹。

"但为兄认为，靠脸吃饭，始终不是长久之计。"

我无言以对。

他说得一本正经，继续道："伤了我家阿月，自该有觉悟要承担老夫的怒气。如今的碧云峰，想跟我绝仙阁一争高下，我倒要看看，在这盘棋局里，岚羽要如何落下决胜负的棋子，她又要如何来逆转这一盘必输的棋局！"

说着，他的手握上了桌子角。

我匆忙抓过他的腕子，严肃道："楚凤已经在暴走的边缘了，管家的怒气值，你承受不了。"

老狐狸顿悟："说得也是。"

心有灵犀地互望了一眼，我放开他的手，道："药也擦了，现在没事，你可以走了。"

老狐狸装模作样地叹气，指责我不近人情，又从琉璃耀华中化出一颗药丸，看起来就像平常街边小贩卖的老鼠药，递到我面前，意简言赅地吐出三个字："来，吃了。"

眉头抽了抽，我疑惑地问："这是什么？不会是什么断肠绝情丸吧？"

"什么？"

哦，忘了白长轩从来不看话本子。那话本子中为防止属下心动，而给属下喂毒药的段子，他做过没我不确定，但我能确定的是，他应该不会取一个这么浅显易懂的毒药名。我颤着手接过药丸，又仔仔细细盯了他一回。他好看的眉眼里噙着浅淡笑意，惑人心神。

于是，我就这么没出息地被一张看了几十年的脸迷惑住了，不问缘由，径直把那药塞进了喉咙里。

长吁两口气后，突然，我浑身像被烈火灼烧起来，痛苦难当。我喉咙间像卡住了千万根鱼刺，一呼一吸都痛彻心扉。

这……这是中毒的症状？

一张原本就显得有些苍白的脸，眼下更是面如死灰，毫无生气。我看着白长轩瞳孔中的自己，眉头拧紧，咬着唇，说不出一个字。饶是痛得犹如坠进地狱，我也不肯哼一声。

白长轩揽过我的肩，抱着我，附在我耳边低语道："乖阿月，疼就要说出来，为兄在这里。"

我颤巍巍地伸出手，极想拼了命地掐他一把，再揍他一顿，质问他给我吃了什么。可偏是这样想着，又掐不下去。于是我了悟到白长轩比我生命更重要这个道理。想到这儿，我就满心痛苦憎恶自己的不争气，抬手捂了捂眼睛。

身上的痛楚殆尽后，脸上又火急火燎地痛起来。我实在忍不住，便握紧了茶杯，一个用力，白瓷在银丝手套下破裂，碎片散落一地。

白长轩拧了眉："为兄自小就教导你，无论何种情况，宁伤他人十分，不伤自己一毫。既然为兄在这儿，你的痛苦大可发泄在为兄身上，让你咬一口如何？"

闻言，我白骨躯一震，抬头，认真道："可以把咬字换成亲吗？"

他合眼："太得寸进尺了。"

"唔……那可以咬嘴吗？"

某人一推，将我放倒在地，也不顾本姑娘现在正受着他赐予的痛苦，抚额道："哎呀，吾妹，你是不是黄色小书看多了？"

我摇头，艰苦卓绝地撑地吐出一字："不。"

"那就是痛得脑袋不灵醒了，居然调戏为兄。"

我刚想开口纠正他这不是调戏，是真情流露，可话还没出口，脸上火急火燎的痛苦瞬间消失了，顿时神清气爽。

我愣怔了片刻，摸着那半边凉透的面具站起身，想了会儿，凝眸看向老狐狸："你到底给我吃的什么？"

老狐狸掐指一算，含笑道："时候到了。"说着，他扶我到梳妆台前坐下，泛黄的铜镜中映着他和我。白长轩的紫袍那么绝世，面容那么好看，再看自己，我只觉这是讽刺。我垂下眼眸，不言不语。他修长的手指拂过我的面颊，忽然握住面具，快如疾风地揭开了那半侧。

我愕然，仓促不安，闭着眼吼："白长轩，你、你干什么？还我！"

他拍着我的肩膀安慰道："好阿月，乖阿月，不要怕，睁开眼。"

不睁！睁什么睁！你以为个个都有勇气直面那样半边血肉半边白骨都算不上是脸的东西吗？我自幼时第一眼从水中看到那样的自己，便朝着水面扔了数天的石头，泪水涟涟，没有停歇。

若不是心脏够强，说不定我会成为仙道里第一个被自己吓死的人。

有几人能试想自己有如此脸面？

彼时白长轩寻了我好几日，才最终在湖畔找到不人不鬼的我，抱我在怀里，举得高高的，朗声笑道："为兄的好阿月，你是最好看的，只是现在生病了，待你以后恢复，定是一个绝世的美人儿。"

我那时攥着鼻子问他："那你还喜欢阿月吗？"

他眯眼定定答道："无论阿月是怎样的，为兄最爱的都是阿月。"

"那你以后要经常这样抱着我举高高，哄我开心。"

"好。"

那一年，我年方七岁。懵懵懂懂之际，对白长轩的定位，已然不在长兄上。念起那阵儿能随意在他脸上亲来亲去，我就笑，笑着笑着，又会叹句"时间从来不留人"，眼里便有了温热。就如同此时，水泽盈满眼眶，我只能拼命合着，但泪还是涌了出来，沾湿了睫毛。

蓦然，有什么东西触在我左侧颊边，那种感觉，是……

猛地抬眼，我看见铜镜里的那脸容，那是完整的、精致的，有对应的另一侧。是我，这是我……我不敢相信，周身都颤起来，只手碰上了那半边容颜，害怕得不敢吱声。

白长轩适时地在身后柔声道："你看，为兄说过，待吾妹病好，定是个绝世美人儿。"

一句话，将我从云端拖回了现实。

这样的战战兢兢，太不适合我的风格了。我敛了神色，垂头睨了眼戴银丝手套的左手，微微一握，分明还是白骨的触感，于是我面上愈发的从容，看着白长轩道："这就是你取念灵珠的另一半用意？"

他闭关三日，又折损了念灵珠大半灵气，想来与此事脱不了关系。

白长轩捂眼，只从指缝里看我："哎呀，为兄还以为此事够你欢喜好几月，没想到才一瞬间，你又恢复了大逆不道的本色。"

"哼，不过就是这样，有什么好欢喜的。"我撇了撇嘴，透过铜镜问他，"回答我的问题。"

白长轩无奈摊手一笑，倏然脚下虚晃，退了小半步，连带脸色也变了。这次他不似演戏，我箭步上前，扶稳了他，再去摸他脉象。他躲躲闪闪，扭捏拒绝，最终被我狠狠一把抓过。这一摸，吓了我一跳，脉象紊乱，并不似他表面这般毫无大碍。

左手五骨捏成拳头，我闷声问："是方才与岚羽过招所致？"

"她尚无资格伤为兄。"他说得平静。

"那是……"

"呃……"他顿了顿，"天色也不早了，为兄也该去休息了。"

我蓦地明白，这伤势定是与炼那药丸有关。我心口一酸，想要开口说什么，却又觉得任何话在此时都抒发不了我心中对这只老狐狸的情感，只能怔怔不语，目送他离去。

到了门口，他又是一顿，背对着我说："这念灵珠的灵气有限，要让你的身子也一并恢复如常，需另想办法。"

"我……"一句话未道得完整，便被他所阻道："为兄知晓你对自己的半边骨躯耿耿于怀，你也不必推诿，权当这是为兄的私心吧。总有一日，为兄定会让你如常人一般。"

"嗯。"我细如蚊蚋地应了声。其实，如不如常人当真没什么，我所求的，自始至终也不过是一个你，自然，若有数不清的金银为辅那就最好了。

看了看梳妆台上的银面具，我道："从今往后，这张脸，我只给你一人看。"

白长轩的身子微微一抖，叹了一句"痴儿"，举步踏入了银色月华中。

夜里睡得不安稳，模模糊糊的，我总是梦见白长轩。

这个毛病，是自我早年离开绝仙阁后就落下的。本来就浅短的睡眠里，要么就梦见白长轩在浇那一院子的铁色异花，要么就梦见白长轩在给我雕一座他的金雕像……

虽然，我也认真考虑过用金子去雕一尊白长轩，奈何世间工匠手拙，根本雕不出他绝代风华的万一。于是，我只好作罢。

后半夜风大，我从梦里醒过来，睡不着，便随意从柜子里摸出一件斗篷披在身上。借着如水月色，我把斗篷翻来覆去地看了看，最后得出一个结论。

这蹩脚的针线活儿，定是出自那老狐狸之手。

自从养了我，他就坚持亲手给我缝衣裳，虽然缝得奇丑无比，并且几十年如一日的丑，他也未曾放弃。

思及我都已离开了十五年，他还在给我做斗篷，我忽地心头一热，感动得简直想落泪。愣怔半晌，叹了一口气，我推门走出房间。

这会儿，正入寅时。月头偏西，银辉倾洒，照在逍遥居里。当中的房间里漆黑一片，想那人此时当是睡得香甜。我走进院中，看了会儿齐膝的铁树，探手抚了一抚。冰凉的触感，与其他花草都不同。

我实在想不明白，老狐狸对花草的喜爱，怎会这般异于常人。而且，我翻过一些书，书中对这种花也没有丝毫记载。真是花如其人，看不透，猜不着，永远只有个花骨朵，不会开出来让你看个明白。

我懒得寻思，径自寻了正对他房门的空地杵着，眼睛一合，站了大半夜。

至天边泛开鱼肚白，我心中有了主意，用灵力将斗篷一送，扔回自己房里，捏诀腾上了云头。

　　清晨的海棠晓月，一树桃花绽着粉白的烟浪，衬着红霞，妖艳得撩人。海水拍打岸边礁石，如同一曲醒神的清乐。我还以为，只要来到这里，就能看见碍眼的美好画面。我那两个师哥不是在煮酒下棋，就是在弹琴吟诗。

　　结果，我刚落地，就看见老八黑着一张脸，一手拿钉锤，一手拿木板，活生生要出去抢劫的架势。

　　我吓了一跳，努力绷着表情负手道："八哥，你这是……"

　　"哼！"老八狠狠朝一边啐了一口，继而昂首挺胸，完全不理我，从我身旁踱过去了。我丈二和尚还摸不着头脑，烨世离又从桃花树后转出来，打了个酒嗝，笑得前仰后合。

　　我蹙眉睨他，道："大清早就喝成这样，不怕早死吗？"

　　老四还是笑，笑得越发猖狂，将我的肩一揽，附在我耳边笑声连连道："小师妹啊，你可知昨儿个你八哥气成什么样了？"

　　不就捏碎一张椅子，崩坏一块地面。至于吗？！我又没拆房顶！

　　我沉默以对。

　　老四手上灵光一动，幻化出来一块木板。上面写着几个简单易懂的文字，好在我这个白丁还能识得：月掌与狗，不得入内。

　　与我同辈分的几人，在派中都属掌字辈，楚凤是凤掌，烨世离是离掌，我是月掌，都是给小辈分的门人们叫的。当初为了定这个辈分的名号，老五还和白长轩吵过一架，没吵赢，于是拐了七哥云游四海去了。

　　因为老五姓沈，名之熊……

　　我拿过木板手上用力，捏出了一条不粗不细的裂缝，眼神带煞。老四哈哈大笑起来，道："没用，昨天一晚上他都去写这个了，连琴都没弹给我听。"

　　我险些气出血来，道："他怎么不写'阁主与狗，不得入内'？"

　　"哈哈哈，他胆子小嘛。"

　　"摆明欺负我？"

　　"你又不是不知道你八哥是个管家狂，没药吃啊。"

我懒得和楚凤计较，爱咋咋地。反正只要他不去黄泉月挖我的老本，我什么都不在乎。鼻息里哼出一声，我扔了木板，转向正题："我要去寻鬼医，他人在哪里？"

"嗯？"老四晃了晃酒壶，敛着眉眼看我，"昨日岚羽下手，难道将你伤得……"

"不是我。"我打断他。

"不是你？"老四疑惑了片刻，随即又释然，"能让我家小师妹亲自出马的，恐怕这东荒上没有第二人。"

我不语。

"大师兄怎会……"说了一半，老四却不打算说下去了。因为他大概明白，知道得太多，是会被灭口的……抬眼往东方日出处瞅了瞅，老四再品一口酒，懒懒道，"鬼医住在西海以西的障目山里，没人引路你只怕去不了。"

我想了想，准备去揪老四的后脖颈。

他往后退开半步，道："你就是逮了我带路，也是无用的。"

"怎么说？"

"那个老头子，脾气怪得很。只往外散三面医令，除非有这医令，他才会医治。否则，他的原则就是，活人不医。"

还有这事？比我这杀手都来得高端？要是人都死了，还要他这大夫干什么？！我沉默了半刻，沉着道："既然如此……"

老四竖起耳朵。

我抽出亮晃晃的刀，道："那就打到他医为止！"

老四一抖，竖起大拇指，道："果然是绝仙阁出流氓。"

大半日后，我和老四就落脚在了千里之外的障目山巅。此山上绿阴层叠，毒蛇毒虫众多，终年罩着不散的迷雾，再配以诡异的八卦阵，无人带路确实不好进入。哪怕是我这等修为，恐怕都免不了被困上几日。想来，这次诓我回绝仙阁，我的师兄弟们还是将功课做得很足，竟真的找过鬼医。

我凉悠悠地望着老四抽眼角。

老四也回视着我抽眼角。

大家互抽了半天，他讪讪道："你也别看我。当初那事我也是不赞成的，奈何大师兄阁主之威不敢逆，我也只好被迫参与了计划。"

"哦？"我脚下迈着的步子不停，伸手拨开面前的藤草，淡然道，"我记忆中的四哥可是威武不能屈，淫荡不能改的呀。"

"噗！"他喷了一口酒，笑得很苦涩，"我的好小师妹，在你心中，四哥我到底是有多淫荡？"弹了个栗暴在我脑门上，我眼色一凛，骇得他行快了好几步，见我没有动杀机，他方才慢下来，咧嘴道，"那是贫贱不能移！"

不都差不多吗？

反正我不学无术也不是一两天。听不懂我说的话，是他脑子不行。我翻着白眼表示了一番鄙视，再往前走了半里路。面前的白雾消散，隐隐约约现出了一座草庐。我脚下加快。突然，从一旁的草丛后钻出来一个和我齐腰高的小童，高耸的发髻立在脑袋中间，大声对我俩喝道："你们是什么人？来障目山做什么？"

我默了默，不便开口，于是用目光给老四示意：我说话贵，还是你来吧。

这遭换老四鄙视我了。

"小儿，你家鬼医可在？"老四问道。

小童挑高眉头，问："你们找先生？"

"不找你家先生，这障目山莫非还能找着别人？"

受了嘲讽，小儿表示很不开心，鬼模鬼样地哼唧两声："你预约了吗？你有先生的医令吗？有就医，没有就走，先生不接活口。"

我一时把"活口"听成了"牲口"，顿时怒起黑羽："欠管教是不是？"

小儿被我一吼，气势立刻蔫了五分。老四将我往身后一揽，一白一黑地唱开了戏："劳烦小童你通传一声，就说绝仙阁求医，无医令。"

"那，那先生断不可能医你们的！"

我耐心耗尽，拂开烨世离的手，脚下一蹬，迅速绕过小儿往草庐奔去。

身后那孩子惊怒交加地大喊："你到底是谁？胆敢打扰我家先生炼药！"

我本着给老狐狸惹点麻烦的心思，坦然报上名号："绝仙阁，白里月。"

就在说这话的一瞬间，我"砰"的一声，闷头撞在了草屋外布下的结界上，一时眼冒金星，倒退数步。

不远处。

老四："噗……哈哈哈哈哈。"

小儿："你……哈哈哈哈哈。"

没见过世面！偶尔不察敌情，这有什么好笑的。只是……我摸了摸鼻子下浅淡的血迹……真是痛啊。脸痛，手也痛，都怪岚羽！我又在心里问候了一遍她全家。

定下心神，两指捏诀，我一鼓作气地划开结界，强行冲了过去。

草庐内，因着结界掩了日光，漆黑得目不能视。我打个响指，在食指上燃了一簇火焰，借之照明。屋中央有一口大药炉，正在冒烟，左侧是一张简单木床，右侧稍深，暗得看不清。我往前走了两步，见着一方竹青书案前坐了个全身黑的人。脸上胡子零乱，看不清模样。

我道："鬼医？"

那人不开口。

我也不管，反正坐在药房里炼药的都是医者，合该把白长轩给我医好。清了嗓子，我自顾自继续道："绝仙阁有请阁下医人。"

这回他有反应了，低着头不看我，闷声问："医人？医令呢？"

我昂首："无。"

他默了默："死人吗？"

"你死了他都不会死。"

黑衣人大致是被我这话噎了一下，抬起头来。一见我，双眼竟绽出幽色绿光，看得我不禁有点悚然。

"活人，无医令，医不医？"

他不答话，目光胶着在我身上，也不知在看什么。眼中的绿光逐渐转成红光，干裂的唇角冷不防上扬，笑得"咯咯"响。片刻，黑衣人起身，绕过书桌向我走来。我虽是不悦，但好歹老狐狸也教过我先礼后兵，索性站直了，任他打量。

绕着我走了两大圈，黑衣人嘴里不停发出"啧啧"声响。

我听得有些上火，按捺着性子没有开口。

"竟然……竟然真的在这世上。想不到，居然让我鬼医遇见。"

神神道道的，是在说本姑娘长得绝世倾城吗？虽然他这想法没有方向上的错误，可不得不说，我是个有自知之明的人，何况我掩着脸面，不致让人这般惊艳吧。

挑着眉峰，我对他的念叨无兴趣，只问："你到底医不医？"

鬼医停下来，嘿嘿一笑，道："不医。"

不医你还敢看！

我双手紧紧一握，骨节脆响，道："你只有两个选择——医了，就生；不医，就超生！"

鬼医见势不妙，疾步后退，一边摆手一边笑得瘆人，道："我不医的人，没人能逼我。"

"是吗？那我要杀的人，也没人能救下。"

话罢，我手上凝招。

鬼医退至门边，后背往门上一撞，忙道："要我医也可以，不过我有一个条件。"

我顿下来，眉头一皱。

眼下我丢在河里的金银，应该有四万八千八十六两。哦，还有两万的银票放在树洞里。对了，还没算埋在地里的各种宝石，加起来的话，应该有十万两白银左右。如果他开价在五万以下的话，唔……是医白长轩呢，还是杀了这人呢？没钱取命的生意不大划算，干脆还是选择医吧。

主意打定，我探手往袖口里打算掏银票，道："说吧，要多少？"

"这嘛……"

"轰隆"两声巨响，矗立在障目山巅的草庐顿时朝四面塌毁。我一脚踹在鬼医身上，把他踢出了十丈远。正在和小童纠缠的烨世离看见这种情况，没禁得住喷了半口酒出来。小童更是两眼瞪直，张口结舌。

我飞身过去，踩在鬼医肩膀上，低头看他，道："你胆子倒是不小。"

鬼医哎哟直叫唤："来人啊，打死人啦！绝仙阁到处杀人啊！"

我眼一凛，踩着他的力道再加重三分，地陷半寸，鬼医嘴角也溢出了血丝。

烨世离忙晃过来，作势想拉我，被我一瞪，讪讪摊手，道："咱们有话好好说。好歹绝仙阁是正道，不能干这种下三烂的事。"

我才不管什么正道歪道，反正惹着我，就是下地狱有道，走活路无门。

老四见劝说无效，无奈垂首看我脚下的人，问道："你这老头子，是怎么惹得我小师妹动这么大怒？"

鬼医痛苦万分，口里喷血，道："我只要她……要她……"

剩下的话没说出来。

烨世离闻言，夸张一晃，装着喝酒压惊，片刻后，伸出手指着鬼医颤抖不已，道："呼呼，你个老头子，真是吃了熊心豹子胆！"

嗯？这厮都还没说是要我干什么啊？

老四继续道："居然……居然想强要我如花似玉的小师妹！不得了，你知不知道这种想法本君都还只是想想，连说都不敢说，你竟敢明目张胆地说出来！"

"四……哥。"

"别怕！"老四挽起袖口，"有四哥在这里，谁也不能强行对你干什么！"

"烨……世……离！"

"放心，此事我不会告诉大师兄，否则这障目山也不知会不会被夷为平地。"

我实在忍不住，五指狠狠一握，结果脚下没控制好力道，只听见一声惨号散在山风中，一汪鲜血向天纵。

脚下人，扑倒了……

我嘴角抽搐着，很是惆怅。远处小儿大喊了一声"先生"，随即扑来我脚下哭丧。我踹了踹双目紧闭已经没了声息的人，略感忧伤地斜角望天。

老四道："不好，搞出人命了。"

我无语。

"不过，"安慰地拍我肩膀，他又点头，"他的想法这么龌龊，是应该打死的。"

"我们是正道。"我很认真。

老四噎了一下，愈加正气凛然道："所以要除魔卫道，打死他！"

好吧，反正他怎么说都是有理。寻医不成，只好另找大夫，这么一番折腾，已经快近日暮。我寻思着回去看看老狐狸有没有按时用膳，捏诀招来云头，一脚踏了上去。老四紧随其后。走得远了，隔着云雾缭绕，我回头觑了一遭，方才还躺在地上的人，已经消失得无影无踪。

要是这么容易就被我踩死，这鬼医还能在东荒上有这么高的身价吗？我冷哼一声，转头向前。

不过，我身上到底是有什么，引得他如此有兴趣？竟然开口要我做他的杀人之兵。

疑问。

罢了，等今后有机会，再向老狐狸请教此事。敛下心神，我加快速度，一路向东。

老四向来是个闲人，左右无所事事，便跟着我一同来到广场。绕过参天玉像，百丈高的入云石阶上正走下来一行人。老二打头，愁眉苦脸，老六和老八跟在他身后。见到我和烨世离，老二将怀里露出的一册书角往里塞了塞，疾迈几步，跃下了石阶。

"小师妹，你回来了。"

"嗯。"

微微颔首，算是给几个师哥行了礼。老八怒气还没消，斜着眼睛也不看我，兀自哼一声，从我身边擦过去了。

老四："哈哈哈，真是一门怪人啊。"

我踢他，怒道："好笑？"

老四点头，继而望向老二，笑意不改，只将声音刻意放低了些："今日人这么齐，是有什么要事？"

老二郁闷地盯了一遭楚凤飘然离去的身姿，蹙眉道："老八也不知是犯什么病，从午时上殿便摆了一副臭脸。明明大师兄是要吩咐他这劳模出去传话，结果竟然生生把话锋拐了弯，老八喊成老二，本爷真是命苦。"

老四笑得眼泪都快出来了，道："还不是管家狂，也只有这种时候大师兄才会心虚一下。哈哈……"

我瞥了一眼烨世离，实在无法理解他为何觉得这很好笑。绷着脸，我道："出去传什么话？"

老二叹气道："一甲子一次的三界武会又要开始了。此次定在绝仙阁举行，大师兄让我出去散帖子。另外，也大致说了一下他心中意欲出战的人选。"

这三界武会是东荒大陆上的盛事，每六十年一届。说得好听些，就是天下太平时期各门各派交流感情的平台；说得实在些，便是把私底下里汹涌的暗流搬到台面上来，各自炫耀实力。

每派出五人，分为南北西东中五处擂台，最后胜出的五人，若是有门派重复的，只许留下一人，再决出最强的胜者。胜出的门派，则可指定任一参加武会的门派做一件不违反道德之事。

这是当年定下武会规矩的人的不良嗜好，我一直这样坚信。

我向来对赌局兴致缺缺，也不想知道其中的细节。老二见我不问话，憋得一张脸通红，朝老四使劲递眼色。

烨世离喝口酒，摇晃着转身，道："呼呼，这种事情，我可没兴趣知晓。我还是去安慰失控的凤卿吧。"

话说罢，蓝衣瞬间不见了踪影。

老二只好又转回看我，实在憋不住了，开始不问自答："这参与的人选嘛……"

我打断他，问道："老狐狸可有按时吃饭吗？"

二哥突然很受伤，张着嘴顿下，像在指控我：本爷在说话啊，小师妹你能不能考虑一下我的感受！

我无视他灼热的目光望苍天。

老二暮云暗暗地沉默了许久，还是愤恨地答话："本爷又不是老八，不管同门的吃喝拉撒！"

"哦，这样……"我收回视线瞧他。他又摆出一副你快问我人选是谁的模样，于是我决定行行好满足他想说的心情。

"那……没事了，二哥你去忙吧。"

走出很远，我还能听见老二抓狂的声音："白里月，你！啊！"

狮吼功，又爆发了。

现在鬼医寻不成，要去哪里找人来医治白长轩？老狐狸这人，虽然总在我面前装弱，但当他真正有事时，必定是打落牙齿和血吞，不会让我看出来。所以不找人瞧瞧他的伤势，我心中的大石便落不了地。可他又非一般人，普通大夫一定看不出他受没受伤的。

啧，真是个麻烦问题。

我埋着头正在思量，忽地，前方一阵疾风拂来。我甫一抬头，就看见一条白色的肥狗脚下生风，嘴里叼着一截骨头，朝我狂奔而来。我骇得退出半步，脚下扎稳马步，手上摆出防御姿势，严阵以待。

不料，等肥狗近了，它竟吐了骨头，冲我一声狂吠。我刚要捏诀，它一脑袋凑过来，在我手上又是蹭又是舔，极其亲昵。

我顿时傻眼，怔在原地不知做何反应。后面几个穿灰袍的小门徒气喘吁吁地追来，各自手里要么拿着锅铲，要么拿着柴刀，凶神恶煞地指着滚滚。但他们一见我杵在他们前面，又立刻收敛了三分。

"见过月掌。"

"嗯。"皱了眉，我嫌弃地把手收到背后负起，冷声问道，"你们在干什么？"

其中一个女弟子胆子较大，上前一步回道："这狗趁我们不注意，偷了厨房里的排骨吃，这已经不是第一次了，所以，我们想好好教训它一顿。"

这死蠢的馋狗！和你家主人一样缺德。发自内心的把莲华生问候了一遭，我淡然道："你们要教训它，我是没意见。"

话音一落，滚滚的耳朵耷拉下来，两只黑不溜秋的眼睛瞅着我，似乎凝出水雾，凄然地低鸣了几声。

我心头一抖，对着几个围上来的门人又道："不过，这狗天生神力，连我也不一定能打过。"

"这……"

几个小门徒不经吓，听了我这话，停在原地进也不是，退也不是，尴尬得很。我偶尔也发那么一两回善心，便给了他们一个台阶下："此事交我，你们先下去吧。"

得了指令，几人异口同声地道"是"，转身一溜烟儿就离开了。

待人走远，我才没好气地跟滚滚道："下次你要是再敢去厨房偷排骨，本姑娘就只好痛下杀手。"

也不知狗听懂没听懂，反正它埋着头，在我腿上蹭得愈发卖力。

我沉吟片刻，忽然听得背后传来一声长唤："滚滚，啊，原来你在这里！"

今天真可谓是出师不利，路遇煞星。狗儿听到主人唤它，又叼上骨头，四肢撒欢地奔了过去。我回身，看见莲华生这和尚一袭青色僧袍，站在漫天红霞之下，艳丽的光照落在他如冠玉般的面容上，还有些好看。

翻了记白眼，我懒得多话，提起步子打算离开。

莲华生从狗嘴里抢出骨头，拿在手中，对我道："排骨施主，我们又见面了。"

我一顿，抬着眼寒气森森："你叫谁排骨？"

"这里还有其他人吗？"他倒是大方坦然，"你半边身躯都是白骨，不叫你排骨叫什么？"

"你想死？"

"嘿嘿，贫僧命长啊。"

我忍了忍。心中记挂着白长轩的事，没空和他厮杀，在脑海里默念三遍杀他没钱收，怒气顿时消去一半。冷哼一声，我继续前行。

和尚又道："前两日和白阁主初遇，他的气态傲然，让贫僧印象深刻。只是，白阁主似乎有些气血不畅？"

闻言，我瞬间三步并作两步冲回他跟前，稳了稳神情，蹙眉问："你懂医术？"

"略知一二。"

如此。我将算盘打得锵锵响，指着狗道："刚才我救了它一命。"

"啊？"

"现在，该是你知恩图报的时候了。"

"施主你这话……"

"白长轩的伤势你既看出，有什么法子医治？"

莲华生默了默，倏然，冲着我一笑。我看着他的桃花眼，总觉得似乎带着些坑人的意味。

"其实，白阁主的内伤并不严重。没有方子，好好休养个三五月，不再动武，也是可以完全恢复的。"

我冷冷瞪他。莲华生被我瞪得扭捏，眼神不自然地飘忽开来，道："不过，按着贫僧开的方子，估摸十日就可恢复了。"

听闻这话，我已知刚才的救命之恩肯定不成立。

果然，下一刻伪和尚就摸着狗头道："凭那几个后生之辈，想伤滚滚，这是不可能的嘛。"

我合了合眼，想来也没其他方法，只好逆来顺受道："说，想要怎样？"

莲华生一副奸计得逞的样子，将我从头到脚好好打量了一番，又从上至下看了看自己，拉起青色僧袍往我面前塞，道："你看，你看这里。"

我无语。

"你看呀。"

我板着脸，道："看到了，一条破口子！"

他"嗯"了一声，又扯另一边，道："你再看这里。"

"两条破口子。"抬头，敛眉，"你想说什么？"

莲华生捂头作疼惜状，道："这些都是上次和排骨你打架，被你割破的。"

我吞了吞口水，道："所以？"

"你得赔贫僧一件新袍子。"

我思量半刻，觉得这个要求尚可接受。按照市价，买件僧袍不过一二两银子的事，我就大方一点，给他十两，不用找零。

我应了句："可以。"我探手到袖口里摸银票。莲华生忽然拽住我衣袖，可怜巴巴地对着我道："我喜欢穿熟人手缝的。"

一瞬间，我心底流淌过那不雅的一万八千字。咬碎一口银牙，我缓缓道："莲华生……"

"嗯。"他应得干脆，不过，也小心翼翼地往滚滚身旁退了一小步，咧着嘴，道，"你要是现在杀了贫僧，贫僧可就没方子给你了呀。"

这倒是，好女不吃眼前亏，我放低姿态，深吸一口气，低声道："我答应你。"

"真的？"他双眼放光。

"嗯。"我点头。

"贫僧书读得少，你可别骗贫僧啊。"

我努力挤出半丝和善的表情，道："怎会呢，你的控灵术如此强大，我岂敢言而无信。"

滚滚很配合，明明是一只蠢狗，此时却昂着头硬是叫出了狼的声音。

莲华生嘘了一声，双眼继续冒着星光，道："我就要身上这个样式的。"

"好。"

"要合身，不能大不能小。"

"好。"我含笑握拳。

"如果你要量尺寸……"某人耳根子下红了红，想来该是装的，然后只见他娇羞地一低头，小声道，"晚上贫僧在房里等你，我住西厢。"

我想，我的大牙大概是被我咬掉了，因为我感觉到了一阵刺肉的酸疼。面上没有多余表情，我还是应道："好。"

"那贫僧就……相信你了。"

我淡然如水，冲他点头。他转手幻化出白纸，两指并拢，沉思须臾，将纸抛向空中，以灵为笔，指尖潦草，在纸上写下我看不大懂的文字。

罢了，将方子递到我手上，他笑得人比花娇，道："照此方抓药，早晚各一副，只需十日，白阁主的伤自无大碍。"

我将药方收进胸口妥帖装好，道了声："多谢。"转身走出两步，莲华生在背后道："排骨的兄长，贫僧应当尽一份心力的。毕竟，以后都是一家人嘛。"

我蓦然气血冲上天灵盖，骨手一握，四溢的灵气随风散开。

回过头，我沉默了半刻，道："问你一个简单问题。"

"什么？"

"一加一等于几？"

"二。"莲华生回答得笃定。

"很好，"我拔刀，"你知道得太多了！"

和伪和尚打了一架，不同于上次，无论我怎样逼他还手，他都是只防不攻。我也不明缘由，下手没个轻重，那张俊秀的白嫩脸面被我打得肿了一边，而我也不见得好过，腕子险些骨折。

等停下来，已经是月上柳梢头。

我气结地拿了药方子去找八哥，想必老四的安慰起了作用，楚凤虽然还是哼来哼去，手上却没停歇，去药库里找了相应的药草，又进厨房帮我细心熬制。中途歇下来，他还黑着一张脸给我包扎了手腕。

他道："你这五天一大伤，三天一小伤，就不知道好好疼惜自个儿吗？"

我噘着嘴看星星，道："不治治那和尚，我心头不舒爽。"

"就怕你没治着人，反被人治了。"

还是同门师兄妹吗？这么看不起我的武力，以后还要愉快的相处吗？我啐他了一口，没有答话。

煎好了药，已是亥时过后。我未向八哥道谢，兀自端着药盅出门，临走前，回首跟他道："八哥，你最近忙否？"

"除了看着绝仙阁的公共财产不被你和某人破坏，我好像……"话至一半，他突然警惕起来，"不对，我很忙。"

我扬唇道："既然如此，你替我做一件僧袍吧。我后日来取。"

"你！"老八脸色骤变，"你和那大师，竟然发展得如此神速？完了完了，我已经能预见大师兄杀人埋尸的将来了。"

我犯了懒病，不想过多解释，留了老八一人在厨房外面碎碎念叨，迈着步子走回了逍遥居。

手里的药气钻进鼻息，让人舌尖不自觉分泌出苦涩的味道来。刚刚我把十二根黄连扔进药盅里的时候，八哥看我的眼神，就好似看见了天外来客。

唔，有一句话是怎么说的？唯女子与小人，难养也？

白长轩啊白长轩，前两日你给我的那碗药，可让我打从心眼里都记得啊。要说我的杀手生涯里什么最苦，必然是老狐狸给的药最苦。反正自幼到现在，只要我一受伤，喂入嘴里的药水，都能让我苦得像死了一遍一般。

估摸着是先前离开绝仙阁太久，我才忘了这个刻骨铭心的教训，以至于毫无防备地喝下了老八给的药。

今天好不容易逮着机会，嘿嘿……

女人报仇，一天也不晚。

在老狐狸的门前站定，我特意捋了捋垂肩长发，衣衫各处打量一遭，拂了灰尘，再正了正银面具，检查身上动武的灵气已经散尽，方才端正神色推门进去。

一灯如豆，昏黄的光亮映着偌大的屋子，白长轩坐在书案前，面前放着一本蓝皮的书册，没有翻开。低垂的狐狸眼深沉似海，看不明情绪。

我的脚步轻缓，他似没有听见。

一声叹息，既长又沉："唉。"

我莫名滞了一下，伸手摘下面具，放在屋中圆桌上，继续向他走近。

又来一声："唉。"

我抖了抖，将药盅往他案上一搁，砰的一声脆响。

老狐狸抬眸睨我，故作惊讶道："好阿月，你怎么来了？"

装得还挺像。我冷冷地横眼，方才那两声不就是给我听的嘛。哼，想让我问你叹气的缘由？我偏不问！

把药盅推到他手边，我言简意赅道："喝了。"

老狐狸瞅瞅面前漆黑的液体，又使劲嗅了嗅，当即捂鼻起身，退开三丈远，问道："这是什么？"

我道："药。"

"药？为兄哪里需要吃药？"某人绕过书案歪头看我。

我别开眼，道："你的伤，以为瞒得住？"

"为兄没伤。就算是有伤，也是被你这大逆不道的小妹气出的内伤。"

和老狐狸辩口才，我不擅长，总归只有被他占便宜的分儿。现在药已送到，我转身往门外去，边走边道："把它喝了，半炷香后，我来拿药盅。"拿起面具，我又叮嘱道，"若是让我发现你没喝药，白长轩……"威胁的词句我斟酌了片刻，最后阴狠决然地道，"我就诅咒你一世都和青菜相伴！"

"啊！阿月啊！"身后人喊得撕心裂肺。

我不理他，继续往门口走。

他又道："阿月……"这回声音颤抖，演技更上一层楼。

我依旧不应。

"啊……呼，哎呀。"身后一个大动静，桌子也跟着响了一响，我急忙转头回去，只见白长轩脸色苍白，抿着唇闭着眼，一手撑在桌上，另一只手按着心口，似乎十分痛苦。我未及细思，脚下一点掠过去，扶住他臂膀问："你做了什么？"

白长轩保持着那个姿势不说话。

我一急，指甲差点掐进了自己掌心，问道："你到底做了什么？"

白长轩低吟了半声，身子向我挪了挪，脑袋也瞄准我肩膀耷拉下来，有气无力地唤道："好阿月。"

"白长轩！"一转念，我蹙紧了眉头，"念灵珠呢？你是不是又耗自己的灵力了！"

他不回答。

"说话！"

他靠着我不语，我又气又急，想起他用了一半念灵珠为我的脸，还说要让我如常人一般。若是他今日再落个什么伤病是为了我的话……这个想法光是思量，都足够让我心痛大半年。一掌凝了气息，拍上他的背，灵力缓缓过体，白长轩闷着头哼唧了两声。

再抬起来，他面上虽还是惨白，但唇色好歹是恢复了。

他摇晃着站直身子，恰好比我高出半个头，我视线对着他的薄唇，蓦然喉头一烧，鼻子微有温热。我默默念了两遍色即是空，好不容易稳下兽性。他又舔了一舔唇……我立刻扭头背过身，双手捂住口鼻。一股红线呈喷射状洒出，我随即淡定地抬起袖子，擦了擦。

老狐狸这个罪魁祸首，还没有自觉性，靠上我的肩背，柔软的鬓发就在我脸颊处轻扫，我白骨躯顿时一震，酥麻的感觉游走过全身。

他在我耳畔哑声道："能看到阿月为了为兄这般气急败坏的模样，为兄这辈子，值了。"

"你……"我突然有一种不好的预感。

白长轩默默拉住我两臂，将我转了个身对着他，然后，双眉一簇，眼中凝光，道："好阿月，你也不必担忧为兄，为兄只是……饿了。"

饿了？

我都快被你吓死了，你跟我说你只是饿了？

方才的心跳一扫而光，剩下的只有熊熊怒火燃烧。我默然片刻，双掌顿起灵光。白长轩有先见之明，懂得箍住我的双手。

"为兄忙里忙外了一天，连晚饭都没来得及吃。你不思量替为兄解决武会之事，又不思量给为兄做鸡腿，为兄好难过。"

一口一个为兄，我也很难过！

我一难过，势必要让老狐狸更加难过。

"饿了吗，我有个办法一次性解决。"

人死百事休，多么简单！想必我的打算让老狐狸看穿了去，他干脆哀莫大于心死地松了手，一个趔趄坐在木凳上，道："唉，老夫真是命苦。寒叶飘逸，洒满我的脸。"

嗡嗡嗡，蚊子！

"吾妹绝情，伤透我的心。"

头突然好痛。

"你的行为就像冰锥刺入我心底，为兄真的好……好……啊……"说到最后，他好像说不下去了，埋着头，颀长身影在阴暗中抖啊抖。

我实在没抵抗住，心肠又软了一次。去书案上拿过药盅，摆到他面前，我道："先把这药喝了。"唔，语气似乎太过强硬，这样不好。我清了清嗓子，又柔和一些道，"喝了我就去给你做鸡腿。"

白长轩立刻生龙活虎起来，道："这才是为兄的好阿月。"

愿打愿挨，再次上当。

撇了撇嘴，我翻着白眼睨白长轩。他把药盅端起来再次闻了闻，脸色极其难看，问道："这真是可以喝的吗？怎么味道这么差。"

我应道："当然可以喝。"辛苦捣碎了十二根黄连呢。

老狐狸纠结了半天，见我一定要督促他喝药的架势，最后没了法子，大抵是抱了壮士断腕的决心，一仰头，喝了。

罢了，他的脸色较之前还更惨白，这会儿来看，简直像刚从墓里爬出来。两片薄唇唧吧唧吧，他全身颤着对我道："阿……阿……阿……"

阿了半天，没阿出下文来。

"阿……阿……阿……"我想，黄连可能下重了，"阿月，你想……苦死为兄吗？"

我摊手道："怎会呢？比起你熬的药，我这才是小巫见大巫啊。"自顾自地收了药盅，我挥开衣袂出门，老狐狸在屋里笑道："真不愧是老夫教出来的人，和老夫果然是一个路数。"

一个路数的流氓吗？

他顿了顿，声音蓦地严肃，道："阿月，为兄给你苦药吃，是希望你能记得教训，不再有下一次的受伤。你可明白？"

我在院中站住。

月色凉如水，映得满园生辉。你说的道理，我不明白，亦不想明白。我全身骨头都硬得很，不怕受伤。唯一怕的，只是我想守护一世的人，哪日不再给我熬苦药，那我才会苦得无处可说。

我摇了摇头，举步踏入风中。

离了逍遥居，从后山居高临下地俯瞰黑压压的绝仙阁。这个时辰去做鸡腿，注定是一件很心寒的事情。以我的手艺，一旦进了厨房，明日老八就会提着菜刀追杀我。为了门派和平，我思来想去，还是觉得该找个人来替我下厨。

这个人，必须了解老狐狸的口味，还得了解我的厨艺。最好是从以前到现在都在替我做鸡腿给老狐狸吃的人。

这样排除下来，似乎除了楚管家已经没有第二人了。

可天色已暗，我怎好意思去打扰别人睡觉？

于是，三分之一炷香后，老八杵在自己卧房门口，身着一件内衣，双眼无神地看着我。

"你又怎么了？"

我想了想，很认真地道："八哥，我想和你讨论一下鸡的生存方式。"

往后的几日，我每天早晨和黄昏定时去找老八熬药煎鸡腿，再给老狐狸送去，督促他喝药。老四因为海棠晓月没了琴音，也跟着习惯了站在厨房门口喝酒。暗红衫子的人在内中忙里忙外，蓝色衣服的人就敞着大半胸膛倚在门框上调侃我。

通常问话都是这样的：

"小师妹，现在你对大师兄是什么看法？"

"换一个话题。"

"哦，那你和大师兄有进一步发展了吗？"

"再换一个话题。"

"好，你亲过大师兄吗？"

我忍着捏死烨世离的冲动，微笑道："要不还是说回第一个话题吧。"

总归就是这样，我和老四由于话不投机，无法正常沟通。毕竟我是人，而这家伙，是禽兽嘛。

而那只闷骚的老狐狸，每次觉得药苦之后，都会变着方法来讨账。最常干的，就是假装和我那几个师哥愁眉苦脸地商量武会事宜。说什么岚羽神功大成，我绝仙阁此次怕是会输，我站在一旁无动于衷。他就又激我，说什么阿月上次吃了岚羽的大亏，此回不敢出战，为兄也理解。

反正就是为了让我答应出战三界武会，可谓无所不用其极。还好我心思坚定，坚决不肯为他所用。

老狐狸没办法，只好拍着我的肩膀对我道："我家阿月决意如此，到了碧云峰取胜那日，你可千万别后悔呀。"

我道："没银子的生意，不做我也绝不后悔。"

他就一副要撞死给我看的威胁表情，我张嘴："呵呵。"

到了第五天清晨，老八在油烟中与鸡腿奋战，烨世离又试图从我嘴里套出点八卦来下酒，我没理他。这厮正无聊得唉声叹气，老八突然插话："你前两日让我做的僧袍，已经做好了，你不是要拿走吗？忘了？"

啊！

我恍然大悟，是啊，答应了莲华生赔他一件袍子。这几日心思都在白长轩身上，谁还管得了那个伪和尚。老八这时提起，我才念着还有这回事。

"你……"我一句话刚起了个头，老四就阴阳怪气地惊呼起来，表情之到位，动作之夸张，就演技而言，绝对是白长轩实打实的兄弟。

"小师妹！你竟然……"

"竟然发展如此神速。"鸡腿起锅，楚凤还有心思替老四把话说完。

老四立刻点头，扳着我的肩膀，满脸兴奋紧张道："你给那莲大师做僧袍，哈哈，我已经能预见……"

"大师兄杀人埋尸的样子吗？"老八从中递过盛鸡腿的盘子。

我板着脸色，稳如泰山，拂开老四的手，接过盘子，哼了一声以示嘲讽。

老四搓手道："简直迫不及待想看大师兄的表情。"

你们这两人，还是我师哥吗！我怒气上升，左右望了一眼他二人，沉声道："僧袍你给我送过去！"

老四指着自己："我？"

"没错，就是你。整日无所事事，要你何用！"

话说完，不等他反驳，我已经一脚踩上了云头。

到了逍遥居，那几人又在商量武会之事。我轻手轻脚地摸进门，站在边上未出声。

白长轩稳坐书案边，沉声道："令牌散出去了吗？"

老二点头道："想必不出五日，老七就该回来了。"

"老五呢？"

"呃……他回信里写着，不想看见大师兄，免得忍不住爆粗口。"

我捂嘴，想笑又不能。我这五哥是个粗人，四肢发达头脑简单，又是个直肠子，因为当年定掌字辈的事情，现在都和老狐狸堵着一口气。不过，七哥要回来，我还是打从心底里欢喜。毕竟这同门几人，我和他二人的感情最为深厚。当年若不是我极力反对，老五就要把我仨绑在一起封个名号，称作——

风尘三侠。

风尘个头！本姑娘明明是个未经人事的黄花大闺女好吗！

敛了笑意，又听老狐狸言："罢了。既是如此，人选就此定下，老七温言主战东局，老八主西，暮云你主南，老六主北，至于中局，让空青上阵。"

"空青？"在场其余三人异口同声地讶道，其中也包括我。老狐狸将目光投到我身上，眉头动了动。我见已暴露，便不加掩饰，径直上前把鸡腿和药盅放在他案上，再往边上一挪，道："空青现在修为尚浅，让他出战，不会被人打得缺胳膊少腿吗？"

老狐狸闻言，嘴角漾出半丝浅笑，道："阿月还知晓为别人担忧。"

"哼，"我别头，"那是你的徒弟，我有什么好担忧的，打残了又不用我出钱治。"

"阿月，你身为月掌，此话可知不妥？"

若是换成私底下，这会儿的老狐狸只怕在念他那魔之经文了。眼下碍于有他人在场，我也不好总与他唱反调，干脆收了声，不再言语。

老二看我一眼，拧眉道："小师妹说得不无道理，空青确实太年轻了，大师兄此事是否还要斟酌？"

白长轩将手一抬，止住话题："就此决定。老六你去将空青叫来，老夫要……"

话还没说得完整，院子外一声大叫："排骨，排骨！"

我一抖。

该死的莲华生，竟然找上这里来了，活得不耐烦了吗！我磨刀霍霍，还没出去找他，他就自己进屋了。他也不管此刻是个什么情况，带着那条肥狗就走了进来。身上的青衣似乎不大合身，腰那处小了一圈，两边接不上，露出了白色里衣。他走到屋中间，对着我扯衣服，道："排骨，你这是什么手艺？"

我无奈——八哥，你！

一屋子的人，老狐狸连带老二老六，一时全是纠结奇特的神情，看看我，又看看莲华生。我心头一惊，手里冒汗，生怕老狐狸误会。忍着上涌的血气，往前两步，我道："这里不是你该来的地方，我们出去说。"

我伸手要拽他，莲华生往后一躲，委屈地看我，道："你骗贫僧。"

鬼骗你啊！

三道目光在我俩身上来回得愈加勤快，其中有一道像是历经万年的冰雪，冷得我刺骨。

我咬着牙，低声道："我们出去谈。"

莲华生不依，上下拉扯着自己那身衣服，嗓门还挺大："你之前答应贫僧夜里来我房中，你也没来！"

"啪嗒。"身后不知道有什么东西碎了，听这清脆劲儿，估摸是那个盛鸡腿的盘子。

老二见情况不妙，站起来朗声喝道："大胆。竟敢在阁主面前放肆，别以为你是绝仙阁的客人，我就不会对你动手！"

老六也站过来，使劲儿朝莲华生挤眉弄眼，嘴上还附和道："就是！"

我正想说话，老狐狸道："暮云，洛钰，不得对大师无礼。"

"是，大师兄。"老六继续眨眼睛，那意思我大概看得懂，应该是在说：某人要爆发了，同志躲开，兄弟快闪啊！

结果，很不幸，莲华生却看不懂，直接无视了老六善意的警示。他睨着我，恼道："你不给贫僧量尺寸，这衫子做得一点也不合身，你看，都穿不了。不是白浪费了你的手工吗！"

这种时候你就不要在乎什么手工的问题了！我只想砍死你好吗！我忍无可忍，即将爆发。身后凉意席卷，白长轩扬着紫色长袍从我身边走过去，直向门口。他面无表情地道："老二你方才说什么？要对客人动手？"

"呃……大师兄……"暮云略迟疑。

"老夫现在外出有事，你怎么打死人的，老夫恐怕看不到。"

话罢，人已飘然行入院里。我看着老狐狸走远，心脏像绑了块巨石，缓慢沉入深海处。待得缭绕的云雾没了他颀长的身姿，我才在莲华生的喊声中回过神。

"排骨，排骨？"

"嗯。"

两旁，老二已经幻出了啸龙戟，老六也很无奈，架起了拳势。

我摆手，痛心地道："罢了。"

"小师妹？"

"你们站一边去，我想……亲手打死他！"

"啊？！"

后来，莲华生捂着半边脸跟我抗议："你上次打贫僧，好歹还找个理由，现在连理由都没有也能随便动手吗？这就是你绝仙阁待客之道？"

我拿着生之刃使出血月第八式，道："这就是我的待客之道！"

那日若不是老二和老六合力上来抱住我，我已经和莲华生同归于尽了。

这之后，老狐狸好几日没出现。我每天不分昼夜地蹲守在他门前，也没见着他的身影。还以为他是寒了心躲在后山哪个角落去哭了，结果我把后山翻遍，也没寻着他。去找空青，这愣头小子也不知去向。到了第三日，我实在忍不住，杀到二哥房里去，问他老狐狸去了哪儿。二哥吞吞吐吐，半晌，才在我的威逼下不得不道："大师兄……他，他去碧云峰了。"

我脚下一踉跄，问："碧云峰？"

"呃……是。"老二解释，"前两日我去散武会请柬，碧云峰的岚羽坚持要大师兄亲自上门去送，所以……他该是带着空青去了碧云峰。"

"三日？"我双拳一握。

白长轩！

他敢去碧云峰和那岚羽相处三日还不回转！他的眼里，还有我的存在吗？我身上充斥的杀气凝肃得很，老二把脸躲在一本小淫书后颤颤看我，劝道："小师妹，你别冲动，千万不要杀去碧云峰。"

我冷眼咬牙，转出门去："杀去碧云峰？笑话！那老狐狸爱去哪儿，爱和谁见面，关我什么事？"

"小师妹……"

"他又不是我什么人！我管得住他？"

抹了一把眼角，我心想，等那老狐狸回来，我不扒了他一层皮我就把白里月三字倒过来写！

"小师妹……"

"不用再说！反正他和我没关系！"

捏诀腾上半空，老二还追出来，挥手道："小师妹，我只是想说……你把你的心声都喊出来了啊。"

随后，怒气无处可泄，我又去打了莲华生一顿……

第四日、第五日，白长轩还没回来。

我从一开始的怒气如狂浪已经渐渐变成了心死如残灰。我整夜整夜地睡不着，满脑子都在想白长轩现在和岚羽在干什么，他有没有想起我，他还知不知道我在等他？难道他和岚羽已经……

每思及此，我都心如刀绞，连打人出气也缺乏了兴致。

莲华生像块狗皮膏药一般，自从我揍了他以后，他就赖上了我。我每天坐在逍遥居的铁树中间，他都会定时出现，带着那条肥狗。他嘴里总是念叨，什么治自己的伤又花了几两银子，什么没衣服穿又添了件僧袍，还问我好不好看。我不理他，他就盘腿陪我打坐。

滚滚这狗儿粘人，最爱干的，就是蜷在我腿上睡。

本姑娘差点没被这肥狗压成下半身残疾。我每回还要忍着一口老血，面无表情地睨着它在我腿上睡得异常安稳。

再过两日，我的情绪已经濒临爆发。恰逢滚滚走路三步一踉跄，到我跟前时，直接给我跪下了。

"它是怎么了？"

莲华生望天，道："饿晕了。"

"你怎么做主人的！"

伪和尚摊着手，道："贫僧也没办法呀。以它的体质，不能吃寻常食物，只能以麒麟肉为食，而麒麟只有西海之滨才有。这几天，它都不愿去西海，只要醒了，就拽着贫僧往你这里来，贫僧也很无奈……"

"为何？"我不解。

莲华生道："它大致看你心情不爽吧。"

想不到……

最关心我的……

居然是一条狗！

我悲从心中来，眼眶湿润。抬首觑了眼天际，又觑了觑紧闭的红木门，摸着滚滚的头起身，道："西海之滨是吗？我同你一起去。"

"真的？"莲华生再次双眼放光，眼神灼灼。

我被他盯得不耐烦，率先拎着巨燊上了云头，道："废话！"

东荒大陆上，集天地灵气的地方不少，而这西海之滨，也算得上是一处宝地。百里沙滩银光闪耀，海水碧蓝见底，不时还会有蛟龙一跃而起。日照万丈，映得这片宝地一派生机盎然。海岸边聚集的麒麟三五成群，要么在小憩，要么在觅食。我一把将饿得翻白眼流口水的蠢狗掀翻，扔到莲华生处，拔出生之刃，不由分说，一阵刀挥血洒，红肉漫天纷飞。

莲华生一边念往生咒，一边在云头下方道："够了够了，滚滚吃不了这么多，麒麟肉隔夜吃了会拉肚子。"

我心绪寄在刀口，停不下来，带起的刀风撩乱了一头青丝，模糊了视线。每一刀下去，都好像砍在我厌恶的人身上。

岚羽！

血月八式一招一招发出，激荡得海水倒灌，沙尘袭天。水势溅在我眼下，似泪已坠。白里月不会哭，白里月才不会为了这种小事哭！

"血葬天荒！"一声狂喝，八式中的极招应声而出，顿时，浪头掀起十丈，威力惊人。待得一声撼天巨响后，一切又归于了平静。

我挂着刀半跪在云端，双颊全是汗，上气不接下气地喘着，极力平顺体内灵气。

莲华生也不知何时到了我边上，沉默良久，问："排骨现在的心情，可好些了？"

我斜他一眼，站起身来看了看生之刃，趁着某人没防备，手疾眼快地扯过他的衣袂。他一吓，险些跌落云头。

冷静地用他的青色衣裳擦拭着刀锋上的血迹，我道："你哪只眼睛看出我心情不好？"

莲华生一脸凄然，约莫是新买的僧袍，微微有点心痛。单举佛掌，他道："排骨你的演技，就和你刀法一样差，别人想不看出，也很困难。"

我一抬眼，杀意弥漫："你再说一次。"

"呃……贫僧只是关心你嘛。"

"不需要！"

你这样的和尚，不插刀已经很难得了！

莲华生被拒绝，神情里略有一丝落寞。他也不想想，我今天这种心情，可是有大半都是拜他所赐。

将生之刃收回腰间，睨了眼脚下的滚滚，大致是吃得饱了，它这会儿正在沙滩上撒丫子追着麒麟飞奔，边跑还边狂叫，蠢得无法直视。

我叹了口气，打算回转，莲华生忽地拉住我的袖口，我又顿了一下。

"今后，你若不开心，贫僧陪你发泄。"

"什么？"

"不，不管你是要打架，还是要如何，贫僧……贫僧都奉陪的。"

说实话，我被吓到了。惊讶的同时，又有那么一点点感动。

于是，我正色道："好，你能让我捅你两刀吗？"

看得出，这个时候他心里应该波涛万转。

于是，他也很淡定地回答我："要不，你还是当贫僧刚刚没说话吧。"

"虚伪！"

转回绝仙阁，半路上恰好碰见老狐狸和空青。都是腾着云，白长轩先是不经意地扫过来一眼，继而看向前方，想想不对，立刻又看过来。彼时我和莲华生正并着肩，中间隔了一条滚滚。我装作视而不见，另一厢，老狐狸道："嗯？"

嗯什么嗯，只许州官放火，不许百姓点灯？你能和岚羽厮混七八日，我就不能和伪和尚外出？我别过头，继续不搭理他。

空青颤巍巍地道："师尊，那，那不是月掌？"

老狐狸默然半刻，唤我："阿月。"

我不回答。

他又道："阿月，为兄在叫你。"

我昂首，望苍天。

许是这场面颇为尴尬，莲华生忍不住了，支吾半晌，扯我衣服小声道："白阁主在那头叫你。"

我狠狠瞪他一眼。他一缩，我又抬眼向上。

"阿月！"白长轩怒了，连语气都变得森寒起来。

我装得气定神闲，低头看着滚滚，还假意顺了顺它的毛。狗儿懂事，抬起嘴来舔我的手，我便荡出半丝笑意给它看。

也不知是不是我难得笑一回，莲华生的目光胶着在我脸上久久无语。直到老狐狸喊我第四声，这伪和尚突然像着了魔一样回神，绕过我，冲老狐狸道："老丈人。"

我脚下一软。

另一头，某人此时的目光可谓是"阁主之怒，伏尸百万，流血千里"。

我捂着心口处在极度震撼中说不出话，老狐狸也说不出话，只剩空青，脸色惨白，嘴唇哆嗦："老、老、老丈人……"

莲华生"啊"了一声，道："阁主难道不是排骨的养父吗？我听那些小弟子说，排骨是被白阁主养大的，而且你们还是同姓。"

白长轩咬牙："老夫是她兄长，你聋了吗？！"

莲华生捂了捂耳朵："这么老的兄长啊。"

据我目测，此刻的白长轩恐怕已经进入了丧心病狂的最后阶段。我原想着是不是出来打个圆场，可一思及他这些时日的所作所为，便全然没了心思与他说话。索性别过头，不再看他。一旁，莲华生还在自言自语："唔，不过长兄为父嘛，喊老丈人也不为过。白阁主，你看这个称谓……"

"白里月，过来！"白长轩打断了他的话。

我被他一震，讷讷往前挪了半步……不对，凭什么做错事的人不先认错还敢这么大声说话？这是谁给他的脾气？

我性子上头，不愿遂他意思。我眼神如利刃地将莲华生凌迟了三遍，方才一挥衣袖，另招云头，往绝仙阁奔去。

待入了夜，白长轩来房中寻我，被我关在门外吃了回闭门羹。唉声叹气，软硬兼施皆无效后，那厮只好回转，说要等我气消。我气得在房中跺脚，骂他没诚意。不一会儿，四哥和八哥也带着众兄弟的慰问发来了贺词……

两人站在门口叽叽喳喳，吵个不停。

"听说，莲华生居然敢叫大师兄老丈人？"

"哈哈哈，难道不应该是大舅子吗？"

"那和尚是不是故意的？你看啊，师兄师妹还有可能结为连理，这养父养女产生感情就要被钉在道德的耻辱柱上了。"

"有道理。哈哈，我觉得，这世上不会再有比这三字更具杀伤力的了。我对大师佩服得五体投地啊。"

"那你下一句是不是要说，你已经迫不及待想看大师兄怎么失控了？"

"果然还是凤卿了解我。"

我听得心烦，两指正要凝气，忽然听得一人闷声道："想看老夫如何失控吗？"

"呃，大……"

然后，就没有然后了……接下来的数日，我都没看见我那管家的八哥和闲得发慌的老四。

老狐狸表面上越是显得好像没事，我心里就越介意他到底和岚羽是如何相处了几天。他不提，我也拉不下脸面去问。于是，两人就只剩僵持一途。

每日清晨，他都站在逍遥居的铁树中间，对着我浅笑盈盈，道一句："阿月。"

我看着他就气不打一处来，连着四日没理他后，我实在忍不住了。念起莲华生说无论何时他都会陪我发泄一事，便提着刀打算去找他。

一脚刚出门，老狐狸伸手拦住我，疑道："哎呀，好阿月，瞧你这架势，该不会是要杀上碧云峰吧？"

我冷冷翻记白眼，寒声笑道："杀上碧云峰？为什么？"

"自然是……"他一顿，半眯起狐狸眸睨我，"为了让你不悦的事情嘛。"

"哼！你太高估自己！我没有不悦！"拂开他的臂膀，我举步往外。时值老二来到逍遥居，刚喊了声"大师……"后面一字，见情况不妙，便哽在喉咙里了。

白长轩回身，对我道："那你去何处？"

我道："找莲华生！"

行出两里远，我忽然听见老二凄凉的颤音："大，大师兄，冤有头债有主，不、不要啊！"

哼，真是一门疯癫！

咦，不对，我好像也是这个门派的……

夕阳西下。

波光浪荡着艳色，起伏在广阔天地间。我坐在岸边的礁石上，仔细擦拭着生之刃。刀光凛冽，银晃晃地刺得人眼疼，我仔细看着，眼一眨也不眨。

滚滚填饱了肚子，贵夫人一般昂着头，眯着眼，毛发在风中微微荡漾。它走到莲华生腿边蹭了蹭，一跃跳上礁石，挨着我趴下，舔了几番它白绒绒的巨爪，脑袋就着我的腿当枕头，睡得又蠢又满足。

莲华生也找了离我不远的地方坐定，三月桃花似的眼紧锁在我身上。

我道："再看我就挖了你眼睛！"

某人脸皮厚，这句想必对他威胁性不大。果不其然，他柔柔一笑，引得旁边母麒麟也流了口水。

"如果你喜欢贫僧的眼睛，贫僧双手奉上就是。"

一口一个贫僧，你到底哪里像出家人了？我懒得和他争口舌，方才使用灵气过度，现在又不愿动手，只好冷哼一声，侧过脸，对着大海。

莲华生轻笑，道："排骨，我从没见过像你这样的女子。"

"什么样？"我面无表情地问，心里其实还挺期待他的赞许的。是谁说的，女人都有虚荣心。竖起耳朵等了一会儿，莲华生道："像个男人一样，还没胸。"

你确定你是在说本姑娘？我拄着刀要站起来，他忙摆手，道："你听我说完。你太过独立，也太偏激，有什么事都放在心里。你看……"说着，他扔给我一块小石头，我翻掌接过，打量了一遭，没什么特别啊。

他又道："你用力捏一下。"

我想了想，还是依着他的说法做了，右手一收，尖锐的石子刺痛掌心。下一刻，石子碎成飞灰。我摊开手掌，风一过，灰便消失殆尽。

莲华生道："握得太紧，东西会碎，手会痛。排骨，你知道吗？"

我愣住了，低头睨着掌心中渗血的纹路。

握得太紧，东西会碎，手会痛，是吗？可惜，偏执或许真是我白里月的标签。我不知道，要到哪一日，要入了哪种绝境，我才会放下。放不下，只能坚持。

默然无言，我眼中茫然地看向远方。莲华生随着我吹了许久的海风，等日头完全沉入了那一头，他拍着袍子道："天色已晚，我们回去吧，不然我老丈人……"

我眼神瞬间如刀，道："你还敢说！"

"呃……是白阁主。再不回去，贫僧只怕白阁主会担忧。"

"是吗？"我仰头望天，"就让他担忧吧。"躺下身，合了眼，意识朦朦胧胧，不多时，我便陷入了浅寐。

一梦经年，梦里似乎又回到了六十几年前。那时候的白长轩比现在更加恣意狂傲，所以才落下个仙道麻烦精的名头。那时候的白长轩啊，桃花运也旺得很，三界做媒的红娘，基本都被他拒绝过。

可有一人不同。那是只喜欢穿鹅黄衫子的蝴蝶精，那女子，长得沉鱼落雁，菱嘴自带三分笑意，着实美艳，又懂棋艺，又明兵法，和老狐狸一拍即合。那段时日里，老狐狸一有时间就与那女子在一起下棋论书，让我心里很不是滋味。

如此忍了大半年，我终于忍无可忍，在血月八式初成之际，我就去找蝴蝶精拼命。怪我当时太年轻气盛，居然希望能把她从白长轩身旁打走，结果，很不幸……我断了一根肋骨。

从那以后，老狐狸便很少再与蝴蝶精相处了。

不久之后，蝴蝶精来找过老狐狸，说要和他谈谈。我躺在床上装死，不愿他去，可他最终还是去了。他回来的时候，脸上表情是少有的凝重。

再后来，蝴蝶精自毁仙元死了。消息传来绝仙阁时，我心中震撼极大，因为那是我头一次明白情可以左右生死。反倒是白长轩，镇定得没有多余的反应。只是，从那开始，他就喜欢上了种铁色的花草，永不开花的那种。

我想着想着，便在梦里号啕大哭。现实中白里月不轻易落泪，也就只能在梦里放肆一回。我拉着白长轩的衣袖，闷声闷气地问他："那花，你是为她种的吗？"

他不回答。

我又问："你是不是不喜欢阿月了？你是不是喜欢上别人了？"

他只是朝我一笑，抿着唇不答话。他放在我头顶的手像要落下来抚我的发，到了一半，却又收了回去。他整个人急退，我怎么追也追不上。

"白长轩！"一声喊叫，我从冷硬的礁石上坐了起来。

繁星璀璨，散落在倒扣的夜幕上。我看着右侧，坐了滚滚，左侧，坐了个舍利头。

舍利头很体贴，递过来一块方巾，道："把眼角水泽擦擦。"

我接到一半，听闻这话，转而怒掷方巾，道："谁说我哭了！"

莲华生吓得从礁石上跌了下去，好不容易站稳，举着佛掌皱眉道："阿弥陀佛，贫僧没说你哭了，贫僧还以为你那是汗渍，不小心才流在眼角处。"

他居然逗我！

我刚刚被梦境气得半死，现在又被莲华生气得半死，简直觉得生无可恋，想从这礁石上跳下去了此残生！正平顺着心口气血，莲华生又道："你别生气，做梦而已，贫僧理解的。"

"我没做梦！"我强调道。

"好好，没做梦。"

我默了默，念着这伪和尚是出于好意，又弯腰去捡起方巾，打算擦一下鬓边。手举到半空，莲华生道："不过你刚刚念我老丈人的名字，念了一千三百一十四次。"

"你！"

一用力，方巾盖在了他脸上。

黎明时分，我和莲华生带着滚滚一同回了绝仙阁。一夜未曾好眠，我正思量着趁白长轩不在，回逍遥居好好补个觉。行至山门处，我却遇上了老八。他面色苍白，两只眼睛下挂着明显的黑眼袋，活似一只黑白动物。

他这厢见了我，更像历尽了人间惨事，无限沧桑。

我道："八哥，你这是……"

"你先别说话。"眼睛麻溜地在我们两人一狗身上打个来回，楚凤疾行两步到我跟前，拽过我衣袖，往边上拉，"你昨天夜里，是与他在一起的？"

我拧了拧眉头，道："是。如何？"

"如，如何？"老八像听了一个天大的惊悚消息，瞪大着眼睨我，那意思就像在说，都天塌下来了你还问我如何？

我眼看着老八眸里要滴出血来，实在过意不去，拍了拍他的背，问："到底发生何事了？"

他默了默，皱着眉道："从莲华大师叫大师兄老丈人以来，我和世离在冰牢里蹲了三天，你知道吗？"想了下，他又补充，"没饭吃。"

"唔。"我道，"辛苦你了，八哥，下次千万不要乱嚼舌根被白长轩抓到。"

"阿月，你！"

他挽袖子作势要劈我，旁边滚滚"汪"的一声怒吼，顿时把楚凤吓得踉跄。我挽住他，认真道："八哥，别动了胎气。"

约莫是被我气过了头，老八不怒反笑："哼哼，蹲三天冰牢也算不了什么事。"

能想开那就是最好了。

"惨的是老二。"

嗯?

老八斜着眼瞥我,笑得十分诡异,道:"你知道老二昨天被大师兄从身上搜出来一本孤本春宫图册后,大师兄是怎么处置他的吗?"

我摸着下颚疑道:"莫非是用来扫茅房?"

"无知!"老八啐一口,"扫茅房那是没有失控前的大师兄。失控以后的大师兄,哼哼,现在老二还被吊在广场中央的玉像上,大师兄下了令要把他暴晒两日。"

这惩罚,是有些重了。好歹是个掌字辈,这么吊着供弟子观赏,实在是太掉面子。我沉吟一句,道:"这处罚的借口,是不是太拙劣了,春宫图?"

暮云这点爱好,可算是人尽皆知。到了今日才罚这么重,老狐狸果然是发病了。

我心里有点好笑,又有些替二哥痛心。表情纠结着,我正不知道怎么做才合适,老八阴恻恻地往莲华生投去一个眼神,挑眉道:"你真以为大师兄是为了春宫图罚他吗?相处几十年,我还能不知道他?"

"愿闻高见。"

"哼,那是责他办事不力!居然给他机会打死莲华生,他都没能成功!"

滚滚:"汪汪汪……"

莲华生茫然地觑了滚滚一遭,然后抬起头,一脸苦相,道:"你们……你们还是正道?简直是流氓窝!"

我忍住笑,努力绷紧唇角,摊手道:"没办法啊,有个流氓头子呢。"

莲华生怒而拂衣,匆忙开溜。

待人走远,老八捂着脑袋晃了晃,两边眉毛打了结,愁苦至极,道:"好歹是你二哥,接下来怎么做你该知晓。兄弟几个虽命硬,可也经不住大师兄这么个摧残法。他再这么失控下去,哥儿几个可就岌岌可危了。小师妹,你好自为之吧,我还要去看看世离。"

楚凤往前踱出两步，我睨着他暗红色的衫子，像是问他，又像是问自己：“白长轩，他可曾真有这般在乎我？”

楚凤蓦地顿下，片刻，道：“真是当局者迷。你们两人啊，哈……我只能说，在旁人看来，他对你的在乎，从不少于你对他的执着吧。”

“八哥……”

“停，别说下去。我是真不想再进冰牢了。”

“谢谢，八哥。”

楚凤略微颔首，身形刹那化光。来无影去无踪，只管通风报信弥补破损感情，我这八哥果然是个好管家。

一跃纵上半空，我不急不缓地飞去正殿。

掐指算算时日，我和白长轩赌气也半个月时间了。我被折磨得不好过，想必那老狐狸心中也有那么一丝煎熬。否则也不至于城门失火，殃及池鱼。只是，他的怒，究竟是因为我和莲华生走得近而吃醋了，还是只以一个兄长看待小妹的眼光呢？

我猜不透，看不穿，忆起满园子的铁树，又觉心间有钝痛。究竟要到何时，要用什么样的方法，他才肯对我说一句，爱，或者不爱？

摇了摇头，我甩下一脑子乱如麻的思绪。远远的，我便瞅见玉像上双手被缚住吊在半空中的人影。

老二彼时正抖着腿哼小曲儿，见我飞来，还愉悦地打了个招呼：“小师妹，你终于回来了。”

我的二哥，你现在正在受罚啊！不能有点痛不欲生的自觉吗？

他丝毫没有觉得哪里不对，还环望了一圈四周，见没人，小声问道：“你昨儿个晚上，没、没干出什么让大师兄怒发冲冠的举动来吧？”

我存心逗一逗他，面无表情地问：“什么举动？”

他哑然，好半晌，才吞吞吐吐道：“就是……就是和那大师……有没有，有没有……”

我蹙了眉头。暮云果然是个不怕死的典范。

“你想多了。”

说完话，我从他旁边擦身过去，老二急忙晃着腿大喊：“小师妹，小师妹，等等。"

"嗯？"

他道："你待会儿替我向大师兄求个情。"

这是自然，好歹也是同门的兄弟。

尚未开口，只听他又道："你就和大师兄说，吊我两日是没关系，可本爷好歹是掌字辈的，被小辈们看了去，我以后还怎么立威。"

"嗯。"说得也是。

看我总算表了态，暮云眼中瞬间燃满希望，道："所以，你就跟大师兄说，拿个黑袋子来把我的头罩住好吗？"

我修行了多年高贵冷艳、面如冰霜的人皮面具，一瞬间……

崩了。

严华殿。

两扇镶铜鎏金的大门虚掩着。我负手进去时，白长轩正在和空青说话。这空青作为他的关门弟子，根骨清奇，资质不差。只是这小子愣头愣脑，太过老实，又太过听从白长轩的吩咐，委实无趣。

我未说话，老狐狸也未曾看我。两人都把我当成了空气，继续讨论着先前的事。

"你的剑法尚欠一点火候，此次出战三界武会，与他人过招时，要时刻警惕。"

"是，师尊。"空青低了头，片刻，又嗫嚅问道，"不知弟子是欠了哪一点火候？"

"嗯，领悟自在你心，非是老夫指导。剑者，要的是人剑合一，你现要突破的，是自己的心魔。"

这话太过深奥，愣小子大概不太明白，红了红脸，低声道："弟子知道了。"

"记得老夫交代的事情，下去吧。"

"是。"空青作了个揖，转头看见我，又向我点了点头，方才恭敬地退至门边。等到人走出门外，我抬袖一动，两扇门紧紧闭合，荡出一声闷响在殿中。

我道："你何不告诉他，他就是太死板了。"

"哎呀，阿月。"老狐狸一如既往，玩笑般地捂着脑袋晃啊晃，从正座上走了下来，"你这样说，可会伤害了为兄的关门弟子啊。"

"哼。"冷冷回应，我侧着身形避开他的目光，道，"你没话对我说？"

"有，千句话，百句话，一言难尽。"

"白长轩！"每每对着他，我就容易动怒，特别是之前的心结未解，此刻更是血气上涌。老狐狸站定在我身旁，拍了拍我的肩膀，又正面把我扳过来对着他，双眉一拢，愁苦道："你昨天夜里丢下为兄，让为兄食之无味，睡之不安，作为小妹，你可安心？"

"有何不安心的？"

"你，你，你……"他急退三步，捂住胸口。

我抢在他启齿前，寒声道："你若还是不愿说上正题，那我走了。"

"且慢，"他叫住我，"你要为兄说什么呢？"

还是要让我先开口，你才肯回答吗？那好，我就一一问你，看你如何作答。

"你去碧云峰，是……为了见岚羽？"

"不错。"他回得十分淡定。

我气得头疼，转身就要离开。白长轩身形一晃，拦住我的去路。双手负在身后，端出一阁之主的架势，道："为兄去碧云峰的用意，有两层。"

我收在袖口里的手紧握，闷着声气道："一则，为了散武会帖子；一则，为了见那个骚货！"

"哎呀。"他一声长呼，眯眼笑起来，"第一点用意你猜对了，第二点嘛……"

"说！"

他摇摇头，又正色起来，道："是为，莲华生。"

嗯？这是什么破理由！

显然，老狐狸一提起莲华生，脸上就黑得如同炭堆里钻出来一般。负着的手捏出一声脆响，他极为难得地变了一向从容的面色。

我看着他如此，心情不禁大好。

"八品仙霖，世人只知其武学造诣登峰造极，却鲜有人知晓，八品通天地万物，可追溯过往诸般。"他耐着心解释，"为兄此去，就是为了借岚羽的八品之灵，查探莲华生是出自何处。"

能惹得老狐狸亲自出手，看来"老丈人"威力果然不可小觑。我没绷得住，"扑哧"一声笑了出来。

老狐狸诧异地看向我，我又急忙板起神色，道："这就是你在碧云峰与她相处七日的缘由？"

"啊，好阿月，"老狐狸迈步踱回来，双手搭在我肩上，"为兄是带着空青去的碧云峰，其间也只与岚羽会面三次，皆未超过半炷香，还有空青在侧。你以为，老夫能干出什么出格之事吗？再者，追溯过往需要时间，所以老夫才在碧云峰多滞留了几日。"

原来如此。

不对！

我脸上一烧，皱眉道："你给我解释干什么，我又没在乎你去和她做了什么事！"

不知是不是错觉，我看见老狐狸竟然笑了，只是很快，他又哭丧起脸，抬着袖子抹眼泪，道："是啊，为兄去碧云峰，是为正事。可吾小妹就……"他一望天，一叹气，双手掩面，哀哀凄凄，"寒叶飘逸，洒满我的脸；吾妹出墙，伤透我的心。那声'老丈人'就像冰锥刺入我心底，为兄真的好伤心。"

我唇角抽了抽，竭尽气力没有笑出。既然已经把话说明，我也不能让他日日都念叨着这魔之经文，只好不屑道："怎么喊你，那是他的事，我与他，没有关系。"

"怎么没有关系！"老狐狸仰天哀号，"昨夜里，你都与他单独出去了，为兄把绝仙阁找遍，也没有找到你。"

"嗯？"我往前一步，"你有……找过我？"

"呃……"老狐狸后退，耳根一红，突然正经起来，"刚才说到为兄查探莲华生的出处……"

我道："你在吃醋？"继续逼近。

老狐狸再退，道："老夫怀疑，他其实是与……"

被我连番逼得退无可退，白长轩身形撞在殿中圆柱上。我呵了口热气，眯眼微笑，道："所以，这几日你把师哥挨个罚了遍，是因为吃醋了？"

"阿月，为兄在说正事。"老狐狸绷起脸，严肃正经。

我回答道："我也在说正事。对我来说，你和我的事，就是正事。"

某人彻底无奈了，对峙半晌，他终归拗不过我，败下阵来，"为兄只是……只是……"

这样的舌头打结，在我印象里还真是少有。

"既然找不到借口，就不要找了，承认吃醋，对你来说，有那么困难？"

"放肆！"老狐狸脸上晕着红色，连做戏都懒得再做，直接拂开我的手，想要遁地。我神情一转，柔和下来。

"白长轩。"

他一抖，顿住身子半侧着。

"我……"我顿了顿，"让我抱抱你，好吗？"

"阿月……"不等他拒绝，我已经从身后环住了他，脸贴在他宽阔的肩背上。他的骨头略显硌人，肌肤传来的温度这般真实，真实得却又好像在做梦。明明才不过一月之余没碰着他的人，我已经觉得像历经毕生之久，久得这个单方面的拥抱就能融化我的心，让我满足得想要落泪。

总归他看不见，我一合眼，果然有冰凉的水泽细细渗出眼眶。我把头埋进他紫色的华裳，擦了擦。

老狐狸先是颤了一下，继而，便没了动作。任由我抱着他许久，他才拍拍我交叠的双手，唤道："好阿月。"

我来回拱了拱头，眼下正憋着眼泪，万万不能被他看到。索性，只能没话找话，继续装弱："逍遥居里的铁花，你是为那只蝴蝶精种的吗？"

老狐狸默然。

我心尖发疼，又问："你喜欢她？"

良久，白长轩叹了口气："那花……名唤苦蛮花，并不是为她所种。"抬头，他扳开我的手，回身看着我，浅淡一笑，"待有朝一日，为兄一定会告诉你，种那花的缘由。"

"嗯？"眼泪已经止住，我恢复一贯的漠然之色，翻白眼道，"我没兴趣知道。"

那一刻，我想，白长轩心里大致淌过了不雅的一万八千字，正汇成洪流千里奔腾。

半炷香后，我俩双双抚平了创伤，平稳了心绪。再对视，正座上之人正运筹帷幄。

"根据岚羽的说法，她只能探查到唯一一个与莲华生有关的所在，是天浴峡。"

"天浴峡？"我倒抽了一口冷气，"那地方，不是……"

"不错。"老狐狸敛低眼皮，"正是多年前欲界之战终止的地方。"

"难道莲华生与当年带领正道大战的普陀寺有关？既然你说八品仙霖能通天地万物，为何只查出这一点消息？"

老狐狸唇角噙开半丝笑，道："我的好阿月，你的思维，总算跟上为兄了。这八品仙霖诚然能通天地万物，但查不到莲华生的过去，这只有一种可能，那就是——他现在身上有封印。"

封印？

我将与莲华生相识的经过仔细回想了一遍。这伪和尚，确实和一般和尚不大一样。他说话没有遮拦，嘴又毒又贱，表面上虽相处从容，可有好几次，他身上都散发出一种狠戾的气息，就如上回白长轩说念灵珠已为自己所用时，他眼中曾闪过红芒。对了，还有最奇怪的，便是他从不敢和我肢体接触，莫非，这和封印有关？

我拧了拧眉头，一时千头万绪。

白长轩睨着殿外，起身道："现在所有的推断都无证据，所以，为兄要你亲自去天浴峡走一趟，看看有何发现。"

"嗯。"应了声，我转身往外。

背后，老狐狸叹道："唉，你果然不关心为兄了，都不问为兄怎么不自己去。"

这不是废话嘛！聪明的人动口，傻的人出力，这已经成了和你相处必知的定律了。我才没有那么不识好歹。

懒得理他，我边走边道："将二哥放了。"

"嗯，为兄会考虑两日。"

"不放了他，谁替你暗杀莲华生？"

"为兄可有那个必要？"这厮说的是一套，心里估摸想的是另一套。这一点上，我还真是随了他。

将要走出大殿门，我突然停下，沉默了会儿，问："如果，他真是你所想的那样，你打算如何处置？杀了他？"

白长轩也跟着沉默须臾，反问："你不愿？"

摸着良心说，这些日子相处下来，我虽然处处和那和尚不对付，可他说的言辞，却又拓落在我心间。

他说，无论何时，我想要揍人发泄，他都会奉陪的。

他还说，握得太紧，东西会碎，手会痛。

我念着和他过招，念着和他斗嘴，念着那条毛发松散脑瓜愚钝的肥狗，也不知怎么的，一向对外人坚若磐石的心竟起了动摇。紧抿着唇，我不晓得该怎样回答。白长轩走到我身旁，正色道："每个人都有他的过去，为兄判断一人的标准，从不是他的过往，而是他的未来。"

我眨了眨眼，最终还是没说出什么有见地的话来。

眼看天色将晚，老狐狸吩咐我明日再去天浴峡。随即他又弹出几指灵力，召集来老四、老六、老八，说太久没一起吃饭，约他们一块儿。这厢我们几人站在玉像之下正在思考要怎么才能避过鸡腿大餐的问题，老二却在头顶喊："大师兄，放我下来啊，我也要吃，我赞成吃鸡腿全宴啊。"

我们几人一致决定，坚决不能让白长轩把老二放下来。

老狐狸沉吟半晌，似乎也没放老二的意思，领着我们正要离开，一个青色身影飘入眼帘，看着我，急道："排骨，滚滚不见了，可有寻你？"

我摇头，上前一步正要说让他去厨房找找，老狐狸却抬手拦了我，寒声道："吾妹名唤白里月，大师还请自重。"

莲华生顿了那么一小顿，大概脑袋抽筋，朗声道："我的老丈人啊，只是名字而已，你怎么……"

话未完，咔嚓一声骨头响，老狐狸道："老夫，今日，要，失态了！"

话罢，琉璃耀华在手，紫色灵芒铺天盖出，化成一张蛛网向着莲华生兜头罩下。我吁了口气，转眼望天。又一道灵光，割断了绑住老二的绳子，暮云从半空就幻出了啸龙戟，大喝："这次本爷肯定不会失手的！"

白长轩再凉凉地看了一遭身旁三人，老四顿悟："我来。"

老八也道："算我一份。"

老六跟上："总算有个出气的地方了。"

一时间，绝仙阁里灵光冲天，石屑纷飞。还好，弟子们都被设了门禁，看不到祖师们居然还有如此"流氓"的时候。

真是心寒……

翌日。

天光将亮，我便离开了绝仙阁，去往天浴峡。

在东荒的话本子上，曾有一段传说，讲的是多年以前欲界犯境之事。说书先生总爱把这段事情渲染得惊天动地，血流成河。说当年多少英豪把酒高歌，甘赴九泉，只为了人间万世太平。我对战乱之事一向提不起兴致，许是因自己本身也是个杀手，对人命总看得淡漠。所以，我对这段过往兴趣缺缺。不过我也知晓，当年引领正道的普陀寺和欲界的最后一战，便是在这天浴峡内。

如今数甲子已过，此地只留得处处狼藉。峡谷地势因受巨力影响，两边的山脉拦腰断裂，巨大的落石崩塌在山谷底部，破败凌乱。黄沙随风翻腾，残破的旌旗荡出空旷的声响。来不及掩埋的白骨，在风沙过处露出斑驳痕迹。

我每走过一地，都能听见自脚下发出的骨头碎裂之音，让人胆寒。

这就是战争。

古往今来，尸骨成丘，胜者为王。

眼帘几番闭合，我敛定心绪，两手捏出法诀，引动地势变化。一条深沟赫然降出，使得无数白骨下陷。我原本是想着做件好事将前人埋葬，正要掩土的时候，却见黄沙底下一个闪着白光的石头也往沟里坠去。

凭着我多年跟宝物打交道的经验，我脑子里顿时出现了四个大字：价值不菲！

我本能地伸了个手，叫了句："好东西。"

然后，我反应极其迅速地跳下了沟壑。

在白骨堆里摸了大半个时辰，我才把那"宝物"捞起来。跳回平地上，我优雅地弹了弹肩头的灰，又取下不知道是哪个死人骨挂在我腰带上的大拇指，面无表情地扔回沟里。再一挥袖，轰隆几声响，黄土巨石填平了那道沟。

如此才好，人死万事休，就该尘归尘，土归土。

收回目光，我打量着手上的东西。

墨色的质地，与一般石头不同，周身散发出莹莹的白光。我凑近吹了一口气，便听得那石头反荡出一阵嗡嗡的声音来。

果然是好物，看来要值不少钱。

这质地不差，色泽丰盈通透。

这造型也不差，仔细置于日光处端详，似乎……似乎……是一朵石莲。莲？莲花？莲华生？

我突然就有一种把这玩意儿扔了的想法。

想了想，还是算了，毕竟没必要和银子过不去嘛。妥帖将东西放进心口，我又到处转了一圈。这天浴峡被当年那场大战毁得七七八八，到现在还人迹罕至，根本找不到线索。看来，要调查莲华生的出处，只有上普陀寺走一遭。也许……我摸着石莲，说不定这东西真和那伪和尚有关。

当即打定了主意，我招来云头，转向缥缈峰的寺庙去了。

老狐狸说，当年，这东荒大陆上，其实普陀寺才是最大的门派。鼎盛时期，其剃度弟子三万余人，俗家弟子更是遍布天下。若非这等实力，也无法与深不可测的欲界对抗。也是因了这场历时五年的鏖战，普陀寺死伤无数，终至没落，这才有了仙道三派的崛起。

我到了缥缈峰时，看见山顶云端立了一间老旧的寺庙，实在无法想象，这就是很久以前盛誉天下的第一门派。若非残破的横匾上清楚题着那三字，我大概已经打道回府了。

如今庙里的主持是个七老八十的老头，见着我来，热情地端出了一盆水，还让小僧侣去拿了剃刀。

我狠狠瞪了他一眼，道："我不是来出家的。"

老主持默了默，颤抖地问我："那你是来收上上个月米钱的？"

还能再穷一点吗！你这样简直太过分了！我努力稳了稳神色，扶着自己半边银面具，漠然道："我是绝仙阁之人，来此只为一事——当年的欲界之战。"

老主持一怔，随即眼睛便红了。

"原来是绝仙阁的小辈啊。唉，当年那一战，好久无人提起了。"老头一副看破红尘俗世的模样，往殿门口挪了挪，扶着门框道，"那可说是这世上最无情的一场战争。那时候啊……"

老主持一番絮絮叨叨，顺带将自己三亲六眷的死都声泪俱下地诉说了一遍，等他说完，日头都下了山去。我听得睡眼蒙眬，好不容易捡了重点记下，怕路上自己忘却，又借了笔和纸，写成一封信。将信放好，我匆匆道了谢，准备回程。还未出门，老头儿拦住我："姑娘，你身上，似乎有我普陀寺的东西。"

莫非是石莲？我将那玩意儿摸出来，晃了一晃，"你指这个？"

"这是……"老头儿惊呼起来，"谛蕴师叔的法器！"

我不语。

"此物怎会在姑娘身上？"

我掂了掂，又把东西收回心口处放着，道："在天浴峡捡到的。"

老头儿带着个万事好商量的神情靠过来，道："既是如此，还请姑娘将我师叔的法器留下。"

瞧这话说的，本姑娘是那种蛮不讲理的人吗？当然不是了。

我道："好啊。"

老主持道："多谢姑娘。"

变出一把算盘敲了敲，我道："收你一千八百八十八两银，不算多吧？"

老主持："你，你抢出家人啊？"

我老大不高兴，把算盘收起来："你说这话我就不爱听了。不错，就是抢你，怎样了？"

“你、你、你……”

“你”了半天，没“你”出所以然来。

普陀寺的人蛮横不堪，道理说不通，就动起了手。

于是，等我回到绝仙阁，已经是第二天巳时了。临近三界武会之期，眼下各路人马都在往绝仙阁涌。常年寂静的山门前，今日围得水泄不通。有叙旧的，有仇人相见分外眼红现在就想开杀的，还有互相攀比修为的，千姿百态。

老八作为一个称职的管家，正站在门口迎客，看我回来了，也懒得搭理我。我识趣地走出两步，他又追上来，支吾道："小师妹，你现在去哪儿？"

我板脸："还能去哪儿？自然是回逍遥居。"

老八扯了会儿衣袖，望了望后山，脸色略显难看，随即又收回目光觑我一眼，道："你似乎动过真气了？"

"嗯。"我点头。

怪哉，他这反应，难道是老狐狸出了什么事？我心头一凛，飞身就要走。脚将将离地，老八又拽我回来。

"干什么？！"我怒。

老八讪讪道："前日莲华大师被我们打了，你不去慰问他一下吗？"

事有反常即为妖，这是老狐狸的教导。莲华生那厮命这么硬，根本死不了。更何况，他该关心的对象，是烨世离吧！老八这么拖延时间，一定是逍遥居有情况。我皱了皱眉，寒声扔下一句："他真要有事，也活不到今日。"

说罢，再起身，楚凤还试图阻止我，我和他近身过了几招，觑了一个间隙，纵身飞上了半空。

此时正值日头当中，后山一隅，与山门处的热闹形成了鲜明对比。我落脚逍遥居门前时，老六正独自坐在大门口，茫然地望着天空发呆。

我悄无声息地踱过去，喊道："六哥。"

老六一吓，顷刻站得笔直，道："小、小、小师妹，你、你回来了。"

我道："六哥，才两日不见，你已经变成口吃了吗？"

他抹一把汗，小心翼翼瞅了眼大门，推着我往边上的古木方向走，道："来来，小师妹，六哥和你谈谈人生。"

我皱了眉道："谁在里面？"

"哪、哪有人啊？"

说谎的时候，你的眼神就不能定一下，这么飘忽干什么？我推搡开老六，迈起步子。老六又追上来，小声道："小师妹，你先别……哎呀，真是麻烦。"

"嗯？"我定睛。

他道："原本这事我不该说。可既然碰见了，同门师兄妹一场，总不好看你往火坑里跳。"

"到底什么事？"我不耐烦地问。

老六道："你去过普陀寺了吧？"

我心里"咯噔"一下，抿了抿唇。

毕竟老六也和我相处日久，见我这番反应，当是确定了。他一拍脑门道："你还没回来的时候，普陀寺那边就有书信传来了。"

这速度！我绷紧唇，努力做出无所谓的样子，道："那又如何？"

"还如何？你干了什么好事，自己能不知道？反正大师兄看了那信，脸就冷得像一座冰雕。"

我强行安慰自己道："平常不也是如此吗？"

"不一样！"老六断然否定，继而想了想，补充道，"今日的师兄可是大年夜的冰雕！"

"那……"

我刚想再说点什么，突然，门的那一头，传来几声娇笑，跌宕起伏，柔情蜜意充斥其中。我听见的当头，就在风中石化了。同时石化的，还有我对面的洛钰。过了好一会儿，老六率先回神，道："小师妹，你别冲……"

我冲进了大门去。

"动啊……"老六在身后如是道。

入目处，铁树衬着暖辉，一地灿然。院落中间的石桌旁，对坐着两人。一者紫衣绝世，泛黄的发衬着暗金色的瞳，狐狸眼微眯，执一杯热茶，茶烟氤氲在他脸庞上，如梦似幻。另一人风情万种，花扇掩笑，正是我讨厌到心坎里的岚羽。

这种情况下，我先是本能地握了握拳头，待两人眼风扫过来，思虑到自己也不能太失了气度，索性面上端起一派悠然，将手往背后一负，目不斜视，大步走去了自己房中。

约莫半炷香后。

我提了一个水桶出来浇花。

这两个人谈得正兴起，岚羽弯着眉眼笑声连连。我在一旁咬牙切齿，就选了离石桌最近的地方，一勺一勺地恶狠狠地把水泼在苦蛮花上。同时还不忘竖起耳朵，听听他俩有什么可谈的。

岚羽道："白阁主，看来绝仙阁人丁不济，已无人浇花了呢。"

白长轩呷一口茶，道："确实，绝仙阁贵在人少艺精，自然不若碧云峰的海纳百川。"

一句话把岚羽堵得半晌无语。默了默，她重整旗鼓道："这'艺精'二字，是单指口舌争锋和浇花呢，还是再加一项床笫之事？"

"你！"我险些忍不住掀水桶，好在老狐狸动作快，凉悠悠地朝我觑了觑，我才记起自己这会儿是在偷听，应该要尽职尽责地装成一个聋哑人。

收回目光，手中的木勺发出"啪"一声细响，我继续泼水。

白长轩音色里带出三分冷意，道："绝仙阁的门风严谨，实在不如碧云峰大胆豪放，若二执掌是以自身度量他人，未免显得短视了。"

"你这话……"

老狐狸打断她道："眼下天气炎热，二执掌若不说正题，老夫只怕诸事繁忙，无法招待。"

"正题吗？"岚羽"唉"了一声，其峰回路转，千娇百媚之态绝不可只用一个骚字来形容。等话音落下，她素手拈上衣襟花扣，腕子一转，花扣解开，隐隐露出内中粉色的肚兜来，"啊，今日的确太热。既要说到火辣的正题上，不如就让奴家与白阁主解衣相谈，也可凉爽一些。"

木勺突然折成两段，伴着一声脆响，水溅了我满脸。

七、一名妖僧

说起来，要占白长轩的便宜绝非易事，否则我又怎会几十年如一日还在原地踏步。

我在边上气得身子发抖，那厢老狐狸已经幻化出琉璃耀华，灵光一闪，将岚羽包成了一团光球。继而，他面不改色道："二执掌，要老夫派师弟送你回房吗？"

嘴上没讨到便宜，行动上也毫无优势，岚羽娇笑两声，将衣衫整好，敛了轻浮之色。

"看来，要越过白阁主的界线，并不是一件易事。"

某人品着茶，淡淡道："我二弟一向好交友人，遍览群书，下次或可让他来接见二执掌。"

白长轩，你真是卖得一手好师弟啊。这一回，二哥真要哭了。我默默替老二点了蜡，又继续气得心寒发抖。

两人你来我往，片刻后，终是说到了正题上。

"不知上次的事，白阁主可有查到想要的线索了？"

"此事嘛，倒不急于一时。"

"哈，"不同先前的笑声，此刻说话的岚羽，才真真正正是碧云峰的二执掌，"那个人，若真是和那场大战有关，说不定，这天下再次纷乱之日便不远了。阁主将要如何应对呢？"

"同为仙道三派，自是共同进退。不过，老夫不会让这种事发生。"

"哦？是吗？你的自信，真是让奴家心悦。"

白长轩敛低眸，没看她，继续道："天底下能让二执掌心悦的人事太多，老夫不值一提。"

为什么说着说着，这话题就又转向奇怪的地方去了！

岚羽牵着裙裾起身，掩面笑道："自然，这其中也包括两日后的武会魁首。奴家现在已经迫不及待地想要知道，当我夺下魁首之位时，白阁主届时会是怎样的表情了。"

"那也只能道句'恭喜'。不过，老夫想赠二执掌一言……"他话间一顿，又转了锋头，"罢了，这些浅显的道理当是不用老夫说你也明白，否则碧云峰何以居得仙道三派之列。"

"哦，白阁主是想说人外有人吗？"

"不，是骄兵必败。"

两种说辞，完全不同的意思。剑拔弩张的言辞争锋让气氛一瞬凝滞下来。岚羽面上未有多余的表情，片刻，噙着笑身形一转，带得逍遥居里一阵花香之气，只听她道："白阁主对奴家的关心，奴家记得了。"

说完，又是两声轻笑，岚羽的身形化成万千花瓣，卷出了大门。我睨着满园的芬芳，心中不平，气结地把岚羽问候了好几遍。

老狐狸这厮趁着我没注意，也不知何时站在了我身旁。他看看桶里的水和已经碎成了渣的大勺，又看看眼前的苦蛮花，捂头道："阿月啊，为兄的花是和你有仇吗？"

"怎会呢？"我咬牙切齿地答，指尖蘸了水，又要往铁树上洒。白长轩一把擒住我的腕子，愁苦道："哎呀，这花不可多浇水。水一旦多了，花就死了。"

"是吗？"我冷笑。

真是奇怪，我还是头一回听说不可浇水的花。

他欲解释："这花是依赖……"话至一半，却生生顿住了，思量须臾，老狐狸明显转了话头，"不过，即便是普通花，按着你这浇水的方式，也早该淹死了。"

我垂下眼皮一瞅，果然，我脚边的苦蛮花下已经积满了水，还没来得及渗透土中。面色一瞬尴尬起来，隐在面具下的眉头微微抽搐，干咳一声，我道："方才没注意。"

"当然没注意，你的注意力不是都用在为兄身上了？"

臭不要脸！

我撇嘴，寒声道："怎么，你刚刚和艳丽的女人谈完话，就影响判断力了吗？我白里月岂是偷听他人说话之辈！"

"啧啧，"老狐狸咂吧嘴，"是，我家阿月岂是偷听他人说话之辈，你只是旁听而已。"

这也能被你看穿？

被人道破心思，我十分不爽，将脸板得犹如冰山，冷哼一句，提着水桶要回房。白长轩先我一步挡在跟前，笑道："乖阿月，天这么热，火气这么大，可对身体不好。"

我翻白眼。

他一手替我拭着脸上的水渍一边道："而且，气生多了，容易长皱纹呐。"

烦透了，有完没完！

见我还是一脸不高兴，白长轩使出必杀技，对我伸出双手道："难道，还要为兄把你举高高，你才肯笑一个？"

这下，我的脸皮是彻底绷不住了，面具下的肌肤烫得像被火烧。这都多久以前的事了，现在还拿出来说。不过，我转念一想，凝眸向他走近，道："我若说是呢？"

某人一听这话，顿时兵退三千里，道："哎呀，好阿月，你怎的也不知体谅为兄这把老骨头。为兄真是……好伤心。"

果然还是这样。我退一步，他就得寸进尺，待到我进一步，他就装疯卖傻。老狐狸，就是一只老狐狸。我懒得和他计较，冷然道："若无他事，我回房了。"

"怎会无事？"白长轩抚着额头摇了摇，"为兄叫你查探的事情，如何了？"

亏你还记得。

本姑娘在外辛劳奔波，你在家和人私会喝茶。良心呢？

我狠狠瞪了他一眼，想必他也领会到了我眼神中的意思，很是扭捏地捂了捂脸，装得一副纯良之相。

我哼了一声，从袖口拿出早已备好的信纸来。

"这是什么？"老狐狸不解。

我道："信。你看不出吗？"

这厮表情纠结了一会儿，只是一眨眼，又恢复从容。

他只手扬开信纸，仔细看起来。看信过程中，他不时摸摸下巴、抽抽嘴角。到最后，他抬起脸，也说不出究竟是要哭还是想笑，双唇欲言又止半晌，道："我的好阿月，为兄都快要被你气笑了。"

说着，他把信纸拿到我眼前指着上面比画。

"这东荒上，为兄也算得是学富五车之人，居然……居然……"他踉跄一步，"居然整整一封信，老夫只识得两个字。"

我摊手道："那是你的问题。"

"啊！"捂住胸口，晃悠悠地走到我跟前，他指着信上，"来，你告诉为兄，除了这一个白字，一个月字，其他的鬼画符你究竟是想表达什么？"

我悠悠望天，道："算无遗策的白长轩，你猜嘛。"

"喀喀喀。"老狐狸被我这句话呛得险些咳出一口老血来。

恨铁不成钢地睇了我约莫一刻钟，他才蹙眉道："为兄是智者，不是大仙！"

我忍住笑，难得看他这般气急败坏。不过，任何事还是适可而止就好，免得气坏了他，心疼的是我。

我从另一只袖口里再摸出一封信。这个，才是真的。

白长轩看了我一会儿，道："怎的，还想戏弄为兄吗？"

我无所谓地回他："看不看由你。"

他迟疑片刻，终归还是拿了信去。

此番看信时间长久，我在一旁杵得不耐烦。我将群山远景望了个遍，又收回目光落在眼前人身上。红尘虽美，到底也及不上这人如丹青般的眉眼。每每看着，我总有想吻上去的欲望。我忍了忍，喉头发热。

再忍了忍，没忍住，等回神，一只手已经快搭上他的肩了。

老狐狸突如其来的一声低吟，骇得我即刻收了手回来。

他眯起眸，道："嗯。"

我负手，侧身，避过他的眼，问道："有什么想说的？"

"有。"他表情异常认真，"我家阿月文采出众，描述生动，看者泪流，闻者伤心，不去写话本子尤为可惜。"

我紧了紧骨手，道："你知道我不是问的这个。"

"哦，其他的，便是字嘛，有点丑。"

"白——长——轩！"

一声怒喝，老狐狸反应敏捷地退开三步，狡黠笑道："真是大逆不道，又直呼为兄姓名。"

我拂袖道："你再不说正题，我就……"

"就如何？"戏谑地道完三字，老狐狸表情一敛，眸色再在信上打了个来回，"据你所言，当年天浴峡一战前夕，普陀寺的一托主持修行佛耀法门时无意坠了魔道，最后竟成佛魔共体，所以才导致那一役双方死伤均惨重。最后佛者为封印欲界，更是落了个身形俱灭。凄惨。"

老狐狸夹着信纸一挥，明火骤起，灰烬尽数随风散去。

我拧着眉头，细致地听着他的话。

"佛魔共体，佛魔共体……"喃喃念了两遍，老狐狸突然一声低笑，"果然是有关联。"

"你是指莲华生？"我问。

他转身回来，琉璃耀华在他手中明明灭灭地闪着紫光，他用另一只手覆在其上，道："你在信中提及，当年主持欲界之战的一托大师有一个关门弟子，名唤谛蕴？"

"是。"正是我捡到的石莲的主人，现任主持的师叔。

老狐狸眼睛几番睁合，道："一托的修为，便是为兄，也及不上他的十分之一。如此深厚的功力，竟在开战前夕走火入魔，阿月你以为，会是怎样的巧合？"

"唔。"我将他前后的话串联了一遍，心中隐隐有感，却不敢点破。

老狐狸了解我，我不说，他自然会讲明。

"一托的关门弟子，在欲界之战里，既未死，也未生，竟是失踪，这未免太过引人联想。而恰好又有这么一人，先是欲界的魔，后成普陀的佛，深知佛魔共体的要素才能让一托走火入魔。最后，更是被一托在其身上种下了封印。"

我双手一握，指甲掐得掌心生疼。

"话已经说到此处，你还要为兄继续说下去吗？"

"不用。"

我合眼，定了定心神。老狐狸的话意我明白，他是说谛蕴就是莲华生，也就是当年欲界埋在普陀寺的暗桩。最后那一役这般凄惨，全因为谛蕴在一托身上动了手脚。

莲华生……

莲华生啊……

虽然嘴贱人讨厌，可……他当真做得出这样的事情来？怎么看，他也不像一个草菅人命的大魔头，倒比较像蹭吃骗喝的伪和尚啊。但倘若事实不是老狐狸讲的这样，他又怎会在念灵珠内，还会失传已久的控灵术？

我摸了摸怀中石莲，抬眼道："此事可确定？"

"尚不能完全肯定。"老狐狸想了想，"不过，只要阿月出马，定能确定下来。"

你这是什么意思？

白长轩冲我扬了唇角，暗金色的瞳孔中，却看不出半丝笑意，道："谛蕴的法器，不是已经在你身上了吗？"

我心头不紧不慢地一咯噔。

"你强占他人宝物，还动手打人，你说，为兄自小就是这般教你的吗？"琉璃耀华的光芒一瞬闪亮。我暗地里叫了声苦，板着脸，抿住唇，死不开口。

白长轩接着道："在外你背了为兄的名，还敢如此堂而皇之。为兄的老脸便是如此给你丢的？"说着说着，他的脸色便如寒冬腊月，冰冻了三尺。

我也跟着拉下脸，与他对峙道："总归不抢也抢了，不打也打了，你待如何？"

闻言，老狐狸痛心疾首地捶心口，道："看来，是为兄一直将你宠得太过，才让你如此刁蛮。"

刁蛮，宠得太过，这两个说法，与我沾边吗？我可是清清楚楚地记得，你是如何诓我干各种充满危险的事啊。

　　在烈日下又站了好一会儿，两道目光互不相让地纠缠着。白长轩知晓我的弱处，每次只要他长时间地盯着我看，我势必脸烫如火烧，率先败阵。

　　这一次，也是如此。

　　我咽了咽口水，极不情愿地把石莲拿出，啐他道："看什么，给你就是！"反正黄泉月里的宝贝多，本姑娘才不在乎这一件。

　　白长轩至此才有了些许笑意，打量片刻石莲，也不伸手接，思忖一会儿，道："为兄要你将此物还给谛蕴。"

　　我发现我的脑子似乎又不大够用了。

　　老狐狸背过身，道："他若收下，便是承认自己身份，你可借机问出他身上封印的前因后果。他若不接，将他的反应一一记下，再告知为兄。"

　　我拧眉，默了默，问道："然后呢？"

　　白长轩回头道："然后，便是然后的事了。"

　　我语塞。

　　"先做好眼前的事吧。"

　　"哼。"我扔下一句，举步要走。白长轩似箭一般径直奔到我身后，一手搭在我肩上。我侧眸看他，见他满脸都是纠结，薄唇紧抿着，欲言又止。

　　我道："又怎么了？"

　　他支支吾吾："阿月……你……"

　　我："嗯？"

　　"你，你……"这种模样，真是日头打西边出，百年也没有一回。我来了兴致，抱着双手，好整以暇地看他究竟要说什么出来。结果扭捏半晌，他却道，"哎，无事了。"

　　我挑眉道："当真无事？"

　　他点头。

　　"那我便离开了。"

　　作势走出几丈远，老狐狸又追上来，这番表情里的懊恼尤为明显，只见他拉着我腕子，问："你都不跟为兄申请一下换个人去，或者让老四陪你去吗？"

我装不懂，惊讶道："为何要申请？"

"你……"老狐狸身子一抖，凄凉地转过身背对我，紫色长衫在风中飒飒飘扬，衬着沉重的哭腔，"小妹长大了，对兄长就尤为冷漠。尤其是有了心上人以后，满心都是他人，全然不顾及兄长的感受，真是……"捏诀，他扬袖扇出漫天落叶，"寒……"

我道："你敢念下去，我便住在西厢了。"

某人一僵，没脱口的说辞卡在了喉咙里。他又演戏想要擦眼泪，挤了半天，眼角还是干干净净的。

我有时候当真不晓得，这老狐狸为何就能如此吃定我，并以逗我为乐趣。可惜啊可惜，白里月此生唯一的克星就是这白长轩。

软下姿态，我道："我的心上人钟爱紫色，精于算计，乐在惹我动怒，同道都送他一个'仙道流氓'的称号。"

老狐狸眼神飘忽了一下。

"你还要继续做戏吗？"我问道。

他即刻变得无比正经，道："再耽搁，天色就晚了，阿月还是尽快去办为兄交代的事吧。"

我撇嘴，不紧不慢地往门口走。

好一会儿，背后传来轻柔的叮嘱："早点回来。"

我停住："嗯。"

一路上，我脑海里纷乱无章，总想起普陀寺主持形容的那场欲界大战，尸山血海，无穷无尽。其实，于我来说，这世间并没有完全的白，也没有纯粹的黑。只是在某种特定的情况下，战败的那一方会成为胜者口中的邪恶罢了。

我这一生未曾经历战乱，无法体会处在其中的人的绝望。所以，我也并未觉得莲华生若是欲界的人，又有什么不妥。

只是，老狐狸定然不同意我这想法。他是一派之主，肩上所担是仙道祸福，心里所思是人世清平。

那么，当莲华生坦诚自己的身份后，是不是一场无可避免的杀局呢？

我估量不到白长轩的做法，兀自摇了摇头，再抬起眼帘，已然到了西厢。

斜阳入暮，飞鸟成群。橙红的暖辉照在门前那道青色的人影上，颇有些出尘脱俗。滚滚彼时正趴在地上小憩，约莫听见了脚步声，睁眼一看，便朝我兴冲冲地跑了过来。它到我脚边使劲蹭了几番，又伸着舌头舔我的手。

"汪汪。"

莲华生亦踱近我，一只手缠着白纱布挂在脖子上，只剩下左手朝我举佛掌，三月桃花似的眼笑得璀璨，道："排骨，滚滚说它想死你了。"

是想我左侧的白骨躯了吧，蠢狗！

即便这样想着，我还是轻轻拍了拍它的头。狗儿很享受，昂着脑袋舒适地眯起了眼。我再望望莲华生，有些止不住笑。

他委屈地撇下唇角，道："你那几个流氓师哥，和我那流氓老丈人……"

"莲华生！"我怒。

他摆摆手道："是流氓阁主。"

我"哼"了一声。

他续道："这两日没见你，是出去有任务？"

我点头，觑了眼暮阳，我道："去西海滨吧。"

"滚滚吃过了。"

没有理他，我招来云头，径自带着狗儿上了半空。莲华生叹一句："真是有吃的就是娘。"

随即，他也跟了上来。

待到西海之上，我分化云端把滚滚送到岸边，从腰间抽出生之刃，寒声道："拿出你的真实修为，与我一战。"

"为何？"他不解。

这个问题，我没回答，起手便是快招连攻。他退了几丈，见自己周身被刀光笼罩无法闪避，无奈之下，也只得出手应战。

这一打，打到月升。

他的控灵术，倒是堪称一绝，哪怕他现在算半个残疾人，也和我打得不分上下。此战双方皆留了手，没有伤及彼此。我的目的在于近身一搏，但他只要看见我靠近，就迅速退到我无法触及的界限外。

等到气力都耗了大半，我收刀，转去沙滩的礁石上坐下，平顺灵力。莲华生也撤了云头，盘腿坐在离我不远处。

夜色清寂，唯余海水之音。滚滚蹭了蹭我，又慢慢踱到莲华生身侧去。

沉默了会儿，他道："你有心事？"

"是。"我毫不避讳，抬起眼，我问，"你不能与我近身过招的原因是什么？"

一听这话，伪和尚眸色动了动，垂着头，不语。

"是因你身上的封印？"

"排骨。"他蓦地看向我，两道眉头一拢。我从怀里拿出石莲，以灵力送到他手边，道："这是你的法器吗？谛蕴大师。"

他的眼几番睁合，空气里弥漫着说不出的凝肃。

半晌，他笑道："白阁主果然不愧是现今仙道的首智。"

我沉默。

莲华生拿起石莲，端详片刻，问："倘若贫僧不承认身份，想必三界武会之时，便是我命丧绝仙阁之日吧。"

他这话一提，我顿时明白了。原来，在这会儿三界武会召开、诸事繁忙之际，老狐狸还要我去查探莲华生的出处，就是要确定他的动机。他早已肯定莲华生是欲界之人，只是要他一个表态而已。他若否认，老狐狸定是抱着宁可错杀也不肯放过的心态。

原来如此。

我吁出一口气，道："那你打算对我说明吗？"

"有何不可说明？"将石莲转手一化，收了起来，他再看着我，笑意如常，"只要是排骨想知道的，贫僧万万没有不说的道理啊，反正都是……"

我一指灵气弹过去，在他身前溅起三尺白沙，道："说正题！"

"哦哦，是。你想知道什么？"

"你的身份！"

"我的身份啊……"莲华生捂着头想了想，像是很久远的事，要用许久的时间来组织记忆。我没有打断他，耐心等着他的说辞。远处一声麒麟的低鸣，将他的思绪拽回了现实。伪和尚的脸上难得出现怅惘的表情，沉声道："贫僧的确就是你口中的谛蕴。"

"我知道。"我颔首答话。

"也是你们所想的，欲界之人。"

听到他亲口承认，我还是禁不住倒抽了一口凉气，道："那么，当年之战……"

谁都有过去，而谁的过去，都是一场涅槃重生。

"当年，欲界共有十六天。而我，就是第六天之人，也是界尊悍魔座下的左神将。"

这名字听起来比月掌什么的威风多了。正道的名号，果然就是个废物。

"悍魔还有一名右神将，我与他同为欲界先锋。他是开疆之剑，剑锋所指，千灾万劫。我是护心之盾，最擅封印控灵之术。五百多年前，界尊下令，让我与他率先领兵进攻人世。那一年，东荒上哀鸿遍野，我和他在短短数月之内，就打下了半壁江山。"

"该称赞你的修为吗？"我凉凉地讽刺。

莲华生苦笑："不瞒你说，若是贫僧当年，打死你就跟碾死一只蚂蚁似的。"

"你！"我蹭地起身。

莲华生忙吓得后退，急道："这是你逼贫僧说的，还要不要继续？"

我想了想，"哼"了一声后道："说！"

"右神将的魑魅大军有十万众，单体虽是武力微弱，可强在数量众多，且只听右神将一人号令，凶残嗜血，无痛无感，成为我们进军人世的最大助力。后来，普陀寺率领当时的正道与我们一战。贫僧在那战中受伤严重，被一托带回了寺里治疗。"

听到这里，我深深嗅到了一股谄媚的味道，问道："接下来，该不会是什么知恩图报的戏码吧？"

莲华生摊手，桃花眼泛着精光，道："排骨你真是聪明。"

真是恶俗！我忍着一背的冷汗，争取当一个好听众。

莲华生絮絮叨叨，接着道："贫僧……是魔。"

我一抖。

"魔就是魔，生来恶根性，大悲大喜，极怒极爱。感化魔，谈何容易。那一托，贫僧该说，他是痴愚吗？"话至此处，他深邃的双眸里，竟起了点点莹光，在夜晚的银辉下异常明显。

莲华生侧了头，不让我看见，继续道："可是，那老和尚，竟然做到了。让我心甘情愿入了普陀寺，成为他的弟子，并助他对抗右神将。"

我沉默了。

"白阁主一定是在想，当年一托修成佛魔共体，是贫僧动了手脚。"

莲华生的脑子果然灵光。

我道："是。"

他摇了摇头，道："只右神将一人，已经让整个人世血流成河，若是欲界现世，那会是怎样的情景？我深知此点，便告知师尊封印欲界之法。以九天佛魔之躯，融之骨血，沾之思虑，辅三方混元法阵，方有这个可能。而当年，只有师尊的法身是最近佛之体，所以……他最后才选择在天浴峡一战中，以自身为引，设下欲界封印。而我，亦是施法的其中一人，后来也不知怎的，便在念灵珠中沉眠至今。"

"那你……"

"我身上的封印并非师尊所设，而是我用自己修成的佛身来压制魔性。一旦接触女色，则前功尽弃。"

我用了将近两炷香的时间来接受莲华生的说法。一开始，老狐狸认为他是暗桩，可他说自己是改邪归正。我仔细盯着他，问："莲华生，我可以信你吗？"

他望了望天上星子，又收回视线落在我身上，道："信不信，都由你。贫僧只是累极，不想再染血腥。"

我沉默了半刻，牵着裙摆起了身，道："好，我就信你这次。"

"排骨……"他跟着站起来，滚滚也睡得饱了，伸了个懒腰。

我招来云头，临行前，道：“当年右神将也死了？”

他迟疑了一会儿，道：“应该是死了。因为自那一战后，魑魅再没现过世，所以，贫僧也只能如此猜测。”

“好。”

我将要走，莲华生叫住我：“排骨。”

我侧头问：“还有何事？”

他沉吟须臾，道：“贫僧希望你永远也不会被卷入纷争，就让……”

“什么？”

他的话音越来越低，说到最后，细如蚊吟：“就让我在你身边陪伴，可好？”

我指尖一颤，脑中空白了一瞬。这和尚在说什么疯话，谁要人陪伴了！我拉下脸，冷着声气道：“本姑娘这等修为，还需要你陪伴吗！哼，管好自己吧！”

话罢，我忙踩上云头，一个不慎，险些跌倒。好不容易站稳，听到莲华生在背后笑出哧哧的声音来，那瞬间，我心中顿时淌过了无数词汇。

转回逍遥居的时候，夜已深了。老狐狸的房间中，却仍然亮着一盏烛光。我心知他在等我，便去与他说了莲华生所讲的事情，顺便把石莲已经被那和尚顺走也交代了。

某人听完，皱着眉思量半天。我还以为他要说出什么有见地的话，结果，他问：“好阿月，你是不是还有什么事瞒着为兄？”

我皱眉道：“哪有事情瞒得过你。”

老狐狸从书案那头绕过来，一手按着我肩膀一手扶额，道：“你一定有事情瞒着为兄。”

“没有！”我都一字不漏地讲给你听了，你知道这对我的记忆力是多大的挑战吗！

老狐狸还是一副自怨自艾的神情，连着叹了好几口气，才学着莲华生的调子道：“我希望你，永远也不会被卷入纷争……”

我眼角抽了抽。

他痛苦地望顶棚，续道："就让我在你身边陪伴，可好？"

一时面红耳赤，我大喝，"白长轩！你敢监视我！"

他忙躲到书案后去，正色道："为兄是怕你上当受骗，才会以纸鹤幻术来观察。"

我摸出腰上不知道何时被他塞进的一只纸鹤，摔在地上，暴怒道："白——长——轩！"

"你……啊……不要……动手……啊！"

翌日，老狐狸在逍遥居里躺了整整一天，无法见客。我去问他对莲华生有什么打算，他也只是有气无力地回了我一个字："无。"

我没有继续追问下去，这个处理方式，或许正是我喜闻乐见的。

再虚度了几日光景，绝仙阁里的客人越来越多，也越来越喧嚣。我一向喜静，这几天想寻个安静地方落脚都没有，正是心烦气躁的时候，七哥回来了。

我收到老八传来的消息，连衣服都没来得及整理，便奔去了严华殿。

正值夏花烂漫的正午，我与老七温言一别数年不见，这番难得聚了头，自是欣喜。唯一遗憾的就是我那粗蛮的五哥，没有同他一起回来。

疾步走进殿门，老狐狸坐在正位上闭目养神，两排依次坐着其他几个师哥。正中间站着一个清瘦身影，玄色的披风搭在他肩上，三千青丝倾泻肩头。我忍住激动，平静道："七哥。"

温言转回身，容颜分毫未变，还是如玉的娃娃脸。他顿了顿，忽地咧嘴笑起来，朝我走近。

一旁老四惆怅道："呼呼，跟小师妹相处几十年，到底还是比不过老七的分量啊。你看，她连盘扣都只扣了一粒。"

我急忙低下头，果然！

匆匆以袖遮掩，扣上另一粒。面无表情地抬头，我道："我都一视同仁的。"

老四深切表示不相信。

老八笑着解围道："谁让你平常总干雪中送冰块的事。"

"哪有啊，凤卿。你这话说的，我可真冤枉。我对小师妹的情谊，众所周知的啊。"

"好了，别贫。总归小师妹来了，终于能有个人听懂老七在说什么。"

我迎上七哥，两厢隔着一臂的距离站定，他伸手拉住我胳膊，情意款款地看我许久，道："咔叽叽扣扣。"

旁边人："真不知道温言以这说话水准是怎么安全活到现在的。"

老七身子一抖，哀怨地埋下了头。

我也将手放在他肩上拍了拍，道："这些年，我很好。"

不知为什么，我这七哥从小到大都是"扣"来"扣"去地说话，一般人根本不明白他在说什么。只有我和老五莫名其妙地听得懂他的话，也因此，以前人还齐全的时候，我们三人最喜欢厮混在一起。

他们两个都知道我对白长轩的情谊，老五也常常跟我们说凡尘哪个花楼的姑娘最漂亮。而老七钟爱他的暗器发明，每每有了新鲜造型，都恨不得马上跟我和五哥分享。

忆年少轻狂，一晃已是河西河东。

我道："你和五哥在外这些年，可见识了不少趣事？"

"酷其拉，咔叽里扣扣（当然，等我慢慢说给你听）。"

我点头，噙着半分浅笑，道："可惜，那家伙还是不肯回来。"

"叽里咔，里卡库扣扣（他怕一入绝仙阁，就听见震天的'熊掌'喊声）。"

我绷着唇没笑出来，目有深意地觑了眼白长轩。

再寒暄几句，老狐狸说要交代三界武会的事。我识趣，和老四一同站去了边上空青到后，几个人便在那布置战术，剖析对手的修为。我听得百无聊赖，瞌睡打了一场又一场，终于赶在快睡过去前，他们说完了。

夜里，老八做了一桌好菜，老四贡献了两坛上好的女儿红，大家聚在一起谈天说地，恣谈人生。

我一向不喜饮酒，便抱着一壶茶喝。老七不能饮酒，因为据五哥说，有一次他把老七带去花楼喝酒，结果他喝醉以后发生了很可怕的事。至于是什么，两人相当有默契地缄口不言。所以，整个筵席上，就只有我和温言保持着清醒。

我一边听着他给我说这些年的见闻，一边斜着眼风扫老狐狸。

这厮平日冷着脸假装正经，一旦酒虫下肚，便呛声说自己千杯不醉。我几个师哥肯定不会放过这么好的报仇机会，那两坛酒，约莫有一坛半都入了老狐狸的肚。在一千零一杯也下去以后，某人开始正襟危坐，只字不言。

我知晓他这是酒量到了极限的表现，无奈走过去，将他搀起，跟几人简单别过，我便把老狐狸往逍遥居送。

转入了后山无人的小径后，白长轩的话多起来。他一边摇摇晃晃，一边对我道："老三，你好久没回来了。"

原来他又想起了三哥。早年他就是和三哥合练修为，两人感情深厚。只是老狐狸内敛，无论对着谁都不会轻易表现出自己的重视。我摇了摇头，顺着他意思道："是，大师兄。"

他一听这称谓，难得开怀大笑："哈哈，老夫要和你大醉两场。"

我道："你不是千杯不醉吗？"

"嘘，"他一指按在唇间，"小声点，那是说给阿月听的。"

我无语。

"她若知道老夫会喝醉，就不会允许老夫喝酒了。"

"哼哼，"你还知道啊，我阴恻恻地道，"原来是这样。"

老狐狸忙不迭点头，拉着我的腕子往前，续道："阿月笨得很，她还以为老夫种苦蛮花是因为蝴蝶精。其实，她嘴上说不在意，老夫知道她是在意的。"

你说对了，我确实很在意！我紧握了拳头。

醉眼蒙眬的白长轩没察觉到杀气，还乐开花地拽着我前行，回头对我一眯眼，捂嘴偷笑："你千万别告诉阿月，老夫那花，其实是为她种的。"

我一怔，脚下不自觉停住了。

老狐狸把眉头扬得高高的，问我："怎么不走？"

我颤着声音道："你说……你说那满园的苦蛮花是为我种的？"

老狐狸也一怔，走回来看我半天，摆手："不是为你，是为阿月。你喝多了，老三。"

"喀。"我呛了一下，好不容易回复神色，板脸搽起他，"是，我喝多了。"

老狐狸又道："阿月以前还以为苦蛮花要开花，使劲用水浇，其实，哈哈，苦蛮花是不会开花的。"

不开花你种来干啥？！你倒是说啊！

安安静静地走了七八丈远，他像是清醒，又像是醉极，脸上晕着两团瑰丽红色，道："你知晓苦蛮若开花，其花瓣质地轻盈单薄，坚不可摧，红艳似火，永世不变，最好用来做成什么吗？"

这个……兵器？花瓣酒？点心？胭脂？我把能想到的通通过滤了一遍，都觉太肤浅，只好开口问："做成什么？"

"做成……"他一抬头，借着月色睥了眼我的脸，蓦地，两眼一翻，"老夫，老夫好晕。"

这反应，是突然酒醒了？我一把掐上他的腰，冷冷道："说完你再晕！"

他"唔"了一声，根本不管其他，就势倒下去，临到头还不忘补一句："老三，快送我回房。"

我双手齐上抱稳他，恶狠狠道："白长轩，你！"

回应我的是一阵销魂的呼噜声。我忧伤望天，平复了好一会儿情绪，本着不能让他太得意的心情，大着胆子在他唇边啄了一啄。怀里的人一抖。

我心满意足，将他背在背上，回逍遥居睡觉去了。待将来有机会，一定要从他嘴里套出苦蛮花究竟是种来干什么的。

难道……是用来做成催情药的？

呃，今晚的风，好大。

八、三界武会

八月初一，东荒大陆上，锣鼓喧天，钟声送远。严华殿前的广场中央，人山人海，喧嚣的声音直达九霄。巨大的玉像脚下，五处擂台围成一圈，皆以三尺高木垒成。各门派分别有人列在擂台前。

白长轩领着我们师兄妹六人外加空青这愣头小子站在殿外，居高远眺。最后再叮嘱了一遍战术，看看天色，他道："诸位，随本阁主入席。"

此话一出，鼓调钟声愈发激昂，七色彩鸟在空中盘旋长鸣。

手上齐齐捏诀，八人衣袂携风，同往对面的主宾台去。一时间，人声如浪，此起彼伏。待双脚落定台上，白长轩紫色衣袍挥动，负手回身，沉着环望一圈后，雄浑声气动荡九州："三界武会，今起开始！"

台下，喊声震天。

按照老狐狸的排布，我们八人一共去了五人应战，只剩下他、老四，还有我，日日坐在主宾台上隔岸观火。一连三日，台上每天都是热火朝天。

老二暮云是出了名的爱好平局，喜欢藏招。一杆啸龙戟遇强则强，收放自如，败在他手底下的同道人，自是没什么好惋惜的。

老六的掌法亦是灵活多变，四两拨千斤，也不难胜出。

至于七哥，暗器一绝，身法鬼魅，永远也料不到他下一刻会怎么出手，敌人败阵便是常事。

八哥嘛，平常斯文温润，好像只会进厨房拿钉锤，关键时刻，他手中的七星琴，一弦一调都攸关生死胜败，着实让人叹为观止。

最绝的是空青这小子。想不到短短十数年，他的修为竟能在老狐狸的调教下精进至此，可见天分绝非一般。我还以为他顶多只扛得过三日就会被打下台，孰料，到第四天，他仍稳稳立在中局上。

我拍了拍手，后生可畏啊。

当然，老狐狸见自己的关门弟子如此长志气，欣慰之情也表在脸上，凉薄的嘴角总是噙着丝笑，好看得就像画中人。

他看前方，我就看他。总归闲得无事可做，这样的消遣也不错。

中途，我试图问过苦蛮花的事，这厮舌灿莲花，没一会儿，我就被他带偏了。如此好几回，我懒得再和他说话。还是远观为好，走得近了，脑子会混沌。

再过了一日，台上剩下的门派越来越少。西局的老八遭遇了万和派大弟子，率先被打下台来，烨世离匆忙赶去接应受伤的楚凤。

见着这种局面，老狐狸未皱眉头。看来，这该是在他的算计之中。

又逢老六遇上太乙散仙，两厢近搏正如火如荼。

我跷腿在位子上剥了根香蕉，一口还没咬下去，旁边一个声音传来："排骨。"

吧嗒，香蕉掉了。我愣了愣，扔掉香蕉皮，转头觑着辛苦爬上来的残疾人士莲华生，道："怎么，滚滚又不见了？"

他一边摇头，一边抹着汗朝我走来，道："这么热闹的事情没有贫僧掺和，怎么算得上是盛事呢，你说是吧？"

你的脸呢？

我翻了记白眼没理他。莲华生兀自笑了两声，就势要在我边上坐下。结果臀部尚未挨着椅子，一阵风过，某人抢了他的位子。待到定睛，伪和尚颇为纠结地看了看那紫色人影，举掌道："阿弥陀佛，白阁主不在正位上坐镇吗？"

老狐狸回视他一眼，道："大师不在房里养伤吗？"

"多谢阁主关心，贫僧只要看见排骨就心情舒畅，自无大碍。"

"啪"一声响，又一张椅子的扶手毁了。咦，我为什么要说又……

白长轩不动声色，眯眼道："大师如此豁达，眼下老夫的师弟们正是需要精进的时候，不如大师就陪他们练个手，如何？"

这是明目张胆的威胁啊。

我捂了捂嘴。莲华生双唇嗫嗫须臾，讪笑道："我的老丈人啊，你真是有意思。"

五处战局上，连绵杀意不止。

五处战局外，杀意连绵不停。

我小心闪避着四溅的灵气，又注视了一番正假装观看战局的老狐狸和伪和尚，淡然地剥了根香蕉，塞进自己嘴里。

至午时过后，老六没扛住太乙散仙的流火鞭，一瘸一拐地回来了。他刚站定在主宾席旁，不小心又被琉璃耀华的灵芒割伤了脸，一看见血，当即晕了过去。

另一厢，啸龙戟不敌八品仙霖，暮云也下了台。回来感受到白长轩和莲华生"善意"的切磋，赶紧借口带老六回房休息，溜走了。

至此，五方战局最后的人选已经决出。

东为老七温言，西为万和派大弟子，南为碧云峰岚羽，北为太乙散仙，中为空青。

老狐狸停下了手中的杀招，思虑了片刻。

我还以为他会叫空青回来，让七哥代表绝仙阁争夺魁首之位，不想，他撤回的竟是老七。我正不解，岚羽站在中间的擂台上，极尽轻蔑地看了眼其他三人，笑道："看来，今次的魁首，非我碧云峰莫属了。"

台下一片哗然。

我不屑地挑了挑眉，摸过另一根香蕉，正要剥开，她又道："如果奴家胜了，白阁主，你可做好准备接受我碧云峰的要求了？"

我顿了顿，心中登时腾起不祥的预感。

果不其然，下一刻，她就以扇半掩面，娇声道："奴家的要求，可是要你绝仙阁之主娶我为妻啊。"

台上台下皆是冷气倒抽入喉的声响。

我把香蕉一捏，扔在了边上。早该想到，这货一直觊觎白长轩的美貌，这三界武会是最好的时机。何况，绝仙阁与碧云峰联姻，对岚羽、对碧云峰，都是有百利而无一害。难怪白长轩先前跟我说过，不参加三界武会，千万莫后悔。原来，他早就看透岚羽的心思了。

我寒着脸色，冷冷将白长轩瞪了一眼，继而，缓缓起身，举步向前。莲华生见这势头，晃到我跟前拽我袖口，道："别冲动。"

我未答话。

此时，众人的焦点都落在白长轩身上，等着看这仙道首智的回答。我带着一副无所谓的神情，实则心里是从没有过的害怕。

我怕白长轩会答应这个要求，害怕到手心里不停冒出冷汗。我斜着眼，云淡风轻地看他。

岚羽见白长轩许久不答，继续煽风点火道："奴家的要求，既不违背武会宗旨，也不是让绝仙阁做出格之事，白阁主应是无理由拒绝吧？"

半晌。

某人一双暗金眸几番睁合，慢声道："二执掌说的是。武会规矩如此，倘若我绝仙阁当真输了，那么……"所有人都屏住了呼吸，"老夫的人，就是你的。"

"哈哈哈，好，白阁主一言九鼎啊。"岚羽笑得风生水起。

我冷冷哼声，紧握拳头，指甲已经深入肉中。拔出腰间银丝，伴着一阵突如其来的阴风席卷，我跃上中间擂台。摧山裂地的灵力迸发，使得三丈高的木台也下陷不少。

身后，莲华生叫道："排骨！"

我闻而不答，只负手睨着对面四人，最后目色锁定在岚羽身上，道："你的对手，在这里。赢得过我，再谈要求！"

"哦？"岚羽娇音千回百转，"若奴家没记错，你该是没有参与武会战局吧？站在此处的人都是赢过其他对手的，而你，是以何种身份站在这儿与我对决？"

"我……"我刚要强词夺理，空青迈出一步，沉声道："但武会规矩，也未说不可在最后一战入局。只要月掌赢过我们三人，自可与二执掌对决。"

"如此看来，你绝仙阁是要执意这样做了吗？"睨了眼白长轩，见老狐狸眯着眼不语，岚羽柔声道，"也无妨，奴家并不介意多打败你一次。"

"废话少说！"怒喝一声，生之刃灵光大作。

空青简单与我过了几招，自道修为不如我，率先退下场去。剩万和派的大弟子与太乙散仙。我不愿浪费时间，让他们一起上。

太乙散仙对我的态度十分不满，叫嚣了一句"让老朽来见识姑娘的修为"，随即流火鞭化出凌厉之势，向我攻来。万和派得了宏卿的点头许可，也一起攻上。

此战稍微辛苦，约莫过了三炷香，我一身白衣裂了七八处，血月刀法顷刻冲上极致，第六式横空劈出，荡得周遭飞沙走石，西局的擂台更是应声崩塌。两人合力一接，不敌的当口，流火鞭夹杂着刁钻气劲击在我左侧肩头。

只听白骨一声脆响，我后退数步，在高台边缘险险停下。而万和派的大弟子，却是坠了下去。太乙散仙半跪在擂台边，粗喘几口气，认了输："老朽惭愧，今日得见血月刀法，果然不同凡响。"说完，他便也踉踉跄跄地下了台。

最终，剩了我和岚羽二人。

我将肩上错位的骨头掰回原位，起刀遥指她，道："来。"

岚羽眉眼一弯，花扇转动间，带得万物蠢蠢欲动，道："一心找死，奴家怎好不成全你？"

打嘴仗，这真是东荒上众人动手前的必行之事。可我却觉得，和这女人多说一句话，都是对我的侮辱。

心念把定，我散开漫天黑色长羽，遮天蔽日。岚羽也不落下锋，万千飞花携着杀意，呈五五对分之势。手上招起，我便用了全力。八品仙霖非是易与，否则这么多年，也不会只有她一人练成。

刹那间，擂台之上，两道灵芒相互辉映，缠斗得不分上下。天光尽掩时，刀气与花雨一招碰撞，迸发的气劲扫得围观人群退开一大圈。

岚羽这厮面色悠然，不紧不慢地招架着我劈过去的刀势。而我因着先前一战的损耗，已逐渐落了下风。我心知若不速战速决，这一战必败无疑。双眼一合，血月第七式流转刀锋。一时日头变暗，竟成鲜红血色，岚羽见状，扇子挽了花，左手柔若无骨地来回挥洒，带动大地轰隆作鸣。

极招碰撞，武器相接的一瞬，寰宇倒悬。

"轰"的一声巨响，高台陷了半数入地。我虎口尽裂，双臂衣衫被强大气劲撕裂，右手顿时血流如注，左手的枯骨也现于人前。岚羽用力将我一挡，我与她同时退出数步。

我借了刀尖杵地，方才止住退势。

抬起头，但见她的唇角亦有艳色，红得刺人眼目。以食指拭去猩红，她美目一沉，道："自奴家练成八品仙霖以来，你是第一个让我见血之人。"

我努力站直身形，刚想开口，一张嘴，却咳出一汪血液。我的汗水顺着两鬓淌落，混着红血，沾在衣襟上。

"排骨！"

"卡库里扣扣！"

声音此起彼伏，我听得不真切。战到这种地步，胜负也算明显了。我的血月第七式胜不了八品仙霖。

回头望了眼白长轩，这老狐狸恰巧也在望我，劲风撩动着他紫色的衣袂，当真是绝代的风华。

这样的人儿，我已经铭刻在了骨血中，让我拱手相让？

可以。

只要我死！

探手抹了抹下颚的血迹，我提起刀。浑身的痛楚使得我每行一步都愈发难捱，手里更好似拿了一把千斤重锤，不堪重负。我上前半步，冷然站定。

台下一片唏嘘。

莲华生急道："排骨，不要再战了。"

七哥也附和："库哩叽，卡扣。"

我目光定在前方，只道："再来。"

"还不认输吗？"岚羽眼中闪过一丝不明的意味，兴许是我眼花了，竟觉得那是赞叹。

"认输？"我复述了一遍这话，语调上扬，是轻蔑也是自嘲，"白里月的世界里只有战死，没有认输。"

"阿月！"老狐狸终归还是出声了。

我没理他，合眼凝出最后的余力。我暗自沉吟，蓦地，像有一股巨大灵息流转在四肢百骸，让我周身都似火烧。原本晴朗的天际也打下一记莫名的惊雷，我睁开眼，视线尽被一层暗红掩盖，耳畔嗡鸣，好似人群也惊诧起来。

对面的岚羽变了脸色，疑道："这是……"

我不明所以，凭着感官送出最后一击，岚羽起招相抗，竟不料被击飞出去。边上一个黑衫盘发的老尼姑飞身上台接住岚羽，拂尘一挥，一记灵光向我袭来。我体中已是毫无力气再接此招，只得听天由命地晃了晃，就势往后倒下。

身侧风过，莲华生急速护到我跟前，硬承下攻势。我看见他掌上血光飞洒，不由得叫了句："莲华生。"

他回头，伸手来拉我，却是滞在半空中，不得前进。

岚音那老尼姑又出一掌，我想提醒伪和尚小心，话到嘴边，却见无数暗器飞出，七哥也上了台。

我终于安下心，将要坠地时，一个怀抱紧紧箍住了我。鼻下草香盈满，我抬眼就对上了白长轩的暗金瞳。

我听见的最后一句话，是他覆冰三尺的声音："若要再战，老夫奉陪！"

……

我的老狐狸啊，真是……帅爆了！我咽了咽口水，心满意足地晕了过去。

其实打架是门技术活儿，我在外干了十几年，鲜少搏命。原因很简单，我天生嗜财，还有个喜欢得不得了却无法占为己有的人，要是撒手西去，金子是别人的，人也是别人的，剩我一个黄泉孤旅人，怎么想都不划算。

但如此惜命，我也有别人触之不能的逆鳞。我的一门师兄自是明了，我相信过了这次三界武会，整个东荒也都明了了。

白长轩的小妹白里月，对他存了不该有的心思，而我就是要让天下人都知道，谁打白长轩的主意，我就和她争斗到底！

伤筋断骨，在所不惜。

疼得咧了嘴，我在意识朦胧之际，听见屋里有人在说话。

"咯哩叽扣扣。"

"啊，原来是这样，贫僧知道。"

"库里卡库扣！"

"嗯，没错没错。"

"呱啦叽里扣扣！"

"是，你说得对。"

"库扣（滚蛋）！"

我听得想笑，奈何又笑不出。只要轻微一动，全身上下的痛意便钻心蚀骨，连带眼皮也像有千钧重，如何也睁不开，深吸半口气，我干脆放弃了挣扎。这时木门被推开，"吱呀"一声响，伴着沉稳的脚步声，七哥道："卡库扣。"

"嗯。"是白长轩的声音。我听见他在床畔站定，小小地激动了一下，随即，躺得更像一个瘫痪患者。

老狐狸道："她的伤如何？"

莲华生沉吟片刻："伤及五脏，需要好好调养。不过，只要每日按时喝贫僧熬的药，不出一月应该就会恢复。"

不知道是谁的骨头脆响了一声，我猜测应该是白长轩。

"这样劳烦大师费心，老夫看还是不必了，你只要将这药方交给老八，他负责熬药就可。"

"那多不好，贫僧乐意亲力亲为的。"

"嗯？老七。"

突然，房间里传出几声桌椅倒地的响动。不一会儿，莲华生委屈道："也不必动手吧。如此流氓，真的好吗，我的老丈人。"

"老……"

"慢着，白阁主，贫僧认为你说的都是对的。"

我彻底服了这几个老顽童了。

沉默须臾，几个人正经起来，莲华生率先开口道："有一事，贫僧不知当说不当说。"

四下无人回答，和尚便自顾自地继续道："白里月可是从小就半边血躯半边白骨？"

"是。"老狐狸也不隐瞒。

"那贫僧如果没有猜错，她应该是来自……那地方，是吗？"

这中间被省略的所在是哪里？为何不能说出来？我急得皱眉，仔细听着他们的对话。自我懂事，白长轩就不曾提起过我的身世。他不愿说我的过往，我也极少追问，所以，至今我也不晓得自己到底是出生在哪里。

可不问，并不代表我不想知道。

默了默，老狐狸的鼻音异常沉重："嗯。"

"那么，白阁主也承认她果然就是多年前的灾星了？"

我手指一抖。

这番老狐狸没再答话。

莲华生接着道："白阁主收养她，当真是出于怜惜之情吗？还是另有他意呢？"

像一颗石子落入心湖，转眼就荡开无数涟漪，搅乱了宁静。我脑海里嗡嗡作响，参不透这话到底是什么意思。

许久，白长轩才回道："那么，阁下呢？又是出于何种目的接近阿月？"

"贫僧嘛……"话中玩笑意味尽敛，莲华生压低嗓音，"我接近她确有目的。"胸口凉了凉，我又听他道，"我的目的，就是要让她平安活在这世上，不卷入任何纷争，安稳地度过此生。"

我一怔。

老狐狸跟着道："老夫亦如此。"

这两人真是造得一手好孽。看本姑娘这般重伤，还要打哑谜牵动我的心绪。要不是最后这句话，我立刻就能被气死过去。

不过，莲华生的话究竟有什么含义？我是灾星？

你才是灾星！你和你家狗全部都是灾星！

我正不忿地想着，蓦然，手上覆了一层温热。虎口上的老茧轻轻触碰着我的肌肤，那人在床畔低叹了一口气，自言自语道："好阿月，为兄一直教你的处世之道，你怎老是学不会？"

这个，说明你教导方式有问题啊。

"要你出战三界武会，只是再给你一次机会对上八品仙霖，并窥得其中奥妙，提升自己的刀法。若将来有一日对上，届时你也懂得避重就轻，可免吃亏，但你……唉，是为兄算错了。"

能让这人承认自己算错，真是不易。

片刻，他扣紧我五指，又道："傻阿月，这世上岂有为兄解决不了的事情？为兄……又怎舍得让你伤成如此模样？"

心口一阵悸动，我没忍住，颤了一下。眼皮子随了灵识，也豁然抬了起来。我原本想着一睹老狐狸懊恼的模样，可等我适应了屋中光线，却看到身侧哪有人，那个紫袍子的男人站得离我八丈远，正气定神闲地摸过茶杯倒水喝。

莫非我在做梦？不应该啊。

眼珠子转了转，我一张嘴，顿时疼得抽了一口冷气。

老狐狸闻声，也不回头，喝着茶道："好阿月，你总算醒了。"

我哼哼："难道你希望我长眠？"

"不许胡说。"嘴上是嗔怪，眼里是心疼，这种时候，他倒少了几分遮掩。端着桌上的药盅走过来，颀长身姿在床前站定，眼下窗棂外夜色迷离，房间里一抹灯花跳动，时不时发出细不可闻的声响。我动弹不了，只好盯着他看，想起刚才的对话，又想起三界武会，一时千头万绪，不知从何理起。

迟缓地抬起骨手摸了摸脑门，我问："那一战，最后是我赢了吧？"

"唔。"老狐狸默然。

我见他神色不对，险些挺身而起，刚离枕头，啪嗒一声，扭了脖子。

……

我痛得满眼是泪，努力绷着面色，这厮却站在边上用一种好像"你简直蠢透"的眼神睨我，还一副哭笑不得的样子。

我歪着头怒道："看什么！没看过活动筋骨吗？"

他无奈坐下来，将药盅放在床沿上，双手捧起我的脸："是没看过如此活动筋骨的。"

我一惊，失了面具的掩护，两颊顿时如火燎一般，连说话也结巴了："你干、干、干……"

"阿月，不要这么粗鲁。"

粗鲁你个头啊！我平复了片刻情绪，舔了下干涩的嘴唇，正欲说话，就听他道："那一战，是岚羽赢了。"

"为何？"音调拔高，我分明记得最后一招将她击出了擂台。这难道就是所谓的暗地交易？

老狐狸摇着头，为我解惑："你的最后一招，非是正统的仙道武学，所以不能作数。"

我沉默了会儿，要坐起来，老狐狸按住我，道："现在干什么都于事无补，还是先将伤势养好。"

说得……也是。现在莫说已经伤及五脏，便是没有内伤，肉眼能见的也是深入白骨的创口。无奈，我只得躺平了。

认命地长吸两口气，我问："那么，你打算答应她？"

"这嘛……"某人一迟疑。

我心口顿起刺痛，咬牙道："无所谓，反正我也不在意你要娶谁。"

"咔嚓"一声响，我的脖子突然被他无情掰回正轨。我早就知道，平常一心坑你的人，不会无故对你好！如果用双手捧住你的脸，那一定是不怀好意的！

可惜，我领悟得太迟。

一时眼泪肆意流淌。

我忍着痛，淡然地擦擦，白长轩后退半分，扶额道："哎呀，好阿月，你怎么哭了。"

"白长轩！"

"为兄也没说会娶别人啊，莫哭莫哭。"

我哭得更厉害了。

便是表里不一，那也得有个限度啊！我狠狠瞪着老狐狸，他扯过被角给我拭水泽，又端过药吹凉一些，似笑非笑道："我家阿月就是这般倔强，这般心口不一。明明就是在意的事，非是不愿说出口，为兄该说你什么好？"

舀着汤药递到我嘴边，我挥手拂开，回讽道："这不是随你吗？"

"为兄有这样？"他再递过来。

我再拂开，道："不是这样，你三番两次揍莲华生？"

"唔。"

"不是这样，你明知我对你的感情，为何不离我远远的？"

"你是吾妹啊。"

终究没拗得过他，被他塞了一勺药进我嘴里。我一口吞下，握住他再伸过来的手，灼灼纠缠着他的眸色，小心道："你若当真想成亲……"停了会儿，鼓起勇气，"和我……好吗？"

白长轩的腕子一颤，拍着我的手背笑道："好阿月，为兄嘛，虽然又诓了你一次，但也是为你好，你可不能以这种事来戏弄为兄。"

"没有。"我恨不得把自己的心都掏给你看！摇着头，我道："我是认真的。白长轩，你娶我，好吗？不要再自称为兄，好吗？你可知这天底下，对我而言，最残忍的两个字是什么？就是你的"为兄"二字。你……"

话未说完，白长轩轻轻推开我的手，继而起身，背对我。

那一瞬间，我的身体一点一点凉透，就像陷入了最深的冰渊。

也不知过了多久，他回过身来，暗金眸在烛火下熠熠发亮："我的好阿月，'认真'这两字分开来读，是人言为真。老夫一日为你兄长，便终生为你兄长，此事东荒尽知，不可能改变，你可明白？"

是什么，搅得我胸腔里发了狠地抽搐？

我脑子空白了须臾，抬起眼望望墙角，又望望他，端正神色，躺平了将被角牵过紧紧裹在身上，漠然道："好，我知晓了。"

"阿月。"

"出去。"我冷然道。

他端着药上前，道："别闹，乖乖将这药喝下。"

"我是三岁幼子吗？出去！"这一遭我语气强硬，由不得他拒绝。可老狐狸一旦脾气上来，也是和我不相上下，见我如此，他亦寒着声音回应："将这药喝了。"

我把头往床里面别，喉头像卡着千万根鱼刺，一开口就疼得想落泪。极力忍着，我道："在这世上，对我白里月而言，最重要的只有两件人和事，一是数不清的金银珠宝，二是你白长轩。若失其一，生无可恋。这药，我不喝。"

人的思维一旦走上了极端，就很难在短时间内恢复正常。

就譬如我，有伤在身正是脆弱的时候，表个心意还落了被拒绝的下场。

铁了心地合上双眼，我听见白长轩沙哑的嗓音钻进耳中："阿月，你永远不会失去为兄。听话，将药喝了。"

我没有反应。他明明晓得，对我来说，我刚才已经算失去他了。

半晌。

他又劝了一次："阿月，来喝药。"

我依旧沉默。

他深吸一口气，声音愈发的低沉，咬着牙像竭力克制着什么。良久，他道："你当真要逼我吗？"

这话，似乎哪里不对。我双眼睁了条缝，仔细思考着。

"当真不后悔？"

我有什么好后悔的？

还没想通这前因后果，身子忽然被人揽起来。巨大的痛楚席卷经脉，让我疼得"咝"了一声。然而，这都不算事，当我反应过来，已经偎在了白长轩怀里，近在咫尺的，是他好看的容貌。他拧着眉觑我，片刻，拿起身旁药盅，灌了一口在自己嘴里。我一骇，尚未回神，他将我双颊一捏，我的上下唇不自觉分开来……带着体温的药汁从他嘴里缓缓滴下，不偏不倚地喂进我嘴中。

我瞪了瞪眼，完全不知该作何反应。

直到一口药完全入了喉，我方才咽咽口水，有些动作。双颊似被火烧，耳里也嗡嗡地回响个不停。我讷讷叫道："白长轩。"

他："嗯。"

"你……"这幸福来得太突然，我着实有点晕眩，思量了好一会儿该说什么，我擦擦嘴，道，"你何……"

蓦地，灵光一闪。

白长轩刚刚说的是……我，而不是为兄。我心内一个激动，迅速抓住他的手，颤了约莫半炷香，道："这药，这药……"

"嗯？"

"还有几盅？"

某人怔了一怔，很是嫌弃，道："只此一盅。"

"啊。"我颇有些失望，瞅了瞅现在连半盅子都不到，更加失望了。挪了挪身子，在老狐狸怀里调整个更为舒服的姿势躺好，我饱含深情地看着他，道，"那就喂这一盅也罢。"

白长轩无奈，好像是笑了，扶着我肩膀的手一紧，摇头叹道："看来，这一局是你赢了。"

我得意地扬起唇角。

他的手在我脸上轻轻划过，端着药盅再喂了我一口。

等了几十年，终于等来这个，都算不得一个吻的吻。我合眼，险些没克制住眼里的水泽。我对这老狐狸的盼望，远远超过了自己能压抑的底线。我想现在就抱紧他，不让任何人再觊觎。

双手不自觉地动弹了一下，我正欲付诸行动，门口忽地一声响动。我抬眼望去，只见老四撞在老八背上，老八趴在老二肩膀上。最前面的老二想止步，没能止得住，差点直接跪下了。

白长轩脸色一僵，缓缓扭头看向他们。

三人见我和老狐狸的姿势，亦是怔了半刻。老四最先反应过来，抬起手遮眼："呼呼，怎么突然这么黑，我什么都看不见了。"

老八恍然大悟，跟着附和道："是啊，我也看不见了。估计是武会那战我伤了头。"

"啊？如此，凤卿可严重？我与你一同去莲华大师那儿，让他给你开个方子调理。"

"嗯，也好。"

演完，那对红蓝长衫互相搀扶着，作盲人摸索状，磕磕绊绊地出了门。剩可怜的老二独自杵在那里，尴尬了许久。突然，他身子站直，闭眼伸手打呼噜，一气呵成，还小声地呓语了两句："唔，这幅图……不差。"

我正色道："原来，二哥有梦游症啊。"

老狐狸的眉头耸了那么一耸，眼内全是精光，一看就是准备坑人的前兆。他将我放回床上躺平，起身衣袂一挥，道："你自行将药喝下，为兄尚有他事处理。"

"哦。"

不对！

片刻后，我对着院子大吼："白长轩！你又骗我！"

屋外，几个声音同时道："大师……啊！"

"抽丝剥茧术！"

我为来不逢时的二哥、四哥、八哥，统统点了根蜡烛。

枯木亦逢春

136

我这次的伤势不同以往，在房里养了将近十日，也还没能下得了床。我成天像个瘫痪一样剥香蕉，唯一的消遣便是仔细回味那天夜里和老狐狸近距离的接触。

每每回想，我总是心跳不止。

虽然从那以后，那厮就好像什么事也没发生过似的，依旧自称着为兄，依旧整日和我做戏调侃。但到底还是四哥说得有道理，此事急不得，要慢慢来，比的就是耐性。

反正我时日不多不少，用来等他，我想应是刚好足够的。

再过了几日，派中也不知发生了何事，老狐狸每日待在逍遥居的时间越来越少。我体谅他是一派之主，便也没有多问。

除此，最常来的，便是莲华生和滚滚这狗儿。

滚滚喜欢挨着我，一不看着它，它就会蹦到床上和我同眠，赶都赶不走。也幸好八哥给我添置的床比较结实，还承得起肥狗的重量。

莲华生嘛，也不知为何，好似总对我怀有愧疚，连说话都少有和我目光相接。一旦老狐狸回来，他就一边喊着"老丈人"一边开溜。

七哥也来过几次，"叽里库扣扣"地和我说一大堆。

大致意思是，老二、老四、老八一同失了忆，眼下正在轮番打扫茅房。

至于老六，某个夜晚，他也来探望我了，油光水滑地杵在屋中央，和我大眼瞪小眼。

我道："六哥，门就在你边上，你非要翻窗户进来吗？"

他笑着答我："这样比较帅。"

"那你也用不着推门进来打开窗户再出去翻窗户进来嘛。"

他挠头，道："这样比较帅嘛。"

"六哥，你的修为和头脑呢？"

他只回答我一句："这样比较帅。"

过了很多天，我在闲暇无事时，便将我几个师哥的性格挨个儿总结了一番。再回顾一下过去，展望一番未来。最后，我想，在这样的一个门派里，我还能长成除了爱金子以外也没其他坏习惯，基本上算是品貌端正的姑娘，真是不容易。

转眼到了八月底，我的伤势已好得差不多了，趁着秋高气爽，我去院子里活动筋骨。我正对着满园的苦蛮花思量，却感到指上一阵濡湿，滚滚又来了。它舔了舔我，我便回应着挠了挠它的脑袋。恰逢面前两只蝴蝶飞过，这蠢狗就撒着欢扑蝴蝶去了。

莲华生过了一会儿也进了院子里，站在我身后唤我："排骨。"

我回头，隔着仙雾缭绕，金灿灿的阳光描摹着他俊秀的脸庞。

我淡然应了一声。

他走近几步，道："看来你确实很像一种动物。"

"什么，凤凰吗？"

"不不不，"他一个和尚脑袋摇成了拨浪鼓，"像蟑螂，打不死的那种。"

我双眼一翻。看这话说的，开玩笑，本姑娘怎么会介意这种小事呢？

噙着一丝笑，我冲上去就给了他两掌，伪和尚不甘示弱，和我对了几招。眼见我尚未痊愈的右臂的白纱上又浸出红色，莲华生匆忙收了灵力，结果我的势头却没止住，两指点在他膻中穴上。

莲华生一皱眉，嘴角溢出了一缕血丝。

我骇然道："你……为何突然收招？"

他想了想，抬着青色的僧袍擦去血渍，道："贫僧还想活久一点。在这么流氓的门派里待着，再伤了你，万一被老丈人和你师哥们暗杀了怎么办。"

"哼。"我负手冷声道，"祸害遗千年啊。"

"承你吉言。"

这货的脸皮，果然不能用"一般厚"来形容。本姑娘甘拜下风。对他投去一缕崇拜的眼色，我道："你前两日，为何总像欠了我的钱一般？"

"唔……"我蓦地警觉起来，踱过去揪住他的衣领，这厮想躲，已是来不及。凶神恶煞地睨着他，我道，"你该不会是去黄泉月挖了我的金子？"

他彻底一副云游天外的无辜表情，摊手问我："黄泉月在哪儿？"

哦，这样，那我就放心了。松了手，恢复一贯的淡漠，我瞅着苦蛮花，道："那你为何总像欠了我？"

"因为……"他欲言又止。

"嗯？"

"因为那一日，贫僧没能接住你，眼睁睁看你倒下。"

我心尖上一抖，再看向他时，只见那一惯从容的俊逸容貌，笼上了我看不分明的酸涩。我想假作视而不见，他却又定定地看着我，道："我想，若接住你的人是我该有多好。"

两道目光在空中交缠，我张了张唇，别过头避开他的视线，道："你身上有封印，不必如此，总归也是有白长轩在的。"

"正因为他在……"

他说了这几字，后来的话却戛然而止了。

我想了想，道："莲华生，你该不会真的对我……对我……有……"实在说不下去，我只好等着他来意会。

果不其然，那货脸上一红，扭捏地举着佛掌望苍天。

我无语。

跟着望了会儿苍天，我扳着指头算了下。和伪和尚认识至今不过四个月，其中有一半的时间我在揍他，还有一半的时间我在想揍他。莫非……

我抽动眉头，问道："你是欠揍吗？"

"嘿嘿，"他笑，"排骨，贫僧总觉得假使打不过你，也要和你拼了。"

现在双方都有伤，再动手实在不大有利于和谐。更何况，再过一会儿老狐狸回来，这和尚又要落跑了。趁着时间有限，我直奔正题。

"那日，我昏迷的时候，听见了你们的对话。"

莲华生一怔，随即举着步子往门口走，脸上还正色道："贫僧想起还要去西海滨喂狗，先告……"

告辞？门儿都没有。一晃上前，我拦了他的去路，沉眸睨着他，我只字不言。僵持了须臾，莲华生率先败阵。

"许多事，不知晓会比知晓好。"

我点头，深表同意："所以，我只想知晓，你口中的灾星，是什么意思？"

"排骨……"

"若你真是与我诚心相交，就告诉我。"

闻言，双眉一动，莲华生想必经历了一番思想挣扎，最后无奈道："好，贫僧告诉你。"

我不动声色地紧张了一下。

他道："岚羽已经住进绝仙阁了。"

这是什么消息？！

我闷着声气"嗯"了一句，是上扬而不满的语调。

他继续补充道："这几天白阁主就是与她在一起，才少了待在逍遥居的时间。"

我拔过一株苦蛮花。

"她天天邀请白阁主赏月游湖品茶谈天下，听闻还给白阁主炖汤做鸡腿。"

我把整株苦蛮花折成了两段。

"今日，他们还一同去凡尘散心了。"

灵力一过，苦蛮花碎成了渣。

"还有……"莲华生想接着说，没料一声怒气磅礴的声音传来——"莲华生！"不偏不巧，正是白长轩回来了。莲华生一抖，立刻捏诀招云头，道："啊，是老丈人，你们一定有话要私聊，贫僧先行告辞。"

音落，迅速腾上了半空。紫色人影作势要追，我脚下一动，扯住了他后背衣衫，道："散心还散得好吗？"

"呃……阿月……"白长轩生生颤了一回，回头淡然冲我笑。

我咬牙切齿地笑回去，道："这几日，汤好喝吗？"

"这个……"

"茶呢？是上好的龙井吗？"

"唔，"他脸色一板，"为兄想起还有要事找老二一谈，你先行……"

我握响五指。看来，伪和尚没有骗我，白长轩当真去和那女人私会了，背着我！气血涌上心口，我忍住要动粗的念头。

四哥说，我和岚羽比，光是女人味这个层面就输了一大截。要想胜过她，就得比她更加柔弱，更加惹老狐狸心疼。

思绪百转千回好一番，我拟定了战略。我盯着老狐狸的眉眼，体内灵力一冲，引动经脉伤势，一偏头，嘴里的血来得浑然天成，喷在苦蛮花上。

白长轩一紧张，单手抱过我，着急道："阿月，你怎样了？"

我："喀喀。白长轩，你是对她动了心思吗？"

"先别说话。"

扳过我的腕子，他两指搭上我的脉。我努力缩了下，没缩得回来，硬着头皮继续道："你为何要同意让她住进绝仙阁？"

片刻，某人的手松了去，颇有深意地看了我一眼，再将我扶正站直，正色道："看来，阿月的伤势有反复之相，十二根黄连约莫少了，为兄还得再加重剂量。"

"噗。"

我又吐了一口血，这回是被气的。看来，我的演技着实拙劣，总让他一眼看透。既是如此，我也懒得再装，擦了嘴角的红渍，闷不吭声地拂袖，打算回房。

老狐狸见势，却是主动拉住了我。

"怎么？怕我去找她拼命吗？"

"哎呀，你的决定，为兄又怎么阻止得了。只是，在你要找她拼命之前，为兄有一事告知。"

"说！"话间寒气森森。

老狐狸道："让她入住绝仙阁，的确是为兄同意的。"

那还有什么好解释的？！

"但为兄自有一番考量，你可要细听？"

我站着没动，眼神飘在天上，耳朵倒是仔细等着听。

白长轩似乎低笑了声，走到我跟前，暗金瞳瞄着我，道："你可明白岚羽为何要与绝仙阁联姻？"

"这个问题，还要问？看上你了。"

老狐狸颔首道："这个是肯定的。为兄器宇轩昂、智绝天下，无数女子为之……"

我做了拔刀的姿势，这厮当即神情一定，一本正经道："不过，为兄都看不上。"

算你识相！

沉默了会儿，他又接着道："先前我取走念灵珠，岚羽并不知晓此举意味着什么，而碧云峰一向有意取代绝仙阁的地位，自是要先摸清对手的底细。联姻一事，是为噱头。能成最好，不能成，也可给她时间思考下一步怎么做。如今，在她的算计里，老夫一定会为了联姻的事焦头烂额。她这是觑准了老夫的弱点啊。"

"你也有弱点吗？"我冷嘲热讽。

天下人谁不知晓白长轩精于算计，脸上一套心里一套，最会坑人。只有他捉得住别人的弱点，怎有可能被他人捉住自己的弱点。

老狐狸薄唇挑开一丝意味不明的笑，道："诚然，世间强者，对于弱点，大都选择亲手毁之。但老夫向来不以强者自居。"他侧过身，目光悠远，也不知在望何处，"老夫的弱点，就在于对自己任性恣意的小妹，算也算不准，料也料不得，总不晓得她下一步会做出什么让老夫头疼的举动来。"

说完，他笑吟吟地瞥我。

我脸上一红，噘嘴望天，道："哼，这算讨好我吗？让我头疼的是你吧！"

"阿月啊，你要听为兄说实话，又要这般伤害为兄的真意，真是……寒叶飘逸，洒满我的脸……"

"好了！"我打断他，"继续刚才的话题。"

"为兄还没念完嘛。"

"等你哪一日不自称'为兄',我便可听你日日念上千百遍!"

"呃,那还是说回刚才的话题吧。"

我心口瞬间中了一刀。

沉默了会儿,白长轩眯起双眼,道:"这岚羽实在小看了为兄,区区联姻一事,又怎会难得倒我。"

"所以,你是打算就范?"

"啊!"他痛心疾首,"难道在你心中,为兄就这般没用?"

我抽了抽嘴角。其实,这倒也不是。

连着摇晃了好几步,又垂头叹气一会儿,他才道:"等时间到了,你自会明白。为兄只答应你,这不会是一个让你不满意的结果。"

我该相信你吗?白长轩。望了天,我仔细算了下这七十几年的人生路,除了每回都被他诓得受伤以外,每回表露心意都被拒绝以外,每回真真假假都让我猜不透以外,嗯,他似乎确实没有骗过我。

这种记录你让我相信你?

我不满,异常愤怒地瞪着他。老狐狸显然不打算这个时候揭秘,任由我目光凌厉似飞刀,他也只是扭捏地跟我呵呵笑。他不愿说,我必定问不出结果,无可奈何之下,也只好顺着他的意思来。

"还有其他的吗?"

"此事打不上主意,岚羽必有退路。她的目的是要找出一件能针对我的事情,为兄怎能不给她这个机会?留她在绝仙阁,就是要看看她的下一步,会是如何地出乎我意料。这东荒,沉寂太久了啊。"

我沉默了好一会儿,摸着下颚,"我认为,莲华生有句话,果然说得不错。"

"嗯?"

"你真是个不像话的老丈人。"

老狐狸捂住心口,顿时急退,双眉一敛,表情一垮,仰天喟叹:"你竟然、竟然和那和尚一道。为兄真是心下寒痛……"

我没理他,自顾自往逍遥居外行去。

他追上来，在我耳边念："吾妹变节，伤透我的心。"

我无语。

"你的话语就像冰锥刺入我心底，为兄真的好伤心。"

我一挥袖，两扇门掩合，隔绝了我与他。

照目前形势看来，再不拿出点看家本事，我的老狐狸大有可能变成别人家的老狐狸了。不行！我绝对不能让这种事情发生。

握紧了拳头，我下定决心，风萧萧兮易水寒地去了厨房。

九月初三，厨房的房顶被炸开，老八楚凤追着我打了三个山头。其间楚凤打不过我，老四一点原则都没有地加入了他的讨伐大军。二对一，我重伤初愈，险险又栽在他俩手下。好在滚滚和七哥来援及时，老四和老八战败，答应为我做半月的蜜糖鸡腿。

我端着鸡腿去找白长轩，见他和岚羽正在用膳，气极之下，崩碎九个白玉描金盘。是日，八哥心痛不止，卧床不起。

九月初十，在莲华生的指导下，我煲了一锅十全大补汤，送去书房给白长轩。恰逢岚羽也送来一锅黑漆漆的东西，并美其名曰生精食补壮体汤。我与她皆要老狐狸喝掉自己炖的东西，一时间僵持不下，剑拔弩张。白长轩无奈，遂将两锅都喝了。

翌日，白长轩闭门不出。莲华生前去把脉，据悉是鼻血止不住导致失血过多，已经倒地。

再一日，岚羽邀请白长轩乘舟垂钓，我和莲华生、老七、滚滚一同在远处云端监视。日暮时分，岚羽魔爪伸向白长轩肩头。我一急之下，举过滚滚砸向木舟。只闻惊天一声狗嚎，我俯冲而下，打算去美救英雄。结果滚滚被两道灵力同时弹回来，我躲闪不及，鼻子撞在了狗头上，霎时仰天呕血。七哥迅速抱着我并令莲华生回绝仙阁给我包扎。

再后来，岚羽请白长轩吃鸡腿饺子……

再后来，岚羽给白长轩缝了件衣裳，虽然是风骚的粉红色……

再后来，岚羽和白长轩彻夜下棋！

好累，我已经失控了。

一连数日毫无进展，不该留的人依旧留在绝仙阁里，我颇有些心灰意冷，只好天天踢那苦蛮花出气。这花和老狐狸就是一个德行，死不开花，总要让你猜这花究竟还会不会开，开出来又是怎样一幅光景。

殊不知，这人猜得累了，也会退缩吗？

我摇了摇头，弯下腰来仔细打量起苦蛮花。这其中，隐藏的到底是什么秘密？老狐狸又要等到哪一日，才肯告诉我？

唉。

身后一声响动，我顿了顿，直起身子的当头，面具下的脸已经恢复淡漠。回身，我看见了躺了好几日的老八。他觑着我，还是哼哼唧唧，一脸不高兴。

我道："八哥，早。"

他："哼哼。"左右望了一遭，敲打着手中玉笛，道，"大师兄不在吗？"

"嗯。"我望天边红色，"带着空青去万和派了。"

"哦。"

我向来不喜参与尔虞我诈的门派争斗，这个老狐狸是知道的，虽然对此他也很上火，但终归拿我没办法。

相对沉默片刻，老八先挑起了话头："你和碧云峰的二执掌，是要斗到什么地步？"

"有吗？"我不屑地负起手，"我只是做我想做的事。"

"唉，我也不明白大师兄这一回是怎么考量的。只是……"他抓住机会，免不了刺我两句，"那些白玉描金的盘子，是碍着你什么事了？"

八哥你这么勤俭持家，真的不打算找个男人嫁了吗？

当然，这话我还没有不识趣到在老八气头上脱口。我摆出无赖的模样撇嘴，老八又念叨了一会儿什么你这么败家以后怎么过日子，最惨绝人寰的是你们两个都这么败家以后怎么一起过日子。

我摊手道："有你嘛。"

"万一我不在了呢？"

我道："这一世人，除了绝仙阁，你还想去哪儿？"

他气结，道："我也向老五老七学，去云游四海。"

我垂眼以示赞成，道："这是在提醒我先去绑架四哥吗？"

老八险些倒地。

我念着都是同门一场，还是要和气生财的好，替他拍了拍背，劝道："别气。我知晓让你走你也不舍得，万一等你回来，绝仙阁被败得只剩广场的玉像了，你不是要直接升天吗？"

"阿月，你！气死我了！"

看来，我不怎么了解如何安慰人这一门技术活儿。大眼瞪小眼，互不相让地瞪了半晌，老八终于道出了来意："这次老七好不容易回来，想必过不了两日他又要出去找老五那浑蛋，眼下几个兄弟都在海棠晓月，打算一聚。大师兄不在，那也没办法，你随我去吧。"

我心中怅惘，这一别，不知何年才能见面。

我点了点头，随老八踩上了云头。

海棠晓月的水阁中摆满了琳琅满目的水果。几个老顽童坐在一方石桌边上，坐姿实在不雅。特别是老四，常年敞着宝蓝色的衣衫，露着他那白皙结实的胸膛。见我落地，他喝了口酒道："呼呼，终于来了一个能翻译的人。"

七哥："库哩叽扣扣（他们欺负我）。"

他说完趴上我肩膀，一抖一抖地开始哭起来。我拍了拍七哥的背，拉着他一道坐下。

岁月静好，阳光明媚。

几个人一边聊天一边大笑，其间免不了拿我的趣事玩笑。大致都是我和莲华生，我和老狐狸，老狐狸和岚羽，岚羽和天下的男人。

最禽兽的，还有我和滚滚那只狗！

老四笑得风生水起，拎着酒壶道："小师妹嘛，一不说话闷葫芦百年，一说话一鸣三响。我看，莲华生倒是对你很有兴趣。"

老二拿着他的小淫书附和："确实确实，依我看，莲华大师要不是因为她，早就被我们几人打跑了。"

老六抹着他油光水滑的头发，道："其实我觉得小师妹对那大师也有情谊，否则，怎会默认他叫大师兄'老丈人'呢。"

我脸上红透了一片，抿着唇默然不语。

老八又道："还有那狗，与阿月这般亲热，也是非同一般啊。"

"你们……"

老七倏地站起来，一脸正色道："卡库卡里扣（你们别胡说）。

"扣扣叽卡扣（小师妹只对大师兄一人感兴趣）！

"库哩叽库卡里拉扣扣（别人是没有机会的）！"

水阁里，登时一静。

许久。

老四道："老七，你在说什么？是说我们说得对吗？"

老六："你也认为小师妹和莲华生有牵扯？"

老七："扣，扣……"

老八："莫非你认为还不止一腿？"

"库，库里……我……我……"

老二惊呼起来："老七说人话了！"

"我……我说……"

天，这可是东荒第一奇事。我的七哥自打出娘胎就没说过正常的话，此番真可谓是激动人心。四个人连同我在内，都不觉紧张起来，等着温言说出他人生的第一句人话。

"我……说……小、小……师妹……"半晌，"卡库里扣扣！"

水阁里一阵哄堂大笑。

临近午时。老八做了饭菜供我们几人填肚。吃得正在兴头上，忽闻一声狗吠，滚滚以迅雷之势掠到我腿边，又蠢又傻地吐着舌头乞求我碗里的排骨。我尴尬了须臾，听得老四带头一声笑，其他几人也此起彼伏地笑了起来。连七哥也憋得不知是笑好还是不笑好。我挨个儿瞪了他们一眼，顺手把排骨扔给滚滚。滚滚接过，傲然地丢了个眼神给其余五人，趴在我脚下两爪并用狠狠撕啃起来。

既然狗已经来了，狗主人还会远吗？

我惆怅地放下了筷子。

果不其然，一会儿后，莲华生柔情似水地大喊："排骨！"

我差点从凳子上跌了下去，几个人笑得更猖狂了。

待他们笑够，老四和善地拉过莲华生坐在我对面，一番嘘寒问暖，极尽谄媚，连八哥都看不下去了。

喝了一口酒，老四又道："上次与大师无奈之下动了手，还望你莫介怀。"

莲华生似乎察觉气氛不大对，举佛掌道："怎会，出家人一向慈悲为怀啊。"

"那就好，那就好。"说完，老四笑眯眯看向我，"小师妹，眼下岚羽这个劲敌还在绝仙阁中，你下一步打算如何应对？"

这个问题嘛，虽然我考虑了千百种整死岚羽解放白长轩的办法，可显然，没有一种是能实现的。

很伤感，我低了头不答话。

老四啧啧道："还是不开窍啊。攻克大师兄，你得出奇招才有可能。按照你这闷葫芦的性格，要到哪一日才能得偿所愿？"

嗯，四哥教训的是。我眼中燃起求知的火苗，热切望着老四。他明了我的意思，喝着酒，沉吟了一声。

老二插话道："这还不简单，生米煮成熟饭，大师兄想不认也不行。"

老八很鄙视，道："那万一他就是不认呢？"

"呃……"老二想了想，随即一只手越过石桌来拍我肩膀，"二哥给你出头！这种事，哼，得问过本爷的啸龙戟！"

老八翻白眼，道："哦。老二你是想吊在玉像上呢，还是扫茅房呢，还是蹲冰牢呢？"

"喀喀，要不还是当本爷没说过吧。"

我突然觉得北风吹冻土，天凉好个秋。老二这种看小淫书的脑子是指望不上了，我又老实巴巴地看回老四。

他还在思考，好半天后，才奸诈地笑道："老二倒是给了我一个提示。不过嘛，这事我们几人做不得。否则，轻则被逐出绝仙阁，重则就要被大师兄暗杀埋尸了。"

老八"唔"了一声，脸色倏变，道："你当真是想……"

"嘘。"老四一指按在唇上。我和老七听得不明不白，两两对望了一眼。再抬头，只见烨世离起身，双手抱着拳，握出咔嚓一声响，再对上莲华生，道："我知道大师你对小师妹情谊深厚，为了她的终生幸福，想必是愿意牺牲一下的。"

莲华生整个儿一颤，扶着水阁边上的栏杆后退，道："施主，贫僧能力有限，爱，爱莫能助。"

"呼呼，此事简单，只需大师动动手指头就解决了。"

"可、可贫僧好歹也是一条命啊！"

"出家人普度众生嘛，你不下地狱，谁下地狱啊。"

"那也不能强人所难！"说着，莲华生拔腿就要开溜。老八如风一般，掠到水阁门口堵上。伪和尚又看房顶，不料老二机敏地化出啸龙戟，先他一步上了房梁。我见如此架势，讪讪道："四哥，你们……"

老四挥手阻止我说下去。我看大家都是为了我的人生目标在奋斗，也只能投给莲华生一个点蜡的目光，低头去剥香蕉。

莲华生："排骨你……"

"大师答不答应啊？"

"不、不答应！贫僧宁死不屈！"

"哦，"老四向周围递个眼色，"前段时间你把小师妹拐跑，害得我们几人轮番受罚，此事可不能轻放。"

"不是已经打过了？"

"呼呼，我记性不好嘛。"

"你们！"

眨眼之间，水阁里灵光四溅。七哥说"我看他们打得很有意思干脆我也去凑一脚吧"，于是，漫天的暗器也飞了出来。滚滚起先还不满主人被围攻，"汪汪"地吠了两句。我拿过盘子里的骨头喂给它，它又"嗷"了一声，满含悲痛地看了眼自家主人，然后两爪捂眼啃骨头去了。

我"嘿嘿"在一旁笑。

约莫吃了七八根香蕉，老四放下挽起的袖子告诉我："没问题了。"

辛苦你了伪和尚。

莲华生抱着头，向我投来一记悲愤含血的目光。

日头西迁。

再美好的光景，总有结束的时刻。

临散之时，七哥跟我说他要走了，老五那个人太冲动鲁莽，没有他在，他总放心不下。我点着头说"好"，五哥的性子我是了解的，的确容易闯出祸事。跟老七多说了几句，眼中也不知怎的，就起了温热。他抚着我头上的青丝，"叽里扣扣"一大堆。大意是叮嘱我万事要多思，别遇上老狐狸的事情就没了分寸。

我闷闷地颔首。

他又道，别哭。

我笑说，我的眼泪珍贵得很，连自己都少有看见，又怎会给他人看？

说完我就转到一边去望天了。老七叹口气，去和几个兄弟一一别过。那几人虽是从来听不懂他说话，可相交几十年，兄弟之情自在心中，猜也能猜得七八分准。将将还是闹成一团，眼下却被离别伤了几分心情。

温言最后走至我身侧，伸出双臂拥了拥我，小声道："叽卡库扣扣（不久就会再见）。"

"嗯，"我应声，"下次将五哥叫回来。"

"库扣卡叽扣（好，替我向大师兄说）。"

"嗯。"

挥袖作别，玄色的衣裳没入了云中。我不自觉地踱出几步，站到海岸边上，卷起的浪头湿了鞋，我却丝毫未觉。人走茶凉，老二回去看他的小淫书，老四、老八换了个地方抚琴饮酒，老六不知去向。

剩我和一人一狗矗立在偏斜的日头下。

莲华生走到我身旁，陪着我望了许久天际，忽然道："贫僧很羡慕你。"

我别过头，看着他如玉的脸上笼罩着金灿灿的余晖，将他的眉眼刻画得愈发好看。

“羡慕什么？”

“羡慕你有这样一群师哥，还有白阁主。”

我默了一会儿。

他又道：“我出生的地方阴冷晦暗，终年不见日月。那个所在，人人血腥嗜杀，尔虞我诈。倘若爬不到最高的顶点，就只有死亡一途。永远都是漫长的征伐血路，遥无尽头。”

我指尖一缩，问：“欲界吗？”

他想了很久，才道：“嗯。”

“那是你的故乡。”

“是我不堪回首的过往。”

“为何征战？”

像我问了一个很好笑的问题，莲华生睨我时，苦涩得想笑又笑不出，道：“要从最简单的缘由来说，那就是因为向往这太阳。”

所以，谁说世间万物都是平等的？这句话，只能作为一种无法实现的信仰来蒙骗绝望或者正在希望着的人们。有人生来就享有泼天富贵和功名权势，有人生来占着日月精华和万物生机，而有的人，却是在我们看不到的黑暗角落煎熬着、觊觎着，希冀有一日能打破自己的宿命。

这样的人，能说他错吗？

我不知晓。黑白本来就没有分明的界限。

绷着唇角，我道：“你还少说了一个羡慕我的理由。”

“嗯？”他不解。

我用下巴指了指他投射在沙滩上的影子，道：“我还有你这个知己好友，莲华生。”

“排骨……”

“千万别哭！我最受不了和尚哭了。”正经地昂着首，我刻意避开了伪和尚过于感动的眸色。他听我这样说了，便当真抬起袖子“噗噗”了两句，搐着鼻子，道：“其实，你要是把知己好友改成心上人，贫僧定会哭得更厉害的。”

“别得寸进尺！”我警告他。

他撇嘴耸了肩，冲我浅浅笑开。

我不甚自然地翻了记白眼，望着涌动的云端，道："上次的问题，你打算逃避到什么时候？"

"贫僧并没逃避，"他端正地举起佛掌，"只是毫无意义的事，提来也没用。"

"毫无意义？"我挑着眉峰，反问了一遍。这厮居然还点着头"嘿嘿"直笑。此事关乎我的出生来历，怎会没有意义！真是有娘的人不知没奶的痛！

调整了一下声线，我认真起来，道："好，那我换一个问法，你自一开始接近我的目的是什么？"

"为了念灵珠嘛。"

"不是这个。"

若当真是为了念灵珠，在亲眼所见白长轩将珠灵用去一半后，正常人会有两种反应。一则，从此与绝仙阁为敌，不打死白长轩誓不罢休；一则，不惜用各种方法接近白长轩以期把念灵珠夺回来。可是，莲华生反其道而行，与我走得比较近。所以，这个解释完全说不通嘛。

森冷地盯着他，莲华生的目光天上地下地飘忽了好一会儿，被我看得着实没办法，只好诚恳地看向我："排骨，你当真要知道吗？"

唔？这个句式，貌似在哪里听到过。

"你……不会后悔吗？"

这不是前两天白长轩在做那样的举动前问我的话？我下意识地退了半步，伸手捂住嘴，闷闷道："要说便说，问这么多有的没的。"

莲华生朝我靠近一些，道："那贫僧就说了。"

我点头，慢慢退后。

他再往前靠，道："我接近你，是因为……"再近一点，我脚下险些绊倒。主要不是怕被占便宜，而是怕他一不小心碰到我，身上封印解除，魔身再现，到时候要去为祸天下就不好了嘛。哪知道，我如此为他着想，他却一点也不明白。一个劲地朝我走来，伸手像要摸我的脸一般。我吓了一跳，只听他道，"因为贫僧对你，有说也说不清的……"

眼前一花，随后的话，已经散在冷风中了。

我埋着头觑了下自己被打横抱起的身姿，再觑了下周遭缭绕的白云，抬眼对上一个削尖的下颚，我道："你这是……"

某人严肃地对上我的视线，道："为兄察觉，已经好久没锻炼身体了。"

约莫是本着锻炼身体的初心，老狐狸将我抱着在后山腾云绕了三大圈。放我落脚时，上气不接下气，一张脸憋得通红。摇晃着走出几步，扶着院子中间的石桌，他喘道："阿、阿月，你……是不是……该少吃一点了？"

我又气又想笑，情不自禁地顺着他的背，语气却是十分生硬，道："为何打断莲华生与我的谈话？"

"哪有啊？"老狐狸郑重回头睨我，"方才你明明是一个人在沙滩上嘛。"

很好，直接睁眼说瞎话把莲华生给忽略了。

"你是怕莲华生对我说出暧昧的话语吗？"

"不是。"他话间淡定，没有一丝作假的意味。我的自尊心受了伤害，忍不得也想要伤回去："是啊。你有碧云峰二执掌就够了！"

说着，我气结地要出门，老狐狸倏然拉住我腕子，笑道："哎呀，阿月真是小气。为兄不怕他对你说出什么暧昧的话，是因为只要他敢说，为兄就敢做掉他啊。"

这么流氓，真的好吗？好歹你也是仙道第一派的阁主啊！

老狐狸不理会我的眼光，一如平常地低了头去看花。

果然，流氓不是我想测度就能测度的。

正了心态，我迎上去，问："今日去万和派，有何收获？"

"这嘛……"他手上快速地捏出几个结印变换，我没看得清，只闻到空气里倏然漫开一阵淡淡的鲜血味，可仔细一闻，又什么都没有，还是浅草香气盈满身周。大概是我之前落下的伤未好得完全，所以才闻到这种味道吧。

敛了心神，我重新看向他。老狐狸已然化出了琉璃耀华，端着阁主的架子。

"为兄与宏卿认识几十年，虽向来是君子之交淡如水，但彼此心中考量什么，还是能猜得透一两分的。我与他均不想与对方为敌，所以，此番前去，只是闲聊增进感情。"

我将信将疑，道："你会有这么闲？"

"哎呀，阿月，难道为兄就不能与别人诚心相交吗？"

我沉默了会儿，点头道："你说你诚心想坑别人我就信。"

"啊，为兄的心……啊！"

灵光一闪，落叶飘飞。我心道不妙，急忙转开话头："我有事……想问你。"

"寒叶飘逸，洒满我的脸！"

这货完全不顾我的感受已经念开了！我握响指关节，重重道："我有事……"

"吾妹误解，伤透我的心！"

"白……长……轩！"

"阿月有何事？"他表情即刻一转，速度之快让人瞠目结舌。我平复了一下涌上头的血气，再思量了半刻钟，小心道："我的身世……"

果不其然，一听此话，白长轩面色变了变。沉默须臾，他上前睇着我，道："在为兄身边，已经让你厌烦了吗？"

我一怔，不明白他怎么会问出这种话。刚想解释，老狐狸举头望落日，道："自家小妹长大了，总想离开兄长，为兄怕跟不上你的脚步，又怕拖累你。唉……始终躲不过啊。"他垂首，凄然一叹。

我道："白长轩。"

他抹了抹眼角，道："你若想离开为兄去寻你的亲生父母，为兄也是不能反对的。既然如此，为兄……只好……告诉你……"他说到最后，腔调里尽是哭音，顾长的身形置于没膝的苦蛮花中，一颤一颤的，像个筛子。

我明知他这是在做戏，我明知他眼里半滴泪也没有，我明知他是在诓我，我明知他已经诓了我几十年！

我居然……还是上当了。

等我回过神，我已经无比心疼地握住了他的手，板着脸道："我不问了。你一世不愿说的事，我永生不再问。"

暗金瞳当即喜出望外地抬起，道："真的？说话算数。"

那一刻，我简直想咬舌自尽。

从这往后，关于我的身世，关于"灾星"这个词，便搁置在了我心底，没有提起过。说到底，我还是太眷恋白长轩了。

和他一同用过晚膳，老狐狸又在房中写写画画三四个时辰，我站在边上替他研墨，看不懂他书的是些什么玩意儿。后来是怎么站着睡着的我记不得了。总归第二天醒来时，是在他的床上，枕头边留有一张字条，写的是：你害为兄坐了一夜，眼下腰酸背疼，还不速速给为兄做些鸡腿来补偿！

我哼唧了一声，将纸条捏在手中，想撕碎的当头又顿了下。片刻后，妥帖折起来，收进袖口放好，再下床穿好鞋袜。我本来想去找老八，但中途转了向，径自去了厨房。

老八说得很对，万一以后我和白长轩过日子，以我现在的手艺，不得饿死他吗？所以，求人不如求己，我得先学会做鸡腿。

有了上一次煲汤的经验，我这遭下厨顺利不少。加之我绑架了空青这小子来助我，终于在倒腾三个时辰后，一盘黑乎乎基本看不出是什么的玩意儿的东西起锅了。老八在最后关键时刻来了厨房，看见灶台旁堆着的四五口烂铁锅，急怒攻心，逮着空青就一顿乱揍。我颇有些胆战心惊，劝了两句，无效，果断端着鸡腿走了。

好一段距离后，我还听见空青笨头笨脑地质问："凤掌，为何罚我！"

接下来，就是楚凤的血泪控诉："你以为我愿意？那丫头，虽然总是败家，可出发点都是为了你师尊。我要是再打击她，先不说她的自尊心会不会受创，光你凤掌我就已经经不起大师兄的摧残了啊！呜呜呜……"

空青顿时顶天立地道："我明白了，凤掌，你罚我吧。"

"好，好孩子。来，你跟我来。"

"去哪里？"

"我送你去死。"

"凤掌，要不我还是收回刚才的话吧。"

我拿着厨房剩下的最后一个白玉描金盘细细思量：八哥，这可是咱们绝仙阁唯一一根前途无限的愣苗子，你可悠着点，千万别玩坏了啊！

十、尘埃落定

我有时候觉得老八真是个了不起的人。会弹琴，会下棋，会饮酒，最重要的是……他还做得一手好菜！

反观我自己。

想当年，飞花摘叶俱可伤人，却在入红尘先迈左脚还是右脚的问题上纠结了数十年，白瞎了一身好修为。最后洗手作羹汤，空有一身切鸡腿的刀法，但又不会起锅……

我望着快被烤熟的右手五指，深感揪心。

看来，老八还是至关重要啊。

临到逍遥居门前，我将右手收回袖口里，推开虚掩的门。老狐狸又站在苦蛮花丛中闭眼沉思着，不知是在算计谁。

眉头时而微挑时而紧蹙，我站在他面前了，他也似毫无所知。我探出手，想抚平他的眉间。倏然，暗金瞳睁开来，一时把我瞧得缩手也不是，摸上去也不能。

正尴尬，他笑道："哎呀，这是一盘什么？"

我咳了声，就势把手收回来，道："你看不出吗？"

他摇头。

我一阵心寒，道："这是……"

一句话尚未说得完整，门口来了一名不速之客。满园霎时飘出花香气，浓烈又妖娆。

岚羽身着一袭及地长裙缓步而来。她手里拿着一柄通体散发着蓝色荧光的宝剑，其剑柄蓝金两色各占一半，中间镶着一颗小而碧绿通透的猫眼石，剑身纹路复杂，做工精细，一看就知非是凡品。

我看着这玩意儿的瞬间，心中立刻估了价。

一万？两万？不不不，难道是三万？

天哪，非得让本姑娘倾家荡产不可！

老狐狸对神器有感知，估摸着察觉到是柄好物什，一双狐狸眼当即眯成了一条线。

岚羽噙着一丝笑，语调温软，道："白阁主，又是几日不见，奴家可想你得紧，你呢？想奴家了吗？"

我想替老狐狸答一句"去死"。话未脱口，岚羽抢先道："这些日子以来，奴家一直苦思冥想什么东西才可配上你的风华绝代，总算嘛，让我想出来了。"递上手中宝剑，"听闻从前白阁主亦是执剑之人，这柄沧耳剑，不知合不合你的眼缘？"

我冷了面色，道："等等。"

白长轩无视我，道："此物确实不差。"

岚羽顿时笑开了花，道："能得你一句'不差'，此剑算是有价值了。宝剑赠英雄，白阁主此番想必不会推辞。"

我再道："等等。"

这两人继续不约而同地无视我，愉快地交流心得。

"只是，奴家想知道，后来你为何弃剑不用？"

这种问题连本姑娘都不知晓，开玩笑，老狐狸会告诉你？

我轻蔑地挥了挥手，没想到，白长轩居然气定神闲地回答起来："灵器与主人如同水中船，相依而存，融会其中。但若无法两相辉映，则成负累。滔天大浪均可覆船一瞬。"

"原来如此。"岚羽摆出一副听懂了的模样。

我书读得少，完全不知白长轩是什么意思。但这么私密的话题，你们明目张胆地当着我交流，是不是不大好？

我最后道了一遍："等等。"

岚羽道："既然你不喜用剑，用来收藏也可。"

"这嘛……"老狐狸露出迟疑神色。

我内心波涛起伏，神色变了又变，忍无可忍，捏着白玉描金盘上前，寒声道："他喜欢神器，我自会为他寻来，上天入地，无一不可，不劳你为他费心！"

隔在两人中间，我看不见白长轩是副什么表情，只看见岚羽蛾眉一敛一挑，极尽魅惑。她望着我笑了笑，又偏头绕过我，目光直达我身后，问道："是这样吗？"

没人答话。

须臾，她转向我，道："那么，你是以什么身份说此话呢？白阁主的小妹吗？"

我既不想承认兄妹这层关系，可一旦否认，我又似乎确然没有立场说这番话。尚在思考，岚羽已经转向白长轩，问："白阁主不打算收奴家这份心意吗？"

白长轩怎么打算的我不晓得，总归我的打算是绝不让他收下此物。这般贵重，在他人看来，会被视为定情信物的！

眼风斜扫着，见老狐狸上前一步，语气平和道："阿月见识尚浅，今日令二执掌见笑，还望莫怪，"随即，腔调一转，冷硬起来，"只是，她所说亦是老夫所想。绝仙阁虽称不得天下第一门派，但还没有老夫取之不得的宝贝。是以，这柄剑，二执掌另送他人吧。"

听了这话，我顿时长吁一口气，真没白瞎我对你这么好，老狐狸。

"既是这样，"岚羽面色不改，将宝剑放至身后，转身挪出几步，"奴家也不强人所难。只是嘛……"她忽然转回来，"白阁主对天下之兵想必了解甚深，不知可曾听闻过一个擅长铸造奇兵的部落，名唤骨族？"

莫名的，我能察觉，"骨族"二字一出，逍遥居里的气氛突兀地凝肃下来。

岚羽尚不甘休，继续道："多年前，这骨族曾铸出一柄绝世神兵，传言其威力可撼天动地，肃杀九州。不知白阁主对此物可感兴趣？"

我不懂岚羽说这些是什么意思，正茫然时，老狐狸踱到我身侧，面上分不清喜怒，只道："今日二执掌前来，是特别找老夫讨论神器的吗？"

"当然不是。奴家只为赠你一物，可惜白阁主并不领情。"

我寒着面色，想说白长轩不领情是应该的，领了情才是脑子坏了。可这想法持续不过一刻，白长轩就翻掌将岚羽手中的宝剑取了过来，仔细打量一回，道："盛情难却，这柄剑，老夫就厚颜收下了。"

"哈哈，"岚羽媚声笑开，"如此，甚好。"

我一愣，半晌才蹙眉道："白长轩，你……"

腹中千言万语，到嘴边，却什么也说不出来。紧握拳头，指甲掐着肉，有些痛意。

岚羽又道："只可惜，奴家不能亲眼看见白阁主舞剑的英姿，颇为遗憾哪。"

"有何遗憾？"白长轩一转手，石桌上化出一架上好的檀木琴，冷剑出鞘，"二执掌有此雅兴，不如抚琴一曲，老夫自当尽力不辱此剑。"

"奴家正有此意，白阁主与我，真真是天造地设的一双，不是吗？"

这最后一句问话，是对我说的。

我杵在一旁呆滞了良久，眼看着岚羽端坐琴前十指拨弄，我蓦然阻止道："白长轩，我不许你用剑！"

"阿月，不得无礼！"这会儿，他把兄长的姿态端得比任何时候都稳重。

我心尖狠狠抽搐着，重复道："我不许！"

你从未告知过我你为何再不执剑，你也从未在我面前使过任何一套剑法。你不知晓，在我心里一直有三个愿望，其中之一便是见你舞剑一次。那是我听绝仙阁的前辈所说，你执剑的模样，万物失色，神鬼也为之惊叹。到如今，你竟为了这个女人，要破例用剑吗？你让我同意？我如何同意？

我冷着眼色与他僵持，琴音一奏，他对我道："阿月，退下。"

"我不。"

"退下！"一声低喝，剑气迸发，击在我右肩上。我踉跄着退出一步，本是不轻不重的力道，不足以让我受伤，可我觉得好似被刀刃刺透了心，痛得我视线模糊不堪。我哽着喉咙，说不出话，手上一用力，最后一个白玉描金盘也碎了，黑成一坨的东西凌乱地散落在地上。我深吸一口气，招来云头，急速离开了逍遥居。

那人……都没挽留我一声。

痛得难耐，在天上一阵乱窜，汹涌的怒意无法压制，我只觉得头像要炸开，凭着感官，奔去了西海之滨。还没到岸上，生之刃挥出，挽了个刀花，崩得浪头溅起十丈高，沙滩上的麒麟四散溃逃。我想也没想，刀法凌乱，只顾着发泄一腔的怒火。脸上全是咸咸的海水，混着眼中温热，肆意滴落。

"啊！"

一声狂叫，四方水幕腾高。

一百刀，一千刀，都不足以泄尽这痛意。

待得累极，我仰面倒在岸边礁石上，一望无际的夕阳之景，徒增几许伤心。已是气空力竭，我合了合眼，竟不想入了梦中。

这一梦，又是经年。

白长轩总在我面前念叨："好阿月，为兄怎舍得让你伤成如此？

"阿月，老夫一日为你兄长，终生为你兄长，东荒尽知，这是不可改变的事实。

"阿月，为兄将来，一定会让你如常人一般，再不受这半边骨躯限制。

"阿月，阿月……"

两字一声的"为兄"，伤得我掏心痛肺。那人不是不懂，说他多情，他却比谁都无情，说他无情，他又比谁都明白如何用情来牵绊我。

白长轩，你告诉我，我该怎么做？我该怎么做，才能知晓你心中对我，是不是也如我对你一样有着爱意？

白长轩，白长轩……

梦里遍布着这三字，梦外嘴上念叨，最终也把我念醒了过来。一睁眼，夜幕高悬，星子闪烁，想必已是亥时过后。我僵硬着身体，不想动弹。

倏然，旁边一声轻叹，吓了我一跳。我坐起身，但见莲华生撑头坐在不远处。滚滚这狗，正在捡拾我泄愤以后残留的麒麟血肉。

我拢了眉，问："你什么时候来的？"

他不回我，另道："你知晓暮云和洛钰正在到处找你吗？"

我漠然道："找我做什么？"

又是一声长叹。莲华生走过来，离我近了些，借着月色俯看我。如画的眉目一皱，他的指尖往前伸，却堪堪停在半途，道："擦擦眼角吧。"

我闻言一抖，忙转过头探手拭去眼角冰凉的水渍，继而望天道："是汗！"

"嗯，贫僧知道。"说着，他又坐下来，和我并肩，道，"白阁主惹你生气了？"

"无。"

"看你的模样，当是如此。"

"我说无！"我强调了一番，显然，不能令这伪和尚信服。

一连再叹几口气，他道："你总是这般，不高兴时，自己扛着，难过时，自己发泄。我不是说过嘛，当你想找人出气时，我总是在的。"

我默了会儿，别过头看他。莲华生昂着脑袋，许是在看远处。

"个个都像你的话，知己好友不成了一句空谈了吗？"

"我……"不晓得该说什么，收回视线，语调低不成音，"多谢。"

"唔。"沉吟片刻，他又道，"我为魔时，并不能理解情这一字，直至遇上你……你的偏执，你的癫狂，处处迫得人手足无措，连白阁主这样精明的人也不得不入了你的局。但越是这样，你就越让人心疼。"

"莲华生你……"

他打断我，道："所以，若让你偏执的对象是我，我怎么舍得让你……"

"别说了。"

"好。"依着我的意思收了话题，莲华生同我一起静坐了半晌，突然道，"那个人背负得太多了。肩上担着绝仙阁，担着天下，并不能像你这样恣意情爱。他所为之事都有自己的理由，你想过吗，排骨？"

一句话点醒我。

今日的白长轩，是很反常。为何提起那柄绝世神兵，他会是如此的反应？莫非，那也是他暗中想取之物，所以不容岚羽觊觎？可是，我在外十几年，为何从没听说过？奇怪。

心思辗转须臾，我拍了拍一身白的衣衫，打算去找他问个清楚。

莲华生见我想站起，拉住我的袖口。我一斜眼，就对上他委屈的双眸，他道："排骨你真是薄情。"

我语塞。

"贫僧开导你这么久，说得嘴皮子都干了，你不思量回报我一下就要去寻旧爱。贫僧真是……"三言两语，他作势要哭。

我觉得他说得挺有道理，便道："改日我泡茶给你喝。"

"这个……"他跟着我起身，奸诡一笑，"可贫僧现在口渴啊。"

"你想怎么样？"

这处海水丰盈，可那么咸，不能解渴吧。

伪和尚靠近我些许，灼灼盯着我，伸出舌头舔了下自己的薄唇。我眉头一抽，听他道："不如，你亲贫僧一下。"

"呵呵……"我拍了手上的灰，摸上腰间银丝，"皮痒了吧？"

"你，你威胁贫僧。"

我浅笑颔首。

他正经严肃道："排骨，你能答应我，以后别再用动粗来威胁贫僧吗？"

这算是在求饶？我耐心等着他说下去。沉默了会儿，伪和尚双手合十，道："你看，贫僧每次一激你，你就想动粗。看见你动粗，贫僧也不好总不还手，可你现在又打不过我，所以……"

"莲——华——生！"

黑羽一起，铺天盖地。沙滩上，霎时响起几声惊天哀号。滚滚在一旁仰头高吠地附和，只是，那圆溜溜的狗眼睛里，似乎……有那么点暧昧的意思？

我扶额，顿觉好累……

到了夜中，我和伪和尚一同回转绝仙阁。路上他捂着脸跟我道："其实，还有一句话我想讲。"

我掂着生之刃，道："考虑清楚你还有多少血可以喷。"

"嗯。"他当真埋头去检查自己身上，见完好无缺，才放心大胆地抚着心口道，"若当真有那一日，你累了，就让我陪着你，江河湖海，余生逍遥去，好吗？"

我蓦地身形一僵，迎着拂面的夜风无语了许久，才仰望星空道："那个人对我而言，就像这月华。我毕生所求，兴许只是离月亮更近一点，哪怕终究不是我一人的月亮。但如果天地间没了月色，会是怎样的漆黑无望？"凝眸觑回身旁人，"所以，多谢。若当真有那一天，我大致已经地下长眠了。"

"排骨！"

"不过嘛，以后有机会，我倒是愿意同你出去走上一走。"

听了这话，他一瞬噙起了一丝笑。忽然，又像想起什么，低头去扳自己十个手指。

我问："作甚？"

他答："我算算我能扛住老丈人几拨磅礴醋意。"

"你！"

我刚说一个字，却是笑了。莲华生见我笑开，便也没心没肺地跟着我笑起来。真是不晓得，这样一个嘴贱人逗的伪和尚，以前怎么会是魔，现在又怎么会成佛。

上天造物果然深不可测啊。

如此几番折腾，落脚在西厢附近时，夜已静得深沉。阁中的弟子早已就寝，偌大的绝仙阁中，只余稀疏的几点微光还在闪烁。我和莲华生道过别，刚准备走，黑暗中窜出来两个人影，其中一人端着一个汤盅，遥遥就在喊："莲华大师，你可算让我等好找。"

我定睛一看，是老四和老八。这两个人，这么晚了还找莲华生，是想干什么？定当不是好事！我本着好奇之心人皆有之的态度，在旁边阴暗处静静观望。

莲华生青色的僧袍一颤。

老四已经迎过来，道："这碗鸡汤，是我……"

老八阻道："当真要这样做？"

"呼呼，你我在外寻了一天，好不容易寻到这东西，你想放弃吗？"

"可是……"

"没有可是，反正大师已经答应我们了。"

莲华生颤得更厉害了。他拔腿正欲回房，老四拉住他衣衫后背道："别急呀，鄙人特地给大师送来这碗鸡汤，你不领情可是让鄙人很为难的。"

单举佛掌，伪和尚道："施主，上天有好生之德，贫僧不喝鸡汤啊！"

"呼呼，别担心，不会让你破戒的。"

"施主……"

"来呀……"

"施主，不、不要……"

"来嘛……"

老四一副花楼老鸨赶鸭子上架的态势，三个大男人在夜里拉扯成一团，你来我往地推送着一个汤盅。我着实有些看不下去，思及方才这和尚对我的态度，决定替他解解围。我上前数步，正逢老四道："只要你把这鸡汤……"

我夺过汤盅，豪迈地仰首饮下。哼，顶多不过是乱七八糟的泻药之类的，有何可惧？抬袖抹了嘴角油渍，我冷然看向老八和老四。他们俩显然是没有料到我会在这里，更没料到我如此气憾苍穹地美救英雄，一时讷讷的，说不出话。

隔了半刻，老四才将将接着道："给大师兄送去……啊。"

天啊，你这鸡汤你不是放了泻药给莲华生喝的？我一紧张，从里到外地打量了一遍汤盅，正想抬头问个清楚，俩货已经背对我走出了五六丈远，边走边商量。

"这下可好，怎么处理？"老八问。

烨世离答："要不收拾细软出去躲个三五年？"

不祥的预感蹭蹭从我脚底冒起，就听老八又道："你还有心情收拾细软？赶紧逃命好吗？！"

话罢，两人就势要登上云头。我将汤盅往地上一摔，惊得夜莺飞散。我晃身追上，正巧老二和老六也从半空降下，西厢之外，一时热闹非凡。

老四一看情况，心如死灰地苦笑道："看来，凤卿，你我是注定生死同命了。"

楚凤斜他一眼，道："就怕被大师兄打得永世不得超生。"

越说越奇怪，到底是什么事？我心下疑惑，也没理老二的连珠炮发问，只瞧着烨世离，道："你们让莲华生给白长轩送鸡汤，是什么意思？"

"这……"老四望天。

我翻了记白眼，看向老八。

他讪讪，也抬了头去望天。

"究竟怎么一回事？"不觉带出三分怒气，我问道。

老二和老六见情况不对，也围了上来，问："怎么了？"

老四笑得更是苦涩，像一口气吃了几十根黄连，拍着老二的肩膀，道："是兄弟的，以后每年这天，别忘了去我坟前洒两坛酒。"

"别胡说。你干什么了？"

"我……"

这厢话头刚起，我忽然觉得头脑一沉，眼前光景蓦地模糊起来，连带额头上也浸出了一层薄汗，两颊像被火烧，烫得难耐，我止不住晃了半步。莲华生见势，急忙掠到我跟前，想扶又扶不得，只道："排骨，你怎么了？"

我摇头。

"你脸色不对！"

我头晕得越发厉害，四肢虚浮着使不上力气。我甩了甩脑袋，看向周遭，他们说话的声音像隔在水中，听不真切，只嗡嗡地响个不停。我道："我……难受，要回逍遥居了。"

我迈出两步远，又是一个趔趄，险些摔倒。好在及时稳住了身形，但我口干舌燥，身体里像有万千只蚂蚁在同时撕咬，欲望上升到一个极限，仿佛只需轻轻一弹，紧绷的弦便会顷刻断裂。

我握着五指，尽量保持清醒。

耳畔不知是谁在说话，一声又一声，着急地问："你还好吗？回答我。"呵出的热气扑打在我脸面上，我喉头"轰"的一把火点燃，再也克制不下。

抬起眼，望见朦胧月色里，那袭紫衣好似站在我面前，我控制不住身子往前倾，喊道："白长轩。"

那人一闪，躲远了些，嘴里说着什么，我根本听不见。

我又快步朝他走，他躲得更快，好不容易拉住了他的衣袖，我说话竟带了几分哭腔，道："白长轩，你别走。"

茫然无措，只能任凭着欲望地驱赶，低声道："你可以抱我一下吗？我好难受。"

对面的人怔了怔。

我见他不动，便要自己粘上去，他还是后退。我道："你就这么不喜欢我，连抱我一下也不肯，我就这般让你厌恶吗？"

说着，眼眶一涩，我便落泪了。

我紧抓着的衫子颤出轻微的弧度。片刻，他向我走来一步，抬手要摸上我的脸。这回的话我终是听清楚了，他道："我没有厌恶你，我……我甚至比任何人都想要喜欢你。"

我一哽，灼灼盯着他，见他的手还在半空中停滞着，便要自己送进他的怀里。

蓦然，空中荡下一股骇人气劲，震得我往后退了数步。伴着几个凉气倒抽入喉的声音，一个人影从天而降。我未看清是谁，只反击地挥出一掌，再要举步，肩上被人扣住，我怒道："放手！"

对方的音调像覆了三尺厚冰，闷声道："你知不知道自己在干什么？"

我不知道！理智已经被焚烧殆尽，这个时候我只晓得，再不抱着白长轩，我会难过得想死。咬了牙，漠然回应："放开我！"

忽然，肩上的力劲将我往后一带，我刚回转，"啪"的一声响，右脸结结实实挨了一巴掌，扇得我火辣辣的疼。一阵风过，撩乱鬓发，我抬起模糊的视线，看见远处老四几人似乎正龇牙咧嘴地捂着右脸，好像被打的是他们一般。再看眼前人，因为背光，还是黑漆漆的一团。他指着三步开外，道："看清楚，那个人，是谁！"

我道："白长轩。"

"啪！"

又一巴掌反手过来，隔着银面具扇得我眼冒金星。

他道："现在看清楚没有！"

我懒得再看，偏着性子答："是白长轩！白长轩！白长轩！他说他喜欢我，他说他……"

"啪！"又一巴掌。

我彻底愣了，站在夜风中，身体里的火苗消减，忽然清醒了不少。入目处，是老狐狸的黑色长靴。他的声音震怒不已，正在我头顶盘旋："现在，再看！"

我抹了抹鬓边的汗，抬起头来，左边站着莲华生，他蹙着眉，收在袖口里的手臂都在颤抖。右边是老二几人，有的捂脸，有的捂眼，反正不忍直视。我吸了口气，点点头道："看清楚了。"按捺着身体里的高热，又道，"是我失态，抱歉。"

老狐狸不语。

我沉默了半晌，手抖着取下银面具，道："现在，站在我面前的人，是你。"

众人沉默。

"那么，你可以吻我一下吗？"

老狐狸脸色骤变，低哑地吼道："白里月！"

我擦擦睫毛上的水渍，问道："不愿吗？"

他沉默。

"你要让我等到什么时候？你愿意为别人执剑，却从不在我面前提为何弃剑不用。你愿意和别人谈笑风生，对着我却总是自称'为兄'。"收拢十指按在脸上，我并不想让别人看到现在狼狈的模样，"白长轩，你要困我到何时？"

周遭，除了风过，再无其他声响。我将眸光撞进暗金色的眼底，一字字道："现在，你愿意吻我吗？"

他别开头。

我倏然一笑，身体痛苦不堪，竭力地遏制导致旧伤复发，当即呕了一口血出来。

白长轩喊："阿月！"

我挥开他伸过来准备搀扶的手，又定定问了他一次："你愿不愿意吻我？"

仍是沉默。

心在刹那坠入谷底。我早该想到，这就是他的答案，可笑我偏执，非要自伤到无可复加。终归还是应了莲华生的话，心是肉做的，迟早会碎，迟早会累。长吁一口气，我摇晃着绕过白长轩走到莲华生跟前，勉力一笑，道："你说待我累了，就和我江河湖海，余生逍遥，是吗？"

他顿了顿，有力地应声："是。"

"那么，你现在带我走吧。"我伸出手，等着他来接。

莲华生迟疑片刻，抬了手上来，道："若是为了你再入魔一回，又有何妨？"

"小师妹！"

四个声音同时喊我，我充耳不闻，只觉倦极，想好好睡一觉。就在伪和尚要牵住我的当头，我腕子被人一拉，脚下急转，还没看得清楚状况，唇上便覆了一层温热。这个吻既狠又重，不得章法。我骇得脑中像被雷劈了一样，霎时空白得什么都不剩。

唇齿相磕，浅淡的腥味在其间流转，我僵着身子，完全失了反应。

寂静夜里，只余了白长轩粗重的喘息。

好一会儿，他松开我，道："为……我带你回逍遥居。"

不是"为兄"，是"我"。

白长轩他说"我带你回逍遥居"。

我昏昏沉沉地应了声，他将我打横抱起，当即腾上了云头。

脚底下，叹息声一片，居多都是安慰。

"莲华大师，你……想开点。"

"是啊，天下芳草千千万，不行咱就天天换嘛。"

相顾无言地回了房，白长轩打个响指点亮屋中烛火。他细致地将我放在床上，深邃的瞳孔里倒映出我有些潮红的脸色。他面上一板，森寒得吓人。

我道：“我……”

“是我考虑欠佳，才让你如此。”

我胸口一抽，道：“你后悔了吗？”

许久，没人回答。我正在伤感，掌心忽然覆上五根修长的手指。转过头，见白长轩坐在床畔微微摇头，道：“是你把我逼到此步，亦是老夫把你逼到此步，该后悔的人是你，阿月。”

我挣扎着要坐起来，直道：“我不后悔。我只后悔没有早日逼你。”

片刻，这老狐狸竟是无奈地笑了，叹一句：“阿月啊，老夫该说你什么好。”

我噘嘴。

“老夫不再执剑，没有你想的那么复杂。人这一生，有狂妄恣意时，也有背负责任时。老夫年轻的时候，狂得没边，看人都用下巴……”

我接话道：“现在不也是如此吗？”

“喀喀，现在已经收敛好多！”

“呃。”

“那时快剑人生，只一味追求自己心中所想，直到接过这绝仙阁的重任。好阿月，并不是人人都能像你这般固执己见，很多时候，诸事无常，人也在大浪中浮沉几回。老夫的天分不在剑术上，无法靠着一柄剑就能护想护的人周全，所以只好封剑不用，改修灵术法咒。”

原来……是这样。

我有些心疼，反握住白长轩的手紧了紧，抿着唇道："我这样的性格，不是你教出来的吗？"

　　他一怔，笑道："的确是老夫惯你太过了。"沉默了会儿，又道，"在你心里，是我将你困住了。"

　　"不，"我急忙解释，"我没有这么想过，只是刚才……刚才……"

　　"嗯？"

　　灵光一闪，我大骂："浑蛋，四哥那碗鸡汤！"

　　老狐狸的脸成功成了炭。我看形势不妙，匆匆把话头转回来，道："刚才身子不适，头脑不清醒，说的话并不是我本意。"一边念叨着，一边想，老四、老八，这笔账本姑娘不和你们算，就枉费我爱财的名号！

　　老狐狸眯起眼，想了会儿，道："如此说来，你要老夫……喀喀，那什么你也是一时冲动了，那老夫就……"

　　我看他一副如释重负的表情，立刻强调道："这句是真的！"

　　他显然有些不想相信。我作势要扑到他身上再来一回，老狐狸这才吓住，忙把我往床上推，道："哎呀，你现在身体不适，不要乱动啊。"

　　我继续扑，道："就是不适，才想亲你。"

　　"你调戏老夫！"

　　他一把揉开我，我笑了笑，再要过去时，五脏一痛，没忍得住，偏头捂住嘴里溢出的一缕血丝。白长轩一沉吟，转手画出紫芒封印，念道："为心是造，平息顺灵，封！"

　　紫光结成五角，自我天灵覆下。霎时，一股清圣之气游走全身，将我体内不适压了半数下去。我自运灵力转化着他的气劲，良久才平复下来。一旦松懈，我自觉累极，脸上又火辣辣地痛。眨了眨眼，我躺回枕上，道："白长轩，你下手可真重。"

　　他望了望墙角，一本正经道："阿月要跟别人亲近，一点也不考虑为……老夫的感受。可怜老夫四处找你，却看见这番情景，自是……啊，寒叶飘逸……"

　　我机智地打断他，道："你今日一连两次对我动手，不觉有愧吗？"

　　"你不是那么小气的人。"

"是啊，"眼皮沉重地往下耷拉，"要看什么事。若是对你，我小气得很。"

他"唔"了一声。

我伸出手，隔着虚空对他道："白长轩，就在这儿陪我好吗？"

"这……"

"我保证不趁你睡着的时候打回来。

"我保证不动手动脚。

"我保证也不动嘴，还不行吗？"

天地良心，这对我可是极大的挑战啊！就像一介贪官看见金山银山不是自家的，这感受谁能明白？

我急得都快上火了，老狐狸低低一笑，叹道："你真是……"说着，他掀开了锦被，脱下长靴，动作缓慢地钻进了被窝，上身倚在床头，将我腰身一揽，他的发纠缠着我的发，紧密得分不清楚。我满足地靠在他肩头，吸了吸他身上浅淡的青草香，迷迷糊糊地问他："白长轩，今日，你给岚羽舞剑，是真心的吗？"

"不是。"

"那为了什么？"

"待将来再告诉你。"

"哼，"我道，"是因为绝仙阁的责任？"

沉默半刻，他捋着我耳边的青丝，没有回答。

我又道："话本子里有说，人的青丝是情思，只有心无挂碍的时候才能让它散在风中。倘若有一天，你能放下肩上的责任了，肯与我结发吗？"

拥着我的人一抖，道："阿月……"

"嗯。"

轻柔地，老狐狸抚了抚我的脸，继而一个蜻蜓点水般的吻落在我额头上，双臂一收，柔声道："睡吧。"

我困得无法再睁眼，依言一手搭在他腰上，寻了个舒坦的姿势，沉沉睡去。

一夜好眠。

我的梦里喜庆非凡，绝仙阁中处处红纱，每个人都穿着大红色的衫子，喜笑颜开。连同滚滚那狗也染了一身红毛。我和白长轩并肩坐在严华殿上，每个人挨个儿来给我俩敬茶。罢了，我再掏半两碎银子，一人封一个红包。

虽然心疼钱，可我打心底觉得这十分值。

空青上来的时候，唤了我一声师娘。我一高兴，把搜罗来的奇珍异宝摆在他面前，让他自己挑，想拿多少拿多少。

老二、老四、老五、老六、老七、老八通通来了，都叫我一声阁主夫人。

我笑得花枝乱颤，抹了一把嘴角……笑醒了。

睁开眼，床上已经空空如也，只有我一个。我大惊之下，登时坐起。

正值深秋的阳光照进屋内，刺得本姑娘一时眼花。好不容易适应了，我环望一圈，只见某人在书案前坐得端正，表情悠然，好像什么事也没发生过一样。

我仔细回想了一番昨夜种种，为了确定自己不是在做梦，还狠狠掐了下我的右脸。旧伤复新痛，我心酸地捂住眼睛。

片刻后，穿好鞋袜，再捏诀换了身白色长裙，我踱到白长轩案前，仔细看他。这厮一双狐狸眼紧闭着，也不知是在打盹儿还是深思。总归大好机会放在我面前，万没有不占便宜的道理。双手按在桌面，我凑着身子上前，眼看唇与唇还有半尺的距离，老狐狸忽然道："阿月，你又想干什么？"

我吓了一跳，顿在那处进也不是，退也不是，噘着嘴不晓得怎么回答。

时逢他暗金色的眸子一开，我往后退出些许，站直身形负手望窗，面无表情地杵着。

老狐狸鄙视道："一觉睡到中午，半分也不思进取。看来，这些日子，老夫果然对你太放纵了啊。"

我哼哼。

"起床看见老夫思考正事，居然还想着吃豆腐！"他说得深恶痛绝，绕过书案走来，又是摇头又是叹气。

我摊手道："说句实话。"

"嗯？"

"就吃你豆腐这回事，我是不分季节、不分时候、不分场合都在想的。"

"你你你……"某人气得说不出话。

我一笑了之。恰值屋外有人窸窸窣窣地念叨着什么，我竖起耳朵仔细探听了一番，却是老八的声音。具体说的什么，我没听清楚。别过头，奇怪地问："八哥来逍遥居干什么？"

"干什么？"老狐狸反问，眼中莫名就闪过一丝杀气，震慑得我不敢开口。看来，是因为昨天夜里的事了。我默默在心里点了两根小蜡烛，祈祷老四、老八别被鞭尸。至于逮去杀了什么的，只要干脆利落点，少给他们些痛苦就好了嘛。

老狐狸一边说着："老夫对你们师兄妹几人，都太放纵了。"说罢，他挥袖打开了房门。

我跟在他身后，临一脚踏出去前，就听他用极低的声音问我："上次莲华生说，当年欲界留在东荒的，还有名右神将？"

我不明白他怎么忽然问起此事，只点头回道："是。"

白长轩没再说话，径自走进了院子里。

铁色的苦蛮花丛里整齐统一地站着我的四位师哥。见着老狐狸出来，他们像商量好了似的，通通埋着头，一副认错知罪的模样。

老狐狸在距他们不远处站定，只手化出琉璃耀华，默然睨着几人。

老六被盯得不耐，率先沉不住气，道："大师兄，昨晚的事……"顿了会儿，眼光又扫到我，他不知怎么想的，脸上一红，道，"完了完了，看来大师兄真的晚节不保。"

一众人沉默。

老八投过去一个"你想死吗"的眼神。

老狐狸唇线绷得死死的，看得出有点发火的前兆。

我摇头示意老六别再说下去，很可惜，这货看不懂脸色！

"这可如何是好。"他沉浸在自己的世界里继续，"要是传出去，以大师兄和小师妹的名分，那可就……咦，你们那是什么眼神？"

老二一记栗暴打在老六后脑勺，怒道："连本爷都知道大师兄失节的事不能说出来你还敢说！找死吗？"

所有人无语。

此刻，老四和老八已经一脸"我想去死你们都别拉"的神情。而老狐狸嘛，呵呵，说他的脸铁青到黑都不足以形容了。

须臾，白长轩发话："你们四人一起来，是何用意？"

老二作为辈分最高的一人，自是上前答话道："兄弟有过，我没能及时阻止，是为犯错。我和老六甘愿一同领罚。"

老狐狸眸光凉凉地看向洛钰，洛钰急忙点头。

他又看向老四。

老四上前道："主意是我出的，与凤卿无关，还请大师兄宽恕则个。"

老狐狸不语，最后看向了老八。

楚凤道："此事我也有参与，大师兄要罚就一起罚吧。"

老四无语。

经久，老狐狸道了声："好。"

几人同时抬起头，老二颇为自觉道："我们一定轮番扫三个月的茅房，让大师兄解气。"

"不。"一个字打破了无数美好的幻想，老狐狸说，"自今日起，你们自行吊在玉像之上，暴晒五日！"

"啊？"

"啊？"

"啊！"

"唉……"

"怎么？"双眼微眯，老狐狸问，"有异议？"

"没、没……"几人答得异口同声。

"那就好。还不快去！"

"是！"

应完声，几人相互推搡着，快步走出了逍遥居。

我咽了口口水，脑中幻想着几个老顽童被吊在玉像上供众弟子观赏的景象，实在有些……不堪入目。

我寻思着求个情，可又觉得两边脸肿得颇为销魂，等回过神来，已经不自觉地开口道："这样的惩罚……轻了些吧？"

老狐狸无语。

他以一个"果然最毒妇人心"的眼神打量了我半晌，刚想说什么，熟悉的花香迎面扑来。随着娇笑连连，岚羽顾盼生姿，道："看来奴家好似错过什么好戏了。"

话罢了，人已站定跟前。我还气着昨日之事，这厮出现得颇不是时候，横上一步，我寒声道："你又来干什么？"

她对我挑挑蛾眉，睨向老狐狸，道："白阁主不欢迎奴家吗？奴家可是整夜都在回味白阁主昨日的威猛啊。"

我呛了一口口水，连咳了好几声："你！"

白长轩拂开我，道："今日老夫诸事繁忙，恐怕无法招呼二执掌。"

"嗯？"

他又道："二执掌已在绝仙阁逗留多日，想必碧云峰人多事杂，也不便多留。"

我惊讶于白长轩突然的转变，一时愣怔，看着他的侧脸不语。

岚羽估摸着和我的反应也差不多，好一会儿，她才打开花扇摇啊摇，道："看来，白阁主是要下逐客令了。"

"非也。只是为碧云峰着想。"

"若真是为我碧云峰着想，那奴家倒有一事要问问白阁主。"

我心道不妙。

下一刻，这货已经笑吟吟地说开了："白阁主与奴家的亲事要何时提上议程呢？"

我顿时冷眉竖目，道："要进绝仙阁，妄想！"

"是吗？"她回我一句很有挑衅意味的反问。我想简单粗暴地直接动手，老狐狸探过来按住我手背，拍了拍，再道："老夫不记得，何时有答应过与碧云峰联姻。"

"哦，哈哈，"她一如既往地笑着，但那眼里却闪过了一丝冷意，道，

"当着天下同道的面，白阁主说的话是要不作数了。"

"老夫一向一言九鼎。"

"那你的那句，若我赢了，你的人……"话至一半，倏然停住。岚羽表情急转，刹那发起狠来。

我不明就里，老狐狸知晓我是白丁，特地解释给我听："没错。老夫说过，只要二执掌胜了阿月，我的人，就是你的。"

"你！"

"只是绝仙阁弟子众多，老夫座下不止百千，不知二执掌看上了哪一个？"

我蓦地反应过来，再看岚羽的神色，顿觉十分解气。一个月内所有的不满都烟消云散，这会儿我只想对老狐狸大赞一句：干得漂亮！

岚羽显是气得不轻，娇躯在秋风中颤抖，一句话也答不上来。

白长轩还不忘添油加醋道："老夫的二师弟与二执掌辈分相当，兴趣爱好也当是一致，不知二执掌可有这个意思？"

脸上红白交替了一阵儿，所谓门派领导就是和我们这些打手不一样，很快，岚羽冷静下来，花扇掩脸，道："都说白阁主精于算计，舌灿莲花，今遭，奴家总算见识了。"

"过奖。"某人昂首挺胸，丝毫不谦逊。

"既然如此，奴家也不强求。只是，要我这么放弃，绝不可能。毕竟，奴家还心念白阁主的威猛英姿啊。"说完，她又对着我媚笑几声示威。

我气不打一处来，还没启齿，老狐狸就道："那是二执掌的事。眼下若无其他，老夫有事处理，你请自便。"

话音落，也不顾及别人感受，白长轩腾上云头，径自出了逍遥居。

剩我和岚羽二人，这意思，是给我机会和她打得她死我活吗？

会不会有点高估我了？

我哽了哽喉头，打算硬着头皮拔刀，岚羽却突然收回半空的视线落在我身上。片刻，她向我走近两步，伸出手指戳了一下我左边骨躯。

她这是什么意思？歧视残疾人？

她把不屑都放在表面上，深刻地刺痛了我的自尊心。她嘴上还道："还当真是半边骨躯半边血肉啊。"

我语塞。

"能活到现在，该说你勇气可嘉吗？"

我不由分说地抽刀。

她退开半步，娇声道："你若要动手，奴家也不会怯战。只是，想用这样的方式换我不再纠缠长轩的话，就大错特错了。"

麻烦你先把这个不要脸的称谓给我改回来！冷眼睇着她，我思忖了一会儿。随即，垂下腰间的手负往身后，我道："想怎样？说吧！"

她与我一向不和，现在还留在这里的理由，显而易见。

岚羽见我这般直接，倒也不再拐弯抹角，摇着扇子道："我只要一样东西。"

"什么？"

"人形凶兵。"

这是什么鬼东西？名字听起来很霸气，但是我在外搜罗宝贝这么多年从来没听说过。蹙着眉头，我问："那是什么？"

她像看白痴一样瞥了我一眼，缓缓道："前两日，奴家与白阁主提过骨族，你应当还有印象。"

我沉默。

"奴家也说骨族曾铸出一柄神兵可撼天动地。"

这我也记得。

"这神兵就叫人形凶兵。只要你替我找来这件宝物，奴家保证，从今往后，不再纠缠白阁主，如何？"

我想了想，道："你想用此神器来对付绝仙阁？"

"哈，"一声轻笑，岚羽把食指放在唇间，轻轻一咬，血腥蔓延，"我以血立誓，同为仙道三派，绝不会以此兵对付绝仙阁。"

"也不可以此兵对付万和派。"

"这是自然。"她答得干脆。

既然如此，为了老狐狸的专属权，我一口应承下来："好！"

她霎时笑开，一双美眸微微眯起："但倘若你找不到此物，那么，白阁主奴家还是要定了。"

"夸口！"我愤恨不已，但又不好明目张胆地把昨日老狐狸做的事情说出来。毕竟没得到他的同意，我实在不想也去玉像上挂上一挂。我拂袖要出门，岚羽再次补充道："骨族在数甲子前，因为这神器被一夜灭族，其遗址就在西南的中阴谷，你可往该处一探信息。"

我脚下一顿，思量片刻，捏诀招了祥云。

说来奇怪，我人生的七十几年里，竟然从没听说过人形凶兵这物什。虽然书读得是少了些，可话本子听得不少啊。那些说书先生连欲界之战都能用来消遣，这全族被灭，可是一个大好的噱头，怎么会从没听过？

唔，合理的解释，就是有人特意将此事掩藏了。

岚羽的八品仙霖，果然是个能通天地的好术法。

我在东海之上转了须臾。正值十月中，海棠晓月的红枫绽得正好。远远看去，大红的颜色混着粉白的桃花烟浪，美不胜收。搭在岸边的水阁中，今日无人，也少了优雅婉转的琴声，显出些许落寞。

我突然想起，莲华生这和尚活了这么久，应该听说过这柄神器。再则，昨夜的事，也得再向他说一次抱歉，这么想着，我转了方向，往西厢而去。

莲华生意外地不在房中，只留下滚滚。见我落脚，滚滚冲着我叫了好几声，大概是在说莲华生的去向。我听不懂，只能望天。狗儿委屈地低鸣，又跑来我脚边蹭蹭。

总归不是十万火急的事，我干脆撩开裙摆坐在西厢门口，静等着伪和尚回来。

这一坐，到了日暮，其间我脑子里千头万绪，闪过这和尚是不是受不了打击赶去自杀了？转念想想又不大对，像他那样的人，应该对生死看得很淡才是，反正死了不还得投胎吗？

但这么想着，我终究还是放心不下。

待得日头没下了海面半数，我起身打算去找他，将将站起，伪和尚就回来了。斜阳拉长了他的身姿，一袭青色袍子在余晖中泛着淡淡微光。我脸上莫名地一烧，想起昨儿个的失态，忙扭头负手望苍天。

莲华生想必也怔了一下，脚步声停了会儿，才继续走来。

"排骨。"

他叫了我一声，我正想搭话，天上蓦地划过一道紫光，是……老狐狸？都这个时辰了，他去哪儿？

我迟疑间，伪和尚已经站定我身侧，也同我一起望了眼半空，轻声道："你是想贫僧了吗？"

我一骇，低头才觉这厮突然靠我那么近，不禁连退好几步，道："你脸皮能去海里刷一下吗？"

他道："呃，海水太咸，会伤皮肤的。"

我实在有点不想和他继续说话了。扶了扶额头，我强打起精神，道："昨夜的事，对不住。"

他耸肩道："确实对不住。"

"唔，我不该……"我想说我不该把你误认成白长轩，还动了心思，结果，话头被他一接，生生歪成了，"你实在不该对贫僧轻薄了一半就中途放弃，导致贫僧内心好失望啊。"

我森森然握响了拳头，踏着碎步过去，道："我们……"

"嗯？"他一脸向往。

"很久没动手了是不是？"

"啊？不……"后面一个字还没说出口，我就和他过起招来。

半炷香后，莲华生老老实实地站在西厢门口装稳重。

"你方才是去哪儿了？"我整理着银丝手套，问他。

他老练地举起佛掌，道："阿弥陀佛，贫僧是和老丈人讨论人生去了。"

老狐狸？我眉头一挑，停了手上动作，问道："你们两个除了斗殴还有其他事可说吗？"

"这嘛……"他顿了一下。

我思及老狐狸今日略有些不同寻常，再加之他和莲华生一向没什么共同话题，此番来找他，隐约觉得像有什么事要发生，可又抓不到重点。

我问："你和他谈论了什么？"

"自是关于排骨的终身大事。"

这货，关键时刻也没个正经。我将脸色一板，怒气腾腾地看他。他被我盯得起了层鸡皮疙瘩，再次严肃道："是关于欲界的事。"

难怪白长轩中午会问我右神将。

"具体是什么？"

莲华生这回却不肯说了，只是摇头道："他的心思，贫僧并不能猜透。此番白阁主已去查证心中所想，相信很快就会有结果，等他向你说明吧。"

他不肯说，用强，势必没用。而且老狐狸也不一定会把盘算都向他细言，索性还是等白长轩回来再问。

我沉默了会儿，莲华生道："你来找我，是专程道歉的吗？"

他这一提，我才想起自己的事。忙理了理心绪，正色道："不，我是想问你，你可知人形凶兵？"

此话一出，莲华生的脸色一变，三月桃花似的眼突兀地深邃起来。他细细睨着我，就像早料到我会问这个问题。我正惊讶于他的变化，就见他点头道："知晓。"

我谨慎起来，问："那是何物？"

他想了想，道："许多年前，在西南之地的中阴谷住着一个擅长铸造奇兵的部落，名唤骨族。"

确实，岚羽也是这么说的。

"他们铸出了一柄神器，就是你口中的人形凶兵。传闻其威力巨大，其他兵器根本无法抗衡。因这个神器的问世，许多人都将目光投在了骨族这个部落上。再后来，有人为了得到人形凶兵，便将骨族一夜覆灭。"

我沉吟片刻，问："灭了骨族之人是谁，你知晓吗？"

莲华生不知在想什么，盯着我的双眼许久才别过头，道："不晓得。这是贫僧进入念灵珠以后发生的事了。"

不晓得怎么回事？我总觉得莲华生这和尚似乎在瞒着我什么，但他不说，我也猜不准方向。无奈，我只得起身道："那我自行去走一趟。"

他拉住我袖口，道："排骨，你执意要寻人形凶兵吗？"

我看了看他白皙修长的手指，又看了看他的眉眼，微微点头。

他又问："是因为白阁主？"

我移开目光，道："不是。是因为我想见识神兵。"

许久，轻叹出一口气，莲华生道："如果此行你去，结果不是你想要的，你会不会后悔？"

"嗯？"我不大明白他这话里的意思，两两对视半晌，我坚定道，"不会。"

这世上能让我后悔的事，少之又少，最有可能的便是关于白长轩的。若因为我的不作为而导致我失去他，我一定会后悔得掏心挖肺。

莲华生身形僵了一僵，兀自低头顿了片刻，再抬起来时，是一如既往的从容。

"既是这样，让我与你同行吧。"

"呃。"

说实话，这种要求……我万没有道理拒绝啊！路上不仅多个免费向导，关键时刻这厮还能做肉盾，一举两得，完全无法拒绝。

我矜持地耸了会儿眉头，颇显为难道："这啊……唉，好吧。"

莲华生道："排骨，你下次打歪主意的时候能把目光收敛一下再演戏吗？"

我冲上云霄："这个嘛，好像不能。"

从东海之东到中阴谷，路程遥远，便是我和莲华生不眠不休地腾云，也得三四日才能到达。夜里困乏时，我们俩便随意寻了一处林子落脚。盘踞的老树枝连着枝，绿叶密密麻麻地笼着，连一丝光线都透不到地面，像覆了一层天然的屏障。我和这伪和尚商量了一下，山里野兽精怪多，易扰着睡眠。所以，不如蹿到林子顶端，以叶为床。

只是……轮番看了遭滚滚后，莲华生道："贫僧以为，以滚滚的体重……"复抬头看了下层层叠叠的树叶，"这上面怕是承受不起吧？"

我抚着下颚正经地回道："嗯。它太肥。"

"汪汪汪！"

"滚滚说它最近有在减肥了。"

"可效果不佳。"我摊手。

滚滚听见这句话，很受伤，转成把臀部对向我，并再也不对我吐哈喇子。我耸了耸眉头，没有办法，只好对莲华生道："要不，你就在这下面同它一起睡吧。"

"啊？"

不等反驳，我纵身跃起，已经穿出了树林。到了顶端，入目之处，天际与叶浪相接，稀稀落落的星子在闪烁，将一轮触手可及的满月衬得冷辉更盛。萤火虫纷飞，更是让人目不暇接。我突然觉得这样的良辰美景，白长轩这老狐狸不在身边真是一大损失。

深吸了一口气，我在叶顶躺下来，合眼正享受这宁逸，旁边一人道："要是再下点雪，就更好了。"

我蓦地睁眼，大怒："你怎么上来了！狗呢？"

莲华生委屈地撇嘴道："你居然只关心滚滚不关心贫僧。"

我道："不是的。"

他双眼冒出精光。

我又补充道："其实你俩我都不大想关心。"

"排骨，你……"莲华生摸心口，转眼倒下了。

十二、老头，你的尾巴掉了

黎明的时候，我睡得迷迷糊糊。莲华生这厮大致是故意的，一直在我旁边念佛家经文，细碎得像赶不走的蚊子。我捏个诀罩层结界，他就气沉丹田念得愈发大声，颇有惊天动地的势头。

黑着脸爬起来，我凶狠地看他。

他无辜一笑，摸摸肚皮道："排骨，贫僧好饿。"

林子底下："嗷呜！"

"滚滚说，它也好饿。"

这俩货，就不能有一点出尘脱俗的意思？好歹也是修行之人啊！万般无奈，我整着衣裙起了身。昨夜睡的时间太短，现在眼下挂着两团黑眼袋，我焦躁地揉了揉眉心，道："走吧。"

莲华生瞬间化光冲到林子底下，朝我挥手道："排骨，快来。"

我环望了一下周围。幸亏没人，否则，真不想说和这伪和尚是我认识的。

在山里兜转了两炷香，总算看见山腰上有一间简陋的茶寮。滚滚这狗动作敏捷，看见有吃的，当即冲到了灶台旁，对着竹笼一阵乱吠。年老的店家伸手去赶它，结果拍在它脑门，反倒伤了自己的手。

我眉头一皱，觑莲华生。

莲华生讪讪地打了声佛号，把滚滚叫了回来。

这会儿时辰尚早，茶寮里人数不多，五张桌子只稀疏地坐了六七人。我扫过一眼，寻了最边上的角落坐下。莲华生带着狗，也在我身侧入了座。

小二肩上搭着白抹布，一路殷勤小跑到我们跟前，擦着桌子笑盈盈地问："姑娘……"

一抬头，剩余的话卡在了喉咙里，盯着我半晌也没有下句。

我道："怎么？我的脸让你出乎意料了？"

小二回过神，打了个哈哈，一边继续擦桌，一边乐道："不是不是。我们这山里地方，难得见到姑娘这么漂亮的人，是小的一时看怔了，姑娘恕罪。"

185

我可是戴着半边银面具啊！这样还能看出长相？

面无表情地摸过桌上倒扣的茶杯，用骨手在桌面上敲了两下，我漫不经心地道："有什么吃的？"

小二热情介绍："普通食材都有，最好的茶是秀芽，本地特色，姑娘要尝尝吗？"

"来一壶茶。"说罢，我睨向莲华生。他明白我的意思，端着佛掌想了想，道："再来二十个素包子就好。"

小二一怔。

我抬眼道："多少个？"

"二、二……"

"嗯？"

"要不就三十个吧。"

小二一时没反应过来，莲华生语气加重道："三十个啊，素包子，麻烦施主快一点，贫僧饿坏了。"

"好嘞。"扔下一句话，小二匆匆跑开。

我把杯子拿在手中绕了几个圈，继而变出一把算盘来打，道："莲华生，包子钱你自己付。"

"啊？排骨，这不好吧。贫僧身上没银子。"

我的目光更加凶悍，道："没银子你敢这么吃？"

"有你嘛。"他回答得倒是问心无愧。

我蓦地大怒："本姑娘的钱又不是给你挥霍的。"

"可是排骨……"

托这伪和尚的福，本姑娘昨夜没怎么睡好。这一没睡好嘛，火气就会上来，这火气一上来就需要发泄。于是，我瞄着一人一狗开始发火。

"好歹是一个出家人，这么能吃，以后哪个寺庙敢收你做弟子！"

"贫僧可以做方丈啊。"

"你是哪里来的自信觉得自己有脸做方丈？"

"就凭贫僧玉树临风啊。"

我默默捏崩一个杯子。大的说不过，说小的总行吧？我转向，对滚滚道："身为一条狗，你一点控制食欲的自觉都没有，还能指望你做什么？"

滚滚两只爪子往我腿上一搭，轻轻挠着，配合着"呼噜呼噜"的低号，像是在说"本狗真的很饿，没办法嘛"。

我无动于衷，继续道："都已经长成这种体形了，还吃，以后是打算用滚的吗！"

滚滚："呜呜。"

它一双豆子眼闪出泪花花，两只爪子抱住头，耷拉着耳朵垂头丧气。我一腔的怒火对上这么一条蠢狗，顿时也消下去一大半。我心一软，抬起手来顺了顺狗毛，叹气刚想说"这顿就算了，我请"。话还没出口，小二屁颠屁颠地跑来我们跟前，双眼放光地来回睨着我、莲华生，还有滚滚。

我挑眉峰道："有何事？"

小二吞吐半天，道："姑，姑娘，你们……"

哦，是不是要先付银子？我转手去摸袖口。小二道："你们一家三口真是太和美，太令人羡慕了。"

我当即石化，保持着摸银子的动作许久都反应不过来。

倒是莲华生，憋了片刻，蓦地："哈哈哈哈哈哈。"

冻气入体，我寒声道："你说谁一家三口？"

小二一抖，舌头打结："你，你们……"

我再崩碎一个茶杯，道："想清楚再说。"

"呃。"小二抿了唇，不敢轻易搭话。我本想略施惩戒，莲华生手疾眼快地拽住我袖口，笑得眼泪都出来了，道："不知者无罪嘛，排骨别动怒呀。"

我和这狗长得一点也不像，他敢说是一家三口，这也叫不知者无罪？我狠狠用眼神剜了莲华生一刀。

他不回应我，只向小二挤眉弄眼，让他赶紧开溜。我心想，一介修行人实在不好同凡人计较，便睁一只眼闭一只眼任那人溜了。待那厮走远了，我道："你一个欲界之人，想不到也会对弱者这么有同情心。"

"无。"他回答，"贫僧说过，我只是不愿再染红尘和血腥。"

哦，是好像有这么一回事。

片刻，他又眯眼加了一句："不过排骨，他说得也没错，你方才真的好像滚滚的女主人啊。"

"莲华生！"

"贫僧在。"应着声，他奸诈地朝我挪过来。我抄起碎裂的茶杯片，正准备杀害他，忽然，一个鹅黄的身影挤进我们二人中间坐下，骇了我一跳。莲华生亦是吃惊，忙往后退，打量落下的是个什么东西。

我定睛，方才看清面前坐了个花白胡子的老头，手里拿着一杆破旗，悠闲自得地捋着胡须，丝毫都不见客气。不等我们问询，他自报家门道："在下神算子，与二位在此地相逢，十分有缘，不知二位可有兴趣算上一卦？"

我瞄了眼他旗子上写的字，道："鬼谷漏风？"

老头忽地一阵剧烈咳嗽，道："是……是鬼谷遗风。"

"哦。"我想了想，又问，"什么意思？"

老头对着我翻记白眼，随即挺胸抬头，道："就是称赞老者所指的道路皆是明路。"

"这样，"我又应了一声，低下头把玩青花碎片，"你是没钱喝茶？"

大概是被说中，老头的嘴角抽得非常之厉害，就像一个天生面部有残疾的人。好一会儿，他才平复下来，装着大仙样，道："观你等气度，想必皆是修行者。"

唔，看不出，还有两把刷子嘛。我拾掇了一下不耐烦的情绪，将这老头从头到脚打量了一番。不知为何，总觉得这货的眼神有点奇怪，而这种奇怪，我好像在哪儿见过，真是熟悉……

到底……是在哪儿呢？

我想了须臾，没有答案。老头侧身对着我，道："先让老者为姑娘算上一卦吧。"

我不语，板着脸色，对上他的视线。这老头眼睛一眯，神神道道地道："姑娘天庭饱满，印堂发亮，双目……"眸光移到我眼下，"双目……"

我道："怎么了？"

莫名的，他一个恶狠狠的眼神觑向莲华生，继而又转回来看我，语气骤然冷了三分，道："你这眼睛这么黑，昨夜没睡好？"

我一怔，问："这也影响前途？"

老头多毛，顿时吹胡子瞪眼道："是不是这和尚侵犯你了？"

"啊？"

"啊！"

"汪！"

很显然，我们三个同时被老头摸不着头脑的话给震惊了。听见狗儿一声大叫，他才敛了些许情绪，正逢小二送茶上来，老头忙给自己斟了一杯，再抿上半口，笑道："哎呀，老者失态，失态了。"

我忽然有一种被雷劈了的感觉，灵光一闪，好像明白了点什么。换了种神情，我看着他，似笑非笑地道："还继续算卦吗？"

"算。"放下杯子，老头睨着我，"请姑娘将右手伸出。"

我依言，把手伸到他面前。老头认真地观察着我掌心纹路，嘴上还道："你这一生虽有坎坷，但总会遇上贵人，助你渡过难关，所以，不必太担心。"

"哦，那姻缘呢？"

"姻缘？"耸了耸眉，他脸色略显尴尬。

见我直勾勾地盯着他看，老头儿耳根子一红，急忙低头下去对着我的手，道："这个……从掌纹观示，应该是有……是有两段姻缘……嗯？两段？"

说着，他又朝莲华生瞪了一眼。

估摸莲华生是觉得自己躺着也中箭，若不来点实际行动会显得很吃亏。索性，他破罐子破摔地绕着桌子坐到我另一侧。他趁着老头正分析我的命途，厚着脸皮凑到我跟前，如画的眉眼含笑，柔声道："两段姻缘，一段是老丈人，另一段是贫僧吗，排骨？"

他的手缓缓挨到我袖口处，人也越靠越近，舐着水润的薄唇，呵出热气，道："让贫僧也看看，我也会看手相的。"

"莲华生，你……"我的"正经点"三个字还没脱口，就见老头儿凶神恶煞地打开他的手，朗声道："光天化日，男女授受不亲，大师还是出家人，不懂这个道理吗？"

"可贫僧只是碰她的衣服。"一边摊手一边耸肩，某人看上去可怜至极。

老头半点不为所动，横眉道："那也不行！"

莲华生睖我，向我求救。

我摸过茶杯转头望天。

"排骨，昨日都一起睡过了，你要这般对待我吗？"

"噗！"我呛了半口茶出来。寒了眼瞥这伪和尚的当头，旁边的老头儿一愣，很快，满脸就黑了，大致是气得慌，全身都在抖。我忙道："你，你没事吧？"

我拍他的背，道："他是……"

他没让我把话说完，起身捂着心口往灶台的方向去了。我有些心疼，又愤怒地瞪了眼莲华生，道："将人气走，你可满意？"

他兀自斟着茶，递一杯给我，我不接，他就要举到我嘴边来喂。我侧身一躲，就听他道："要走的留不住，要留的也走不了，所以啊……"

倏然，一把菜刀砍在了桌边上，磕出一声瘆人的脆响。莲华生僵住，凄凄地转头去看。我随着他的目光一起，见那自称神算子的老头儿用一种不大人道的眼神瞅着莲华生，阴恻恻地道："来，告诉老者，昨日你是动了手，还是动了脚？抑或是……"目光定在伪和尚裆部。

某人及时挥袖一遮，脸色大变，道："这个……"

"不说是吗？无妨，老者不是那么小气的人。"

"呃。"

"全都砍了吧。"

"啊？"

一声号叫，茶寮里炸开了锅。由于怕伤及无辜，老头儿追着莲华生一路打到了半空去，其间紫色华光和白色灵芒像簇簇烟花炸开，极尽绚烂，看得这些凡人就差给他俩跪下了。我摆着手，道："不过是两个臭修行的，你们不必如此。"

于是，大家都用一种看如来佛的崇拜表情望着我，搞得我还有些不好意思。

再看天上。

哼，神算子？什么破演技。

两炷香后，众人看得疲累，各自归了位。小二将莲华生点的三十个素包子摆满了桌。我附在他耳畔叮嘱了两句，顺带给了他一锭银元宝。不一会儿，莲华生一瘸一拐地回来了，后面跟着脸色不怎么好看的神算子。还没走到我面前，伪和尚就哭丧着脸道："这完全是老丈人再生！"

我浅笑点头，你总算看明白了。

他一讶然，对我道了句唇语。应该说的是：果然太让人无可奈何了。

我绷着唇憋笑，招呼两人分别坐下，老头儿还是哼哼唧唧一副怨念的样子。我耐心倒了一杯茶，推到他跟前，解释道："这和尚嘴贱，说的话不能当真。"

"老者知道。"

"那你还打？"

"没办法，老者手痒啊。"

莲华生道："我的老丈人，你这样对一个孱弱僧人，传出去不会有失颜面吗？"

老头装着一愣，道："老丈人，叫我？"

莲华生把头点得如小鸡啄米。老头正色起来，重新拿起那杆破旗，道："老者只是一个算命的，不知你在说什么。"

"说实话，"某人继续作死，"老丈人你的演技，真是贫僧见过最差的。"

桌子突然弹动了一下，滚滚"汪"地一叫，莲华生在十二分之一炷香内，憋红一张脸转过身去了。委实孱弱的身形在风中抖啊抖，简直我见犹怜。

我默默点了蜡，再饮一口茶，白皙的指头敲打着杯沿。

这老狐狸昨日才和莲华生谈过欲界的事情，也不晓得是出去查探了什么。但是，他怎么知道我正在去中阴谷的路上？莫非是岚羽告诉他的？我理了理头绪，抬起眼，道："你昨日去哪儿了？"

"啊？"老头儿一脸不明就里的样子，"老者昨日……昨日在街边算命。"

我拧眉道："关于欲界，查到什么了吗？"

"什、什么欲界？"

都到了这一步，他还不承认。不过，总归对上这个人，我向来耐性极好。悠然地转动着手掌，我道："老狐狸，你尾巴掉了，不知道吗？"

老头儿茫然。

我笑笑，道："再给你一次机会，你为何来找我？"

片刻，他一本正经地答道："为了算命。"

"好，很好。"

老头儿一抖。

世间万物，总是一物克一物。像莲华生被绝仙阁一门的人克，滚滚被莲华生克，那么某人，也应该被某样物什克。我打了个响指，小二立刻端着一个反扣着大碗的盘子跑了过来。一时香气溢散，我满意地看着神算子的神色越来越凝重，最后盘子搁在桌上时，他脸一白，嘟哝道："不好。"

罢了，他拔腿想开溜。我手快地拎住他后脖颈，和善地笑道："跑什么呢？"

他回头，抿着唇不答话。

我将手放在盘子上空，再问了次："你为何来找我？"

"老者……老者只是来算命嘛。"

我揭开了大碗。嗯，第一盘拔丝甜鸡腿，卖相还不错。老头儿循着香味，低头看了一眼，喉间吞着口水，再瞥我一眼，颇为悲壮地转过了身子。

我"哦"了一声，道："还很有骨气嘛。我倒要看你撑到何时。"

莲华生："老丈人的弱点，果然是……"

话没说完，他大概又被踹了一脚，痛苦地去风中继续颤抖。这回滚滚都不忍心看了，嫌弃地抛弃它主人来了我脚边趴下。

不稍片刻，第二盘红烧鸡腿也上来了。我特意叮嘱小二加了某人最爱的香菜放在其中调味。揭开碗的时候，老头儿的口水分明快要滴下来了，偏偏还用手把自己的脑袋使劲掰向一边，严肃正经地对我道："我一点都不喜欢鸡腿！"

"嗯。"我闷笑着附和。

直到第三盘酱卤鸡腿端上，我看着老头儿眼里变成了一片死灰色，连耳朵也耷拉下来。我好心劝道："所以……你来找我究竟是……"

话还未道尽，老头儿咬牙切齿道："果然是老夫教出来的人。"

继而，他迅速把三盘鸡腿拉到自己跟前，风卷残云地啃起来。我笑得忍也忍不住，双手掩面肩膀抖动。我透过指缝去看那神算子，只见他一边吃得愤愤，一边又很享受，矛盾得难以言喻。这样真实的老狐狸，实在很少见。

不……是从来都没见过。

是什么让他变了，我吗？

三盘鸡腿啃完，神算子右手两指一并，灵光闪过。一瞬，花白胡子尽褪，鹅黄布衫变成紫色暗纹的长袍，三千长发披垂，在阳光下反射出微黄的光亮。眉毛斜飞入鬓，眼眸深邃似海，薄唇水润，动人心弦于一念之间。

周围的食客都被这一幕吓愣了，许久后，才有快要喘断气的女子小声道："真，真好看。"

另一名男子附和道："是好看。"

不可否认，但是，我一袖子把这两人挥出了茶寮，白长轩也不是一般人能觊觎的！

老狐狸抬头觑了觑白日划过的两颗流星，一皱眉，道："阿月，你下手太重了。"

我哼声道："方才你对莲华生也不见得留情。"

"哦，你这是在为他出头吗？"老狐狸淡淡问。

"不行吗？"

"行，"答了一个字，白长轩转去看正在沉默吃包子的莲华生，眯眼道，"你刚刚叫老夫什么？"

"老丈人。"

"来，出来，我们重新打过。"

"你们两个是把贫僧当出气筒吗？贫僧不干，不打，别逼我啊！"

老狐狸浅笑道："怎会？老夫一向待人仁慈啊。你叫了老夫老丈人，就得付出代价嘛。"说完，他一举怒而掀桌。那张好看的脸上写的全是"我家阿月居然为你出头。你们俩昨天晚上一定发生了什么事。老夫不打死你就跟你姓"的字迹。

我捂了捂头，顿觉好累。

在茶寮结账，共计十两白银。其实吃食只占了半两碎银子，主要是他俩打破不少碗盘。我念着此地偏僻，店家做点小买卖并不容易，便放了一锭金子。出来的时候，正值午后，阳光猛烈。老狐狸捏了个诀，在我头顶设下结界，使得日头照不到我身上。我怔了一怔，别过头去看他。

这么些年，虽然一直是他在照顾我，可这厮的照顾别出心裁，通常是吃药给你加黄连，练功让你断肋骨。具体事例，参考本姑娘取念灵珠和出战三界武会。所以，今遭他这么细致入微，竟让我有些不适应。

"怎么，老夫的脸上有东西吗？"他头顶绽着不真实的光晕，低声问我。

我收回视线，道："无。"

"那你看什么？"

"看你是不是我认识的白长轩。"

"那还是吗？"

"我……不知晓。"

并肩行出数步远，他突然叹了气，目光望着远山如黛，道："你不是一直在怪老夫背负得太多？"

我一顿。

诚然，这点我确实怨过，也确实想过，倘若白长轩没有肩上的责任，倘若白长轩不是一阁之主，我与他，还会不会有那么深的鸿沟难以逾越。可是……

跟上他的步伐，我摇头道："从未怪过。因为你自始至终都是这样一个你，而我……放在心里视如珍宝的，也是这样的你。"

这回，换白长轩沉默了。他看着我许久，故作头疼地扶额，挡了半边脸，道："阿月，你真是……"

我双颊发烫着扭向一边，道："如何？"

"无。"

山道上，莲华生和滚滚在前方引路。十月的天，偶有风起，便带着两片金黄的落叶在空中打旋。白长轩负着手，问："你想去寻人形凶兵？"

这事他果然已经知道了。不过，我本也没打算隐瞒，索性道："是。"

他望了眼天，道："老夫与你同行吧。"

我惊讶了一刹那。怎么这日理万机的绝仙阁主也能跟我一样四处闲逛？

看出我的感叹，老狐狸眉眼一弯，连唇角都上扬起来。

"偶尔，老夫也想放松一下，像我的阿月一般肆意人生，快剑红尘。"

我纠正道："我是快刀。"

"哎呀，刀剑是一家嘛。"

这是哪里的逻辑？我眼看天色已不早，想捏诀招云，不料老狐狸倏然握住我的手，云淡风轻道："步行吧，有助于身体健康。"

"步，步行？"从这里到中阴谷？难道不得走三个月吗？这老狐狸是打算把绝仙阁交给那群老顽童给拆了？

白长轩不语，牵着我往前。恰逢莲华生停下来给滚滚理毛发，我二人走至他面前，我道："这厮说要步行去中阴谷，你有什么想法？"

"贫僧……"话说一半，忽然停住，许是抬头看见我和老狐狸相扣的五指，莲华生的眉间不经意蹙了蹙，继而从容如常道，"依贫僧看嘛……"

我兴致勃勃地等着二对一反对白长轩的提议。毕竟这两人刚刚打过一架，我一点都不觉得莲华生会站在他那边。

结果，事实证明，我还是太年轻了。

猜不准老狐狸，也猜不准这骚和尚。

这货道："要不，还是听老丈人的吧。"然后，露出一脸谄媚地讨好。

我嘴角一抽，深深地鄙视了一遍他二人，抽回手径自前行。

身后。

"哎呀,阿月,你走这么快,一点也不顾及老夫是一把老骨头啊。"

"就是,也不顾及贫僧没吃饱。"

我头疼得有些厉害。

"阿月,唉,阿月。寒叶飘逸,洒满我的脸。"

"嗯?老丈人你这是……"

"阿月绝情,伤透我的心。"

我猛地觉得头疼欲裂。

莲华生插话道:"老丈人不带打暗号的。"

"你的行为就像冰锥刺入我心底,老夫真的好伤心!"

我成功万分痛苦地捂住了心口。

莲华生还在抗议:"老丈人你这是作弊!"

旁边,滚滚:"汪汪!"

我猜,它说的也许是"就是"。

天上一群雁过,几声回鸣,晴空绵延千里。两人一狗慢步跟着我。我看着他俩,掰着指头算了番接下来的日子,更觉心寒了。不过,我心中又有些微妙的幸福感蔓延开来,让全身都似淌过暖流。

莲华生问:"排骨,你在笑什么?"

我板起脸,忙望向远方,道:"我没笑!"扶正面具,疾行两三步,"快点赶路!"

次日黄昏。

一行三人带着狗到了一座沙漠边上的小镇。长满青苔的城门高逾十丈,气势恢宏。城外一条护城河,蜿蜒流淌。我抬头看了看壁上的字,写的是"即墨"。

莲华生两指在掌心敲了敲,又觑了眼西下的斜阳,道:"看来,今日要在这城中留宿了。"

我没答话,当先进了城。

不知是逢什么节日,城中一片热闹喜庆。青石板的街道两旁,各式各样的小摊贩正张灯结彩,相继挂上了红艳的灯笼。城门口,还有身着华服戴着面纱的女子分立两旁，见着我们进来，眸色先是在老狐狸身上停了片刻，纷纷倒抽一口凉气，再在莲华生身上顿了会儿，继续倒抽凉气，看见我，眼神一寒，哼哼唧唧。

这就是对我跟好看男子的差别待遇？

我心头不忿，撇着嘴和他人对哼。白长轩拍了拍我的肩头，负手道："姑娘，请问此地是过什么节？"

老狐狸发话，一群女子登时围过来，七嘴八舌地解说。

"公子，今天是我们即墨的元收节，庆祝作物收成，也是外出的故人归乡之际。两位公子是从外地来的吧？"

莲华生点头。

奔放的女子当即要去挽他的手，莲华生身形一晃，匆匆躲到我背后，道："勿动手，贫僧害羞。"

女子噘嘴，对他抛了记媚眼，看得我一阵阵恶寒。

见吃不着豆腐，两边的人又退回原来的位子站好，为首的对老狐狸道："公子既然来了即墨，今晚花灯会，还请公子尽兴。"

"唔，"老狐狸沉吟，"此地可有客栈？"

"有的，就在城中间，最好的客栈叫青禾居。"

"多谢。"

颔首示完意，老狐狸带着我往城中走。

这即墨镇占地颇广，我们三人闲庭信步，加之滚滚这狗嘴馋没见识，看见哪个饭摊冒热气，都要凑上去嗅一嗅。若不是碍着莲华生那疼惜的表情，我恨不得变条铁链出来拴着它。

三四炷香后，日月更替，夜色如浓稠的水墨晕染开来。街上渐渐挤满了人，载歌载舞地整齐敲打着腰上的小鼓。偶有故人归城，就听得有人在高处朗声大喊："哟呵！王家的二子回来啦！"

"哇哈，张家兄弟也回来啦！"

我面无表情地看看，又埋头前行。走了不远，便成了人挤人的趋势。莲华生顾着自身封印，不敢多留，对我道了一句先去客栈候着，又睨了眼我和老狐狸，云淡风轻地一笑，道："你们要多欣赏夜景，那也无妨的。"

话罢，他捏诀化了光，背影深藏功与名。

我不大理解莲华生，他这是要从和尚改行做媒人吗？但不论如何，我还是为他的识时务竖起了大拇指。

白长轩尽力护着我在人潮中碎步行着。我看着他颀长的背影，右手迟疑了片刻，终归还是探过去扣住了他的五指。老狐狸脚下一顿，回头来看我。我举头望天，错开他含义丰富的目光。须臾，低笑一声，他反过来握住我的手，牵着我往前。

这样的主动，反倒让我不得安生，便是指尖丝丝的温度，对我来说，也是撩人心弦的。

我和老狐狸，从没这样并肩过。

居多过往，都是我在进，他在退，永远让我摸不着。

而今的他，总让我觉得像在做梦。

我抿着唇不语，在嘈杂的人声中走了一会儿。其间，不乏有上来贩卖小玩意儿的，都被我一个眼神吓跑了。

这种时刻，怎容他人捣乱？

老狐狸每每见此，都要笑上两声。

我道："你是出来卖笑的吗？"

他回："哎呀，老夫和阿月难得出来走上一回，自是欣喜。"

我脸又不争气地红了。别开头，沉默了会儿，我道："从没听你提及过你的故乡。"

"嗯？"对我提出这种问题，他大概很不能理解。

像我们这样修行的人，自入仙道，便断了红尘，过往的一切，都是云散烟消，甚少提及。但白长轩总不是出生在绝仙阁的。他幼年是什么样子，在哪儿度过，我向来很好奇，只是没机会询问。今番逢上这种奇特的节日，恰好就应景地问上一问嘛。

"时间太久，老夫自己也忘了。"

我不信，道："家也能忘？"

深邃的暗金眸锁住我，片刻，他笑道："对老夫来说，有你的所在，就是家。"

"你……"我话头一哽,眼睛突然有些蒙眬之意。这老狐狸,总是这般出人意料,我还没想好怎么做回应,他又补充道:"在绝仙阁,你在,老夫几位师弟安在,便是一个完整的家。"

哦,原来是这个意思,看来是我想多了。一时落寞,我垂下眼帘。往边上靠了靠,看见一个挂满花灯和饰品的小摊子上,一枚翠玉所制的手掌形物件在烛火下闪出水润的色泽。按照我多年搜罗宝贝的经验来看,唔,此物……不差。

最顶好的是这造型。我心里喜欢,便拿着东西左右瞧了瞧。一名年轻小伙从人群里窜出来,满面笑意地对我道:"姑娘喜欢这掌上明珠吗?"

掌上明珠?

我抽了抽眉头,问:"明珠在哪儿?"分明就只有一个手掌而已。

小伙子露出一个你不懂我不怪你的眼神,细细解说:"这是我们即墨的大匠师特意打造的定情之物。所谓掌上明珠,意思便是,你将这物送给心上人,他就是你的明珠呀。"

深奥!

我甘拜下风地点了点头,再斜眼瞅瞅白长轩,问:"多少银子?"

小伙子一脸深沉笑意,道:"此物,不卖!"

"啊?"不卖你挂着?我磨刀霍霍,正打算用强。年轻人看得懂脸色,见势不好,立马接着道:"姑娘听在下说完。今日是我们镇的花灯会,只要姑娘能对上花灯上的诗题,便可自取喜欢的物什。"

我道:"这不好吧,要不你还是收银子?"

小伙子很有骨气,直摆手道:"不行,对诗题这是规矩。"

所以,你们这就是摆明在欺负白丁了。我欲动手,可白长轩在一旁负手嗑笑眯眼观之,我觉得要是在这么多人面前丢了他的脸,他肯定会把我扔进冰牢去。重则,还有可能大半月不和我说话。我们俩现在进展得正是好的时候,这种情况万不能发生。

硬着头皮,我调整了一下神色,道:"说吧,什么诗题?"

白长轩哈的一声轻笑。

我扫了他一眼,昂首挺胸。

小伙子殷勤地替我从一盏琉璃灯里掏出纸条，念道："上阕如此，姑娘听好——床前明月光。"

这个我听过！

自得满满地看了眼白长轩，我朗声道："喝了一碗汤。"

"噗。"小伙子喷了口口水。

我嫌弃地站远了一点，皱眉："如何？"

他笑得差点背气，摇手道："不对不对，姑娘错了。"

逢上他这种反应，旁人也觉有趣，是以驻足观看的越来越多。我侧首瞧见白长轩脸上黑了黑，后脖颈有点发凉。

小伙子问："姑娘还来吗？"

为了那玉手，我道："来！"

他又掏出一张花灯字条，贼溜溜地抬眼，道："举头望明月。"

我思量复思量。

老狐狸的目光渐渐从充满期盼到惨如死灰，扶着额头侧了身不忍再看。周遭，一片安静。我定了定神，在众人灼灼的注视下，启齿道："拉、拉了一裤裆。"

哄堂大笑。

白长轩一晃，指着我道："阿月你！"

我想，我大概把老狐狸气得不轻，他辛苦教我几十年的文学素养，已经当众死在这一日了。反正我就这点底蕴，自己也没觉得有什么不妥，站直了身子俯瞰周围笑弯腰的人，撇着嘴十分坦荡。

老狐狸闷声道："还不离开？"

我站着不动。

他又问："怎么？"

我指着那只玉手。

"想要？"

我哼了一声，扭头。已经习惯了不在他面前服软，这会儿要不是不能硬抢，我也不致如此。老狐狸默了一默，突然手上捏诀，念了声："抽丝剥茧。"

然后，整个街上的人同时止笑，面面相觑道："刚刚发生什么事？"

罪魁祸首真狐狸看见这一幕，相当满意。他气定神闲地往小摊前一站，指着玉手对小伙子道："这个，怎么卖？"

小伙子又把先前对我说的话一字不落地重复了一遍。

白长轩听得仔细，我站在一旁，对他巧夺天工的演技深表赞叹。

入了正题，小伙子照旧拿出纸条，这回的比给我出的诗题还难，说的是："奴照水月梳鬓华。"

我听不懂。

思忖了眨眼的时间，白长轩淡然对之："君扬怒眉战天下。"

一连引起好几声赞许。不少女子也驻足下来，心神荡漾地看着老狐狸。我心头不爽，正要取过玉手离开，那小伙子道："等等，还有一题。"

"你想死吗？"

小伙子一抖。

白长轩阻止我，道："无妨，再一题便是。"

战战兢兢的，小伙子出了上阕："指上一弦倚月楼。"

"翻袖风云平九州。"

话音落定，掌声四起。白长轩从容拿过玉手，对我道："现在，可以离开了。"

我闷闷点头，在多数女子艳羡的眼神里，随着他快步蹿出了人潮。我们两人默然地走到一座拱桥上，人烟已少了些许。衬着夜凉如水，脚下河流不时漂过几盏花灯，承载着他人的期盼。我一向对这些小女子家的物什嗤之以鼻，哼了一声，心里想着：这些人如此顺应时俗真是可笑，我真做不得这随波逐流之人。

白长轩摇摇头，将玉手摊在掌心上递给我，问："为何想要这件东西？"

我别过头。

他想了想，沉吟道："哎呀，不会是送给老夫的吧？阿月，难道你要老夫做你的掌上明珠？这可是反了宾主了。"

我撇嘴，道："不是。"

"那……"

望了望满天星子，我故作淡定，缓缓道："我只是觉得这玉色不错。"

"哦，想不到阿月搜罗在黄泉月里的好东西如此众多，还看得上这凡间的一枚凡玉，当真令老夫吃惊啊。"

这厮，又揶揄我。我翻了记白眼，再看看那玉手，小声道："这东西，很像我的骨手。"

他一顿。

我侧身对上他的视线，认真道："若有哪一日，我不在你身边，这玉手就代替我护你周全。"

老狐狸身形一僵，不知想了些什么。许久，才会心笑了笑，将玉手收进胸口放好，道："阿月有此心意，老夫断不能辜负。只是，我不是说过，不会让你离开我身边吗？"

是说过，那时的自称还是"为兄"。

我心头跳了一跳，匆匆避开他的视线，道："别那么有自信。"

"哎呀，老夫对你一向有自信啊。"

"白长轩！"

一声低喝，时值远空上炸开几朵烟花，印在白长轩的眉目里，好看得让人晕眩。我抿了抿唇，靠近一步。想起那天夜里他双唇的触感，不觉握紧了掌心。

有句话是怎么说的来着，良辰美景，斯人相伴，若不做点什么事，倒显得浪费了。看着我向他走近，老狐狸一再往后挪，板着脸色装正经，严肃道："阿月，你想干什么？"

"我……我想……"

我伸手去拽他的领口。白长轩一惊，看着旁人路过时投来窃笑的目光，颇为不自在，握着我的腕子道："这可是在大庭广众之下。"

又一枚烟花炸开，五彩流光。我瞳孔一缩，嗫嚅道："上次你吻我的时候……"

"喀喀，阿月！"他有些恼羞成怒。

我挑挑眉，接着道："不也是大庭广众吗？现在也没你我认识的人。"

"那也……"拒绝的说辞还没出口，我已经迅速拥了上去。白长轩一颤，被我抱着动也不敢动。我将下颚搁在他的颈窝，深吸了一口他身上好闻的青草香气，扭头望着银辉溢彩，喃喃道："白长轩，要到何时，你才会承认你也对我有一样的感情呢？"

"阿月……"

河道两旁，垂柳之下，亦有情人执手相拥。我一边睨着旁边羡慕他人，一边收紧了双手，道："八哥说过，若是自己的心意没能传达给别人知晓，那和没心意则是同样的。白长轩，我所求的，不过是你一句话罢了。"

蓦然，温暖的指尖穿过我的发，柔柔地贴在我肌肤上。我抬起头，刚巧撞进低垂的暗金眸中，他道："欠你的，先一并记下，以后再奉还。"

"以后？是多久以后？"

他沉沉叹了口气道："诸事清平以后。"

我不大明白这句话有什么含义，只是凝视着他微微锁起的双眉，总觉得有些心疼。不愿再逼近，我点了点头，靠回他肩上。

烟花仍在绽放，有人唱起了情歌，一字一句，皆是浓情蜜意。

"思君醉酒意，梦回与子老。月下同你会鹊桥，百年共寝此寒巢。"

我笑道："唱些什么乱七八糟的，听不懂。"

白长轩在我脑袋上拍了一下，恼怒道："看来，老夫真要重新教你诗词了。"

我跳开，义正词严地拒绝道："我不！"

他道："由不得你。"

"你这是恃强凌弱。"

"不错。你想如何？"

所以，这才是一派之主的真实面貌吧，什么柔情似水，都是做戏的！我晃了一晃，痛心疾首。在这当头，他向我伸手道："时间不早，回去休息吧。"

我怔怔地看着他的掌心，取下银面具，扬唇一笑，覆手上去。

执子之手，与子偕老。

大致就是说眼下这种境况的。

到了青禾居，莲华生很贴心地已经帮我二人订下两间上房。更贴心的是，他跟掌柜说，账就记在那名白衣姑娘头上。是以，我前脚刚进客栈，掌柜后脚就跟我打算盘，道："那巨獒吃了四只三黄鸡、五斤牛肉、六斤素包子……"

包、包子是按斤算的？

我有一种即将破产的感觉。

掌柜打了半炷香的算盘，我头疼地摆手，道："罢了罢了，我给你一千两银票。"

掌柜立刻双眼锃亮，道："姑娘你真是好人！"

老狐狸也向我投来一个"你果然又背着老夫敛财"的深沉目光，盯得我既心酸又无奈。这些可都是辛苦钱！

回了房中，遣小二打了两盆热水梳洗，早早便入睡了。难得一觉好眠，梦里没个纷扰的事情。本以为能睡至天明，不想半夜，却被客栈院子里说话的声音吵醒。我翻来覆去片刻，实在睡不着，便打了响指点亮了烛火。

推开窗户，觑见月影渐沉，估摸着该是寅时三刻了。我索性穿整衣衫，去院子里看看是什么人。

尚未走近，话音就清晰起来。

是莲华生道："你当真打算这样做？分明可以保持现状的。"

对方沉默。

"哎，贫僧明白你在想什么，但这样拖下去终归不是办法。"

"我知道。"竟是白长轩接的话，"只是怕失去吧。哈，想不到，老夫也有怕失去的时候。"

"白……"一字顿住，我负着手走近。莲华生眨眼就转了话锋，谄媚笑道："老丈人百毒不侵，难得有弱处啊，他人连这都捉不准，还如何与你斗。"

白长轩顿时头顶冒出不知名的黑色灵气来。

见他们不避讳我，我自然也是悠闲地踱了过去，左右看看对坐的石桌，恰好三方石凳。落了座，我道："你们半夜扰眠是为何？"

两人似心有灵犀一般，一者看高楼，一者看月亮。

我握响五指，道："不打算回答吗？"

白长轩突然回神，道："哎呀，阿月，你是什么时候出来的？"

莲华生亦不甘示弱地做戏，道："对啊，排骨，你真是来无影去无踪。"

我气结地捂头，道："够了！平日打得要死要活，半夜是在联络感情吗？"

"无。"白长轩正色道，"老夫正在研究莲华大师的弱点，看下次怎么弄死他。"

莲华生附和道："正是正是。贫僧也在想怎么才能不让老丈人弄死又能抱得排骨归。"

这一句话成功让白长轩黑化，一指灵气猝不及防，打得莲华生闷头吐血。

我实在无奈，摇着头打算回房。白长轩拉住我，表情肃然，道："坐。"

我顿了顿，依言回到原位。

沉默了会儿，他道："老夫为何离开绝仙阁？"

嗯？这个问题不是该我问你吗？难道是为了我？不对，若要我答这种不羞不臊的话，某人的脸应该比我红得更快，但见他丝毫没有玩笑的意味，我也跟着拧起了双眉。

狐狸眼睒着我，他提示道："将岚羽入绝仙阁后老夫的反应一一回想，再告诉我，老夫为何离开绝仙阁。"

岚羽入绝仙阁，是为霸王硬上弓，白长轩的反应……白长轩的反应……

我沉思须臾，道："为了逃亲？"

老狐狸一副想糊我一脸八宝粥的模样。

我哽了哽，再仔细回想。

岚羽住进来以后，白长轩说过，是要看岚羽如何落逆转胜局的棋子。而后，他去过万和派。再然后，我吃下四哥的药，他在被迫的情况下吻了我。再然后他就直言拒绝岚羽了。这其中，有什么关联吗？

蓦地，一道灵光闪过。

他曾问我右神将的事！

我皱眉："难道是欲界？"

此时，左右两个人都正色起来。白长轩合了合眼，道："你虽然连老夫智谋的十分之一都没学会，但总算也不致太过让我失望。"

这句话，莫非我可以视其为称赞？

片刻，老狐狸继续道："其实，从一开始，岚羽的真正目的就不在与老夫成亲。"

这我知道，老狐狸曾经说过。

"但直至老夫去了万和派，才总算明白她究竟打着什么样的盘算。"默了一默，双眸一眯，"宏卿曾在念灵珠被我取走后，去碧云峰找岚音商议如何讨回。那一日，他偶然发现岚羽在和一名陌生的黑衣人说话，那人身上所散发的气息，并非仙道之人。此事原本没有不妥，但，三界武会前夕，宏卿在绝仙阁又见到了岚羽与那名黑衣人。"

我手指一抖，道："情夫？"

白长轩已经想打死我了。我干脆不说话，一本正经地望着他。

摇了摇头，老狐狸接着道："那个人，若老夫没有猜错，应是多年前欲界之战里幸存下来的右神将。"

此话一出，我连抽了几口凉气，半晌都没反应。

"何以……何以这么肯定？"

他的眸光在我身上打了个来回，又收回去，道："这是近日才确定的。此人智谋，并不下于老夫。其布局更是深谋远虑。从我命你取回念灵珠开始，就已经在他算计内。岚羽上绝仙阁要念灵珠的目的，只为确定一件事。"

"什么？"

莲华生替他回答道："你。"

"我？"我惊讶了一下。

"嗯。"老狐狸点头道："确定老夫的软肋在哪儿。不幸，这一捉，还当真捉准了。"

我说不上是什么情绪，有些高兴，但更多的，却是自责。老狐狸见我这般，手在木桌下轻轻拍了拍我的手背，脸上依旧平静无波。

"确定后，方才提出三分真七分假的三界武会要求，就等着老夫开口拒绝。一旦如此，她便可另提寻找人形凶兵为代替。"

我有些糊涂，问道："为何不直接要我们寻找人形凶兵？"

"因为，此神器一旦众所周知，极易引来觊觎。再加上她当年导致了骨族的覆灭，是为不祥，所以绝仙阁大有可能拒绝。"

我总觉得老狐狸说话颇为奇怪，但哪里怪，我一时半会儿又答不上来，只好默然听他说下去。

"而这人形凶兵，是开启欲界三角封印的关键。"

我越来越听不懂了，瞠目结舌道："岚羽是欲界之人？"

"不是。"

"那她为何……"

"兴许只是利益交换。这其中涉及的，不是老夫关心的重点。"

我微微颔首以示明白。

老狐狸莫名瞄了一眼莲华生，才道："先前老夫去找莲华生，一是确定右神将生死，二是确定人形凶兵的作用，三则确定欲界封印之处。而后，我路过弥留虚境和天浴峡，其境况皆是一样，万物化灰，生机尽失。这更证明了老夫的推测，已经有人在破坏两地封印。"

"那么……"我问，"这人形凶兵，我们还找不找？"

"找！"老狐狸斩钉截铁，"已经到了此步，老夫便要将计就计。"

原来，那日岚羽有机会对我提出要求，老狐狸是故意先走一步。他能将这些事情都料尽，又怎会猜不到我的举动，只是，我还不太懂。

抬起眼，我问："你对右神将的事情已经有所掌控了？"

他不语，忽然反问了一句让我摸不着头脑的话："阿月，在你心中，什么最重要？"

这么显而易见的事情，还用问吗？我一仰头，正色道："你。"

他哽了一下，佯作微怒，道："除了老夫！"

"那，那就是……莲华生……"

蓦地，右侧一束强光射过来，是莲华生的眸色，他搓着手，略有点要发狂的模样："啊！排骨，贫僧真是……真是太感动了！我……我真想……"说着，一个虎躯扑过来，幸得老狐狸动作快，横在了中间，莲华生挂在他身上，还在对我挥手。

我漠然道："别高兴太早，想想自己身上的封印。况且我还没说完。除了白长轩，在我心里最重要的，是五哥、七哥和那几个老顽童，最次才是你！"

"那也不妨贫僧对你深如大海的爱意。"

"莲华大师。"

"老丈人？"

华光一闪，莲华生被震出了七八丈远。想必白长轩的眼神太富杀伤力，他从狂喜的状态里成功脱离，继续当人肉背景。

良久，白长轩回头，看了看我，又看了看东边泛开的鱼肚白，像说给自己听："是啊，兄弟百年，太过不易。"

"什么？"

他笑道："无事。"继而又道，"好阿月，世途无尽，云谲波诡，也许有一日，你只能独自去面对。老夫现在把这些布局一一说给你听，就是希望若真到了那时，你尚能如老夫在侧，洞悉一切，好好护得自己周全，晓得吗？"

我心头一抽，站起身来，话中夹杂着怒气，闷声道："不会有那一日！"

"阿月，莫要任性。"

我不想听这些所谓的劝解，转过身背对他，道："这一世，你在哪里，我就在哪里。你若要身披风沙，我也随你历尘。你若要脚踏黄泉，我也伴你左右。"

"阿月！"

"总之，白里月活着，是因为你白长轩。"

半晌无话。老狐狸骤然扶额，道："麻烦呀。"

"你已经惹上了，没办法。"

　　"是啊，唉。"装模作样叹着气，老狐狸又看了回天色，低头一算，"差不多了，咱们要赶在两日内回转绝仙阁。出发吧。"

　　我疑惑道："不是要步行吗？"

　　"该看的风景都看过了，此行无悔。"

　　说着，白长轩率先招来云头腾上半空。滚滚这个时辰也睡醒了，屁颠儿屁颠儿地跑来蹭我。莲华生走近，抿着唇对我道："排骨，其实，你考虑一下，贫僧真的也是个不错的选择。"

　　我冷眼回视，道："哪里不错了，一辈子都隔岸观火吗？"

　　"你要是愿意，贫僧可以破戒啊。"

　　我翻个白眼，道："你还是跟滚滚相守终生比较好。"

　　莲华生欲哭无泪。

　　一同捏了诀，我又问他："既然人形凶兵可以开启欲界封印你早就知道，为何没点行动？"

　　他摊手答："我一直有所行动，妄图占人形凶兵为己有。"

　　猛的，一道紫光打过来，莲华生顿时往下坠了数百丈。风一过，他号叫得惊天动地。我俯瞰了一眼，深觉我的暴力真是随了白长轩。

　　不过……他怎么又打他？

　　上瘾了？

十三、莲华破戒，魔相初现

一路上，伪和尚都在我身旁叽叽歪歪。十句话有九句是这样的："排骨，你当真不愿考虑吗？贫僧一不酗酒二不上花楼，除了养狗没有不良嗜好。"

滚滚："汪汪！"

"哦，养你也不算不良嗜好。"莲华生安慰地拍滚滚的头，"还有，贫僧玉树临风面如冠玉，和你在一起，简直是神仙眷侣，他人艳羡啊。"

我不理他。

"最重要的是，贫僧愿意和你一起敛财并不乱花银子。"

我看着一侧的某人濒临爆发，好心提醒莲华生道："不要找死。"

"什么找死？"

我道："就是……"

然后下一刻，莲华生就被打落地面砸出了一个大坑。我抽了抽嘴角道："就是如此。"

正值日暮迁西。

放眼望去，四周群山连绵。中间一处圆形盆地，地势广阔，飞沙走石在其上空肆虐席卷。

白长轩道："就是此地。"话罢，往下撤了云头，我紧跟其后。莲华生不一会儿从坑里爬了起来拍着一身的灰，严肃道："我说老丈人，下次动手前能不能给个信号？贫僧年纪不比你小多少啊。"

老狐狸森然斜了他一眼，没有答话。入目处，一片狼藉。劲风一过，带起灰化的黑沙扬开方圆十里，笼天罩地。到处都是残垣断壁，还有发黑的人骨，诉说着这里曾是一个怎样惨不忍睹的人间炼狱，唯有正中的一块石碑完整无损。

我凝目观望片刻，耳畔，有无数怨灵的凄厉嘶吼，层层叠叠，一浪高过一浪。我的灵台受这声音影响，顿时有些陷入混沌。

白长轩拍了拍我的肩膀，一股清圣灵气入体，帮我稳住了思绪。我转头看他，微微颔首。

见我无恙，他才解说道："当年骨族上下一千多人一夕覆灭，其怨气不可小觑，你需得守住灵台清明，才能不被他们影响。"

"嗯。"

应完此声，三人一同往中间行去。越到盆地中腹，怨灵之音便越大。我四下查探了一圈，总觉这地方似曾相识，好像来过。心下疑惑着，我拧了拧眉头，但见身旁两人一如往常的泰然，便问道："要从什么地方开始着手？"

白长轩沉吟半刻，觑着当中的石碑，道："碑下有一口锻造兵器的石炉，去那里看看。"

我点头，当先走了过去。

耸立的碑身直入云霄，在前方两丈的距离，齐腰深的石炉里还残留着烧了一半的炭石。炉子边上，血迹斑斑。我深吸一口气，探着手去触了一下。

蓦地，脑中像被雷劈中，猝不及防地闪过一个画面。

血腥的红，衬着一个女人撕心裂肺地大喊："不要！"

我一吓，忙缩手回来。

白长轩看我神色不对，只是双眉一动，抿着唇欲言又止。我来回看了看他和莲华生，疑虑更盛。再低头凝视石炉，却不敢再碰了。

此时莲华生走到石碑前，仰头看了须臾，回身问我："排骨，你可认得这上面的字？"

本姑娘这辈子认识的字不超过五十个，明明旁边有个学识渊博的老狐狸，你不问他，偏偏来问我？深表鄙视地挑了下眉头，我正想说不认识，哪料，一抬头，那碑上刻画的不知名文字好像有生命一般，歪歪曲曲地扭动起来。红色光束自碑顶一圈一圈地掠下，每一次动作，都像在我心头敲了记警钟。

我有些头疼，捂了捂脑袋。

老狐狸在边上道："不大对。"

莲华生亦沉闷回应："有魔气。"

我一惊，定下神来环望周遭。只听风声鹤唳，颇有些山雨欲来之兆。往他俩那边走近一些，我问："是欲界的气息？"

莲华生颔首，随即又自我反驳道："除了右神将与贫僧，应无其他人留在人界。"

"会不会是你口中的魑魅？"

"不可能。右神将不会在此时采取动作。"说着，睨了眼白长轩。白长轩似也赞同他这说法，垂低了眼。

就在我们三人猜测的当头，蓦地，风起尘扬，碎石犹如利刃向我们袭来。我急忙翻掌想化出屏障，护住他二人，却被这强大的气劲摧得气血翻涌。暗地里再提八成灵力，脚狠狠定在地底以期稳住身形。

四方，杀气愈发凛冽。待砂石抨击屏障达到最狂猛的时刻，忽然，声响一静。

然后，一记磅礴之力以摧枯拉朽之势自上方狠狠劈落，我化出生之刃抬手一击，两道气劲在空中碰撞，猛地发出一声巨响。我灵力化出的屏障顷刻崩毁，刀势不及对方，赫然被震退数步，喉头一热，一嘴腥味溢了出来。

此招过后，沙尘消散，视线逐渐清晰。

白长轩沉吟，目光锁在前方。

滚滚也冲着他看去的方向狂吠。莲华生忙箭步到我身侧，蹙眉道："排骨，有没有事？"

我摇头，拭了嘴角血迹，顺着老狐狸的视线看去，一袭水蓝白色相间的长衫在风中飒飒翻飞，其袖口上还绣着鲜艳的牡丹花。

我一怔，嘴里喃喃道："这是……"

老狐狸也有所感地回头睨我。

得到他肯定，我忽然想起许多事。老九沐沧尹在我尚且年幼时便离开了绝仙阁，我对那人唯一的记忆，是他喜穿水蓝白色的长袍，且袍上必有牡丹作衬。

难道……他是!

我开口,喊道:"九……"

哥字尚哽在喉咙,那人一转身,脸面右侧是修行之人入魔后特有的魔纹。我心下一骇,他已快势攻来。我不及反应,白长轩已幻化琉璃耀华起招迎了上去。

当年老九的一张曜日弓能集天地精华,化风啸为利箭,百无虚发,威力磅礴,已在东荒立下千古第一弓的名头。时至今日,他入了魔,弓势更狂更狠,连老狐狸都不是他的对手。不过片刻,白长轩侧身闪躲疾驰的利箭时,便被伤了右臂,一时血色入土。

我眉间一蹙,忙提刀灌注十成灵力,血月第六式挽出无数寒凛刀芒,跃进了战局。

二对一,竟是没占得优势。

好在白长轩和我配合默契,一时也不致落了下风。

只是,在这关键的时刻,莲华生这厮却站在远处,一直举着佛掌摇头,碎碎念着听不懂的话。我趁着间隙喊他:"快来搭把手!"

伪和尚凝重地觑我一眼,后退道:"贫僧不想再染血腥,不想再度红尘。"

"莲华生!"

他犹杵在原地。

我无奈,只得专心应对战局。

沐沧尹已经入魔,显然不记得他的掌门师兄和我这小师妹,每一招都是狠绝无匹,直想取我二人性命。我和他互对一掌,当即虎口开裂,鲜血不止。白长轩一声低吟,将我护在身后,独自以咒灵之力抗衡。

所以嘛,智者也不是万能的。就譬如眼下,一旦嘴上功夫无法施展,他立刻便落了下乘。可即便如此,他还是一心保全我。

这样的人,我又怎能容忍让他伤在我前面?

出神的一刹,沐沧尹虚晃了一招,眼看是冲我而来,不料,待我回身躲避时,他动作迅速地射出一箭,却是冲着老狐狸而去。

我当机立断,血月第八式狠狠劈出,与利箭一撞,改变了其走向。刚长吁一口气，又一支箭疾驰，我不及回防，被穿透肩胛，随着强大的力道，顿时被冲出数丈远，撞在了高耸的石碑上，又滑落下来。双脚好不容易站定，一扭头，我喷出了一大口血。

莲华生仓促喊道："排骨！"

半空，白长轩亦回头道："阿月！"

就在这会儿，沐沧尹再攻，白长轩一掌对上，两人各退半步，老狐狸嘴角亦是见了血色。我摇晃着杵刀要再上前护他。蓦地，背后一道强大的引力将我紧紧吸附了过去。我没有防备，等到回神时，整个人都贴了石碑之上。只见周遭红色氤氲霎时密布，隔开了厮杀的声响，碑上红光倏缓倏急，至最后，整块碑都成了猩红一片。

一时间，我脑海混沌，疼得像要炸开来，无数画面如书页般翻过，清清楚楚汇成了一句话。

"焚筋为铁，化血为灵，沾之思虑，铸骨为锐锋，是为人形凶兵。"

我心神一震，恍惚时，尖啸四起，透耳噬心，我的身体像被许多人拉扯着，痛得像要撕裂开来。

"大祭司，求你，放过我的孩子。"

"此女婴是凶兵体质，留她在世间，会为吾族带来无尽灾难。"

"但是，她也是我们族人的一员啊，大祭司，你救救她吧。"

谁在说话？

我不知道。

看见的画面是什么？

我也不明白。

像泛了黄的记忆，在冥冥中被重新上演。每一幕，每一处，都让人揪心地无可逃避。我终于明白我为何对这里有熟悉的感受，我也终于明白，摸上石炉的那一刹，听见的是谁的声音。

那个女人，我该唤她母亲吗？

画面重重叠叠，是骨族大祭司在我身上结下人形凶兵的封印，亦是所有族人对尚是婴儿的我呵护备至。母亲抱着我和别人谈笑风生，还说将来要为我觅得一个好夫婿。

再后来，中阴谷外旌旗飘扬，写的是"绝仙"二字。

一夜间，六月霜降，哀鸿遍野。

我看见白长轩，那时的他还手执着长剑，也看见师祖沐天风，翻袖风云里尸骨堆积成丘。

竟是这般……

竟是这般啊！

我白里月竟认了灭族仇人为兄长，还爱他这么些年。

我突然明白，莲华生为何对我处处忍让，对我粘着不放手，就因我是他们口中的人形凶兵，能开启欲界封印！

我也突然明白，那日三界武会，众人看我使出最后一招时的惊讶，就因我的凶兵体质未成形，却在绝境中爆发了潜力。

我还明白，莲华生问白长轩那一句"收养她，是为了什么"。

可笑，我从来以为白长轩多情，却未曾发觉，他原是这般的绝情。

生我，无法养我；养我，另有所图！

心如刀绞，五脏六腑，像被石瀑冲击过，痛得我无法自抑。

所以，白长轩，你一心拖延来骨族遗址的时间。你为了让岚羽不提人形凶兵，甚至愿意再执剑，就为了让我无法识破你的真正意图吗？

你……当我是什么？

杀人之兵？

"哈哈哈哈哈哈。"狂笑起来，我也不知在这样的痛楚下，我是怎样笑出的。身后的吸力渐失，我跌坐在地。

再抬头，眼中尽是血腥的红。

起身，提刀。

莲华生冲过来，嘴里喊着什么，我听不见。只看见空中两人尚在缠斗。我稳了稳身形，一跃上前。时逢沐沧尹横弓劈下，白长轩翻掌一迎。手里的生之刃白光大作，临近了，我一刀刺出，许是察觉到杀气，白长轩另一只手凝力击来，却在看见是我的当口，险险收了招。

疾风掠过。

白刃穿透掌心，狠狠地刺在白长轩胸口。

万物的声响，在这一瞬，忽然静止下来。

我眼里覆着温热，看也看不清，只嗅见血腥味，看见红艳的天地。

约莫是痛到极致，产生了幻觉，我竟好像看见白长轩的暗金瞳里闪着莹光。一开口，黏稠的红色液体覆了他苍白的唇色，他叫我："阿月。"

我吼道："闭嘴！"

他咳了一声，血喷在生之刃上。我问："白长轩，这么多年，你就是为了利用我吗？"

他默然。

声音颤抖着，我继续问："因为我是人形凶兵，所以，你灭我族人一千余，就为了将我带回绝仙阁？"

他依旧沉默。

连一句反驳都没有。

天晓得，我多想听见他再说一句"好阿月，我怎舍得如此待你"。

可……什么都没有。

我只手捂住脸，水泽透过五指滴滴滑落。他的身后，沐沧尹再击出一掌，白长轩受这掌势，止不住往前两步。一声刺耳的嗡鸣，我手里的刀从他胸前刺过，又自后背穿出，他的手，也堪堪到了刀柄的位置。

冰凉的温度有些心惊地覆上我握刀的手。

沐沧尹再想攻来，滚滚奋不顾身地冲上前缠住了他。我和白长轩落在地面，他看着我，眉头一动，字字清晰地问："阿月，这一刀够不够？或是，再一刀？"

我心口猛地一阵钝痛，喉头的腥味愈是浓重。抽回生之刃，我气空力竭地踉跄两步，摇晃着往后坠下。蓦地，一个怀抱接住了我。眼前金光炸开，莲华生头上的舍利尽数飞散，三千红发倾泻而下，映着已变为阴鸷的眉眼。他额上的魔纹隐隐浮现出来，佛相刹那毁于一旦，取而代之的是自炼狱归来的魔。

大悲大喜，极爱极怒。

我双眼一合，晕厥前听见最后的话，是莲华生低沉的怒音："你，该死！"

长相守，长相守，与君梦过百年久，再赴黄泉携手走。

不知是谁在唱这样的曲子，清远悠扬，一直在我模糊的意识里回荡。一遍遍，一句句，经久不息。好长的时间，我才想起来，这似乎是骨族的民谣，在那段斑驳的记忆里，我的族人曾在一起哼唱过。

胸口一抽，我伸手去抹眼角，又咳了几声，被血呛住喉咙，赫然惊醒了过来。还未坐得起身，肩上推过一阵力道，让我躺回了床上。

一灯如豆，昏黄的光亮遍洒屋内。

我适应了片刻，才看清面前坐着一个红发之人，面容虽是熟悉，却又有几分陌生。

四顾一番，我问："这是哪儿？"

莲华生捣鼓着手里的药盅，轻轻答："西厢。"

西厢？绝仙阁？

我挣扎着要坐起，莲华生又把我推回去，道："别动，你先前伤了心脉，加之肩上有伤，现在还不能动。"

经他一提，我疼得倒抽了口凉气，刚要启齿，他抢先道："那个人，是你九哥？"

从前是九哥，现在，我已不知道该是什么称谓了。沉了眸色，我道："他怎样了？"

"你是问我有没有杀了他？"

我不语。

"本来是要杀了的，可白阁主不让。只准我打断他两根肋骨，丢进冰牢去思过了。"

"别提白长轩！"我捂着头一吼。

莲华生默了默。我抬起头，道："你曾说，若我累了，就与我江河湖海，余生逍遥，这话还作数吗？"

怔了会儿，他点头。

"那么，你现在带我走。"

半晌。

莲华生忽然扣住我的指尖。那份温热，是这般的不同。敛低眼眸，他道："排骨，我也想带你离开。可是，你会后悔。"

"我不后悔！"我答得斩钉截铁。

他站起身，背对着我良久，昂首道："那天在骨族，我突然明白了一件事。"

我沉默不语。

"排骨，我想，我爱上你了。"

我收在袖口里的指尖一颤，抿着唇没有说话。须臾，他又道："如我这般，有话能说出来，我不知晓，这样的爱算不算得上深。我也没有爱过别人，排骨，你说呢？"回眸，他定定地看我。

我不知怎样作答，只得沉默。

莲华生低笑起来，道："可倘若有个人，心里明明把一人珍惜得如同自己的性命——或许，比自己的性命还重要，却无论如何也不能说出口，这样的人，是不是苦极？"

"你……想说什么？"我转头对上他的视线。莲华生靠近一步，食指点在我额头，道："你知晓当年大祭司在你身上结下的人形凶兵封印是什么？"

我摇头。

"若你受心上人的心血点朱，人形凶兵即刻成形。"

我脑子里"轰"的一声响，不由得又想起生之刃穿过白长轩的掌心，刺透他的身体。光是回忆这一幕，已经足以让我痛得浑身痉挛。我道："别说了。"

他不依，仍是道："依白阁主的谋略，知晓你是人形凶兵，当真就猜不到右神将的布局吗？他为何还要同你前去骨族遗址，你知晓吗？"

"别说了！"我怒极，一把掀开锦被下了地，身形摇晃着，嘴里又是一口血漫上来。我抬手一捂，血便淌进了掌心，红得刺目。

"我其实该带你离开的。"说罢，他将我打横抱起，房门一开，大踏步走了出去。正值夜晚，绝仙阁被一层薄雾笼罩着，月色不明，连星光也被尽数遮挡。

217

我问："你带我去哪儿？"

他意简言赅地回了一句话："见一个人。"

我想拒绝，可身体由不得我做主。只要我微微一动，全身上下便痛得蚀骨钻心。特别是肩上的箭伤，不稍片刻，缠着的白纱布已经被血色染透。莲华生见状，皱眉低吟了一声，却没有说话。

我昏昏沉沉地被他抱着，眼里还覆着红光，看什么都不真切。

冰牢外，有几个门人正在看守。见着我们来，先是迟疑了一下，又垂首喊道："见过月掌。"

我没气力答话，漠然别了头。

老九沐沧尹被关在冰牢最里面。我看见他的时候，他脸上的魔纹已经消减不少，也不复先前的癫狂模样。他脸色苍白，盘腿坐在牢中。莲华生将我放下站好，只用手臂揽着我的腰。我不解他这是什么意思，看了看他。

他回视我一眼，继而将目光投向老九。

许是听见了动静，沐沧尹睁开了一直紧闭的双眼。尚有些涣散地觑了我好一会儿，才反应过来，淡淡喊了句："小师妹。"随之，唇角荡开半丝笑意，"好久不见了，你已长得这么亭亭玉立。"

莫名的，我喉头一哽，移开了视线。

冰牢里，静了须臾。沐沧尹艰难地站起身，捂着胸口前行数步，隔着透明镜面般的结界，道："对不住，一见面就伤了你和大师兄。"

我涩然开口道："怎会落得如此？"

他和莲华生互望一眼，又将目光转回我面上。一双黑白分明的眸略显死寂，像经历千帆过尽般的沧桑。我实在不明白，在我记忆里的沐沧尹，是那样一个从容的人。绝仙阁阁主之子，修为天下难得敌手。爱好泡澡，讨厌动武，人生处处从容。我若没记错，还能想起有一年老二找他过招，打了一半他就把曜日弓扔了，擦着汗非要去找温泉洗洗，把暮云气得半死。

而今物是人非。

约莫用了很长的时间回忆，他才絮絮启齿："七十几年前，骨族一夜被灭，是我的父亲沐天风所为。"

左手骨指收紧，清脆的几声响。

　　沐沧尹顿了顿，续道："在那之前，父亲早就知晓了人形凶兵此物。只是我们谁也没想到，这会是一个活生生的人。癸巳年，父亲暗地让我和大师兄带领门人去骨族抢夺人形凶兵，我向来不喜动武，便没有依照父亲的意思行动。而大师兄因为心善，也不忍对这样一个与世无争的部落动手，便一直阳奉阴违地拖延此事。直至数月后，父亲与一名黑衣人晤面，决定亲自动手。他领了两千门徒硬抢凶兵。那日，大师兄曾在众人面前跪下恳求父亲作罢，却被父亲斥责了一顿。而后，骨族一夜被灭，父亲在与大祭司一战中，被他下的灵咒缚住心脉，不过五年，也去世了。而你，就是在那战之后，大师兄去掩埋骨族之人时在一口井中捡到的。"我晃了一晃，他还在继续道，"我是在父亲离世那一年才知晓他曾经做过这样残忍的事。因为无法接受，我选择离开了绝仙阁，守在骨族遗址赎罪。不想，那个地方竟是欲界的三角封印之一，我入魔，是因为……"他倏然顿下，像想起了什么，低头看了看自己的双手，五指一收，指甲掐入肉里，顷刻漫开了血色。

　　我往后退开，满脑子都是他刚刚说的白长轩曾下跪求情，白长轩曾去掩埋我的族人，白长轩在一口井中无意捡到我。

　　无法相信。我道："你骗我，你骗我！"

　　老九一激动，拍上结界，道："没有。大师兄起初并不知晓你是人形凶兵。是在你四岁那年，你在后山遇上精怪，我和大师兄赶到之时，偶然惊见你未成形的凶兵体质，才明白人形凶兵从来不是一柄兵器！"

　　我还是不信，摇头道："不是这样！不是！"如果如你所讲，那么我刺白长轩一刀，算什么？

　　"他是因为知道我是人形凶兵才收养我，他是灭我骨族的凶手！如果不是，他为何不说，为何不告诉我？"我抱着头撕心裂肺地喊，双眼涩得发痛。

　　莲华生抓住我双肩，沉声道："排骨，你听我说。"

　　"别说了！"

　　"你听我说！"一声低喝，吼得我怔了一怔。他笨手笨脚地抬起袖口擦拭着我的眼角，放缓语气，道："你知晓为何白阁主说要步行去骨族时我同意了吗？"

我讷讷摇头。

"那日，白阁主在西厢来找我，跟我说了骨族被灭的前因后果，也说岚羽定会让你以人形凶兵代替成亲的条件，你势必答应。你以为，白阁主为何没有阻止岚羽？他当真是阻止不了吗？"

我心口急抽，像有一只手使劲揉着体内的五脏六腑，让我难受得不知所措。我赫然明白了什么事，却又不敢去想，只能听着莲华生的话，一字一句，回响在耳边："他告诉我，隐瞒你的身世，对你来说太不公平。但他无法对你说出这一切都是绝仙阁祖师所为。既然岚羽要让你寻找凶兵，他便借此机会，让你明白。他想在路上多耽搁些时间，并不是想阻止你去骨族，而是想和你多相处几日，他最怕的，只是失去你，排骨。"

我思绪一空，视线模糊不清，我道："你还知道什么？"

莲华生抓着我的手颤了一颤，继续道："他既为绝仙阁之主，自当承下前人之过。你想问他当时为什么不对你说清楚吗？因为他不能，因为他想为你的灭族之痛找到一个发泄的出口，他想让你少背负一些，今后不必在仇恨里度日，这就是他的理由！"

白长轩，白长轩……

这是为什么？

为什么连一个跟你相识日子如此短暂的人都能清楚你心中所想，而我白里月却站在你的心门外，这就是你护全我的方式？

我可不可以选择？我可不可以不要？

我一扭头，忍不住呕出大口血。莲华生一急，两指凝气要稳住我的心神，我拂开他，拭了血迹，道："白长轩在哪里？"

莲华生不语。

我喉头一痛，跟跄着，瑟瑟发抖，续道："白长轩……他人在哪里？"

"排骨，你……你要振作些。"他伸手来拍我肩膀，我一瞬像被雷击，心口顿时缺了一大片，只觉生命在迅速流失。

"他……怎样了？他在哪里？"从未如此说话，我拖着哭腔，眼里被泪全然覆盖，却还要控制着不让其流下。

莲华生别开视线，道："他在逍遥居。已经昏迷了五日，伤势太重，恐怕熬不过了。"

我愣了一愣，慌张地推开莲华生，也不顾他和老九在后面叫我，趔趄着快步走出了冰牢。我想捏个诀，却无论如何也想不起腾云的诀是如何做的，只得跑，忍着满身满心的痛，往后山疾奔。莲华生追出来将我抱起，转眼间，人便落在了逍遥居的院内。

月华冷透，映着铁色的花。

我推开白长轩的房门，扑到床前。那人和衣躺在榻上，领口还有暗红干涸的血渍。我摇了摇他，颤声喊道："老狐狸，起来。"

无人作答。

我又道："起来啊，别睡。你还没告诉我那些苦蛮花是种来干什么的，你还没教会我你的处世之道，还有……还有你不是说，要重新教我诗词吗？你一样都还没做成。起来，不准再睡了。"

合着眼的人没有知觉，气息微弱得像随时都要隐没。

我的泪水如断线的珠帘，肆意滴落，垂在他眼边。我捧起那张好看的脸，唇在他的眉间，在他的脸颊，在他的唇角辗转，我道："我答应你，以后不管你要我做什么，我都不再违背，我也答应你，不会背着骨族的仇恨过日。我只要你好好的。"

莲华生踱到床边，暗哑地唤我道："排骨，别这样……"

我听不进，紧紧抱着白长轩，犹然道："还有……还有我再也不背着你喊你老狐狸。我知道错了，你醒过来，我什么都听你的，行不行？"

一片死寂。

唯有我不成调的哭腔在屋里盘旋。

倏然，怀里的人抖了一下，熟悉的嗓音在耳侧响起："当真？老夫要你做什么，你都不再违背？"

我动作停滞，缓了缓，再缓了缓。

片刻，那声音又道："那老夫现在要你放开我，快点！"

我茫然地松了手，慢慢坐直。跳动的微光里，那双暗金色的瞳眸成一条线，伸出手，揉着左侧胸口，长吁了一口气道："是哪个不要命的，在诅咒老夫快点死？"

"呃……"一声沉吟,方才还立在边上的人悄悄往门边移去。我淡然地擦了擦脸上的泪泽,再把手上的水甩了下,就着这个动作,将两扇门砰地合上。

那厢,老狐狸还在道:"老夫着实没想到,阿月你竟然在背后叫老夫老狐狸。"

我扯了扯肩上的白纱布,试图运行周身灵力。

他又道:"你刚刚说的话可要作数。"

唔,伤势略重,运灵不大顺畅。不过,现在纯属凶兵之体,来搏个命应该不在话下。

"老夫要你今后都不肆意占老夫便宜!趁着我睡着,竟然亲了个遍!"话里夹杂着一分真九分假的怒气。

我轻描淡写地道:"我没承诺不占便宜此项。"

某人捂心口,道:"你方才明明是说……"

我打断他,道:"方才说了什么,我不记得了。"

"哎呀,好阿月,你的泪都落在老夫脸上了。变得这么快,可不好。"

我瞄他一眼,道:"哼,谁说我哭了!谁看见了!"

"啊……"他万分痛心疾首,"老夫大病初愈,你不替老夫欢喜,还如此冷漠、出尔反尔,真真伤透老夫的心啊。"

我起身,道:"不过就是这样,有什么好欢喜的。"

门口传来一阵窸窸窣窣的声响。某和尚开门无功,转头笑看我,道:"你们两人一定有话要说,我先……"

我握响五指,道:"先打一架吗?"

"不,不是这个意思。"

"哼哼。"

半炷香后,莲华生拖着一条伤残的手成功逃了出去。我看看他的背影,又回头看了看倚坐在床头的白长轩。他闭目养着神,嘴上却道:"去吧,回来之后我有话对你讲。"

"嗯。"低应一句,我走出房门,袖风扫过,将大门虚掩住。莲华生此时正立在院中看那些铁色的苦蛮花,背对着我不知在想什么。银色冷辉照在他青色的袍子上，更为他增添几分寂寥。

我右手抬了一抬，遂又落了下去，负在身后，缓步走到他身旁。

"怎么不在屋内休息？你的伤也很严重，须得好好养着才是。"

我望了望头上的弦月，道："你曾说，魔者，大悲大喜，极爱极怒，是吗？"

他讶然了一瞬，偏头睨着我，道："你记得这么清楚。"

"是啊，你说的很多话我都记得清楚。"收回目光望向他，我道，"你怎么破了佛相也不似魔？当真是魔，不该强行带我离开，找个地方关起来，直到我爱上你为止吗？"

他又惊讶了一把，随即摸下颚，道："嗯，我觉得你这提议不错。"

话音落下，他欺身而上，温暖的手交扣着我的五指，脸几乎快要挨着脸。他呵出的气息拍打在我面颊上，深邃的眸子与我两相对视。

如此近的距离，仿若再过半刻，他便要吻上来。

"为何不躲？"他沉声低问。

我负着骨手，反问道："为何要躲？"

"哈。"一声轻笑，人已退回安全距离外，他一如既往地打着哈哈，"你现在是凶兵之体，修为提升了数倍，虽然我已破了自身封印，但打不打得过你还是个问题。再加上，我若带你走了，老丈人还不天涯海角地追杀我吗？所以，我的算盘是，等老丈人归西以后，我再来接应。"

我能骂那不雅的一万八千字吗？

沉默了一会儿，莲华生举步往院子外走，一边挥手道："快去休息，接下来，恐怕不会是什么好日子。"

山雨欲来，幸得，我在意之人都还安好。抿了抿唇，我低声道："多谢你。"

他一顿，良久，回道："排骨，下次你躲一躲吧。"

"嗯？"

"你可知我要用多大的理智，才能克制住自己不吻下去吗？"

说不上是什么感受，只觉有些细微的心疼。莲华生这和尚，从来都是没个正经，可冷漠外表下的那颗心，承载的情义，或许并不比我少半分。而他，却是从来不强求。

不强求，或许才是最残忍的隐忍。

目送他出了逍遥居，我走回白长轩的房里。一进屋，便看见老狐狸在床上一脸惆怅，浑身都散发出沉重的黑暗气息，开口第一句就是："还有下次，老夫就要他此后半辈子起不了身！"

啧啧，某些人吃起醋来，可是不亚于我。

我一连昏迷了五日，眼下醒来，早无睡意。白长轩想必和我差不了多少。

已是亥时过后，他坐在书案前，一本本翻过蓝皮的封面，看几页序，又将书放下。我在一旁为他磨墨，以为他要写什么。终归，他还是提起笔又放了下去。

"阿月，你当真能放下骨族之仇？"

手上动作一顿，我想了半晌。

仇这一字，与恩并同，沉重得能将再坚强的人都压垮。一千余条性命摆在眼前，还有自己至亲的人，放弃，谈何容易。

可又有什么办法，不放弃？

深吸一口气，我重新磨着墨水，道："杀他们的人，不是你。你没必要担下此仇。"

"但，老夫是绝仙阁之主。"

"那是沐天风所为。"

"是为了绝仙阁。"

我一凝眉，冷冷觑向他。老狐狸并不回避，就这样与我对视了好一阵儿。我摇摇头，蹲下身来，趴在他双腿上，依旧是熟悉的青草香，还是那让我迷恋的味道。

我道："沐天风是沐天风，你是你。我知晓你要承担的很多，亦包括前人的仇。但是，这不是我要的。他已经死了，人死仇消，过去了。"

许久，头顶上一声叹笑。

我又道："白长轩，你设计我刺你那一刀的时候，就不怕我取了你的性命吗？"你可知晓我有多害怕？若当真让莲华生一言成谶，我今后该怎样在没你的人世活着？

长着老茧的手摸上我的头，在青丝间穿过，他道："若当真那样，只怪老夫教育大业太失败，我家阿月对老夫感情不深厚啊。"

"哼！"我白了他一眼，起身站定，道，"不是有话说吗？快说，说了去休息！"

"哎呀，变脸真快。"打趣两句，许是伤口作痛，他捂住了右胸。我捏着诀将锦被幻出，小心细致地披在他身上，又扭头，继续磨墨。

静默须臾，他道："老夫一直在想要不要对你说出实情，你表面上性子冷清，却又比谁都重情。若是明白了一切，也许最痛苦的是你自己。"

"这不是也随了你吗？"平日把阁主架子端得异常稳重，对谁都严谨待之，其实把绝仙阁里的每一个人都当作自己的亲人了。

老狐狸此番并没反驳我，而是接着道："右神将的布局，比老夫预计的更加长远。欲界一战后，他潜入绝仙阁伺机以待，用人形凶兵的消息促使师祖灭掉骨族，你的命兴许是他救下的。而他也算准老夫若发现你这遗孤，会将你带回绝仙阁抚养。如此一来，便为你我反目埋下了引线。"

我听得头皮一麻。以前，我总认为白长轩算是精明得毫无破绽的老狐狸了，想不到欲界还有如此深谋之人。

拿着琉璃耀华绕过书案，白长轩续道："待得时机成熟，他便想尽办法增进你对我的感情。因为，唯有爱越深，恨才越重。"

莫名的，我脑海里闪过许多画面，是某人在说："小师妹，你最近和大师兄进展如何了？"

"小师妹，攻克大师兄，你得出奇招，才有可能啊。"

我怔了怔，老狐狸的声音还在不断加重，道："再然后，借岚羽之口让你寻找人形凶兵，意图借你之怒，如果杀了老夫那自是最好，即便杀不了，也能让凶兵成形。再趁着老夫伤重，十日之内，他必会来找你。明里相劝，实则是激你回骨族遗址，再利用你开启欲界封印。"

五指一松，墨锭无预兆地落下，磕出一声脆响。

我讷讷地走至白长轩身后，不可置信地问："他……右神将……一直在我们中间？"

片刻，他应道："嗯。"

"他一直关心我，想方设法助我，就是因为要我杀了你？"

"可以这么说。"

我一踉跄，合着眼，极为不愿，却还是不得不说出了这人的名字："老四，烨世离。"

白长轩蓦然回身，眸间带着心疼之色，微微点了点头。

"你是什么时候知道的？"难怪白长轩在即墨那一夜，问我对我来说，最重要的是什么。他早已看透这个局，却因顾及我，而没有拆穿。我心口急缩，肩上的伤又在隐隐作痛。老狐狸拍拍我的肩膀，沉声道："在岚羽第一次提到骨族时，我便有所猜疑了。再将诸事一串联，不难想到我们之中有暗桩。而他最大的破绽，就是不该急不可耐地用了下药这一招。"

确实。

为何我没有想到过这一层？

白长轩向来对待我众位师哥都极为严苛，对他下药，纯属自寻死路。老四没理由为了我这样做，所以……

这一切，都是如白长轩所讲，他，我的四哥，当真就是欲界的右神将。

平复了半晌的心绪，我故作镇定，道："你想怎么做？"

白长轩望望跳动的灯花，又望望墙角，再抚了会儿闪烁的琉璃耀华，清冷地吐出三个字："留不得。"

我止不住闷咳出声，喉头霎时涌上腥味。老狐狸箭步过来要输灵力给我，被我阻止了。摇着头叹气，他道："我已召回老五和老七，此回再不能轻放。阿月，你是这局成败的关键，听老夫仔细说，将我要你做的事好生记下。"

我颔首。

一番话絮絮说尽的时候，天色已有些泛白。心海被骤起的狂风吹得浪头汹涌，久久不能平静。幸得有半边面具的遮掩，才不使我看起来太过无措。

淡然地往门边踱了两步，我想起一事，又问："这些，你打算告诉八哥吗？"

身后人想了想，道："他是此役不可缺少的助力，我会在五日之后告诉他原委。"

我指尖一颤。

楚凤这么多年一向把老四看得极其重要。我不晓得，当他明白一向信任的人背叛了自己，那会是何等的悲凉。

就像，那日我在骨族的感受吗……

不堪再想，我匆匆起手去开门。

老狐狸道："阿月，对不住，让你经历这些痛。"

我蓦地顿下，眼中迅速腾起一抹温热。白长轩，他是最了解我的人，也是最护我的人，用着他自己的方式残忍而温柔，从不考虑他自己。

我望了望初升的旭日，道："白长轩，你不心疼自己，我却心疼你。在这场变故里，我知晓最难受的不是我，是老八，是你。"

"阿月……"

不等他再说话，我便将门掩了，我怕再在他面前流泪。

接下来几日，我按照白长轩的吩咐，没有再回逍遥居，一直住在西厢的客房里。而他亦是大门不出，装着伤重未愈，每日都由莲华生去为他送药。老二和老六来劝过我，说虽是不明白我和白长轩发生了什么事，但白长轩养我多年，对我的感情他们都看在眼里，希望我不要剑走偏锋。

我没答话，只顾着站在海边看风景。

经常一闭眼，就看见过往的回忆。严华殿中，几个人坐在一起议事。打瞌睡的打瞌睡，看淫书的看淫书，只有老狐狸一个人在正座上板着脸说得正经。老四偶尔抿口酒应他一句，还是无关痛痒地敷衍，看得大家心里都暗自发笑。

再一想，又忆起前段时日我们几人在海棠晓月中的一聚，谈笑风生，好不自在。从前总觉岁月苍茫，前路还长，许多难得的细节也没去在意。到了眼下，却把每个人那时的一颦一笑都记得异常清楚。

老四和老八，在我想象中，就该一起打打闹闹过这辈子。谁料得到，最后会是这样。

到了第四天日暮，老四终于来找我了。

拎着他那壶酒，像半醉半醒，摇晃着向我行来。海水涨了潮，卷起的浪花溅湿了我的鞋袜，明明是十一月的天气，合该凉得刺骨，我却没了知觉。

老四拉了我往后退，如常地笑道："呼呼，看来这回大师兄当真把你气得不轻啊。"

我合了合眼，闷声道："别提他。"

"可以跟四哥说说，到底发生了什么事吗？"

我沉默了一会儿，扭头对上他那双狭长的凤眸，皱眉道："我可以信你吗？"

他摊手道："这要看我烨世离在小师妹心中占了什么位置。"

"若我说，是很重要的位置呢？"

"那鄙人有幸啊。"

这样一个浪荡子，说他是欲界的右神将，我还是不愿相信的。抱着最后一丝希望，我将白长轩教我的话仔细回想了一番，方才沉着开口道："你入绝仙阁这么些年，是看见白长轩将我带回来的吧？"

"啊，这个……"他抚下颚思虑片刻，"应该是。那时候你还是个婴孩，半身白骨，半身血躯，白溜溜，胖乎乎，可爱得紧啊。"

我拂袖要走，老四将我拽回来，讨好地道："罢了，说正事说正事，到底怎么了？"

我装着迟疑，复道："我的身世，你知晓吗？"

老四面色一变，举起酒壶灌了一口，道："不知晓。"

"那便没什么好谈的了。"

他顿了顿，挑眉问："是因你的身世？"

我点头。

他又沉默了良久，望着远方海面，眯起眼道："如果我没记错，当年将你带回来，大师兄还狠挨了师祖一顿责罚。"

"为何？"

"这嘛……因为你的身世牵扯了一场血案。"

我心头一跳。他的回答虽与白长轩的估计略有偏差，但大致还是被白长轩说中了。我蹙紧了眉头，双手紧握成拳，问："骨族吗？"

老四一抖，往后退出半步，压低声音道："小师妹，过去的事，已经过去了，最重要的是眼下。大师兄养育你多年，对你的感情我们都知晓，你莫要再因过去之仇伤害了自己，也伤害了真心待你好的人。"

"他是我的灭族仇人！"我几乎是低吼着喊出这一句。

烨世离双眼一眯，闭着唇不语。

我继续道："哈，此事你们应该都是知道的，却替他瞒了我这么些年。就为了我这副凶兵之体，是吗？可笑，凭什么他以为我一定会成为他的助力？凭什么他就那般有自信我白里月不会亲手杀了他报仇？"

"阿月！"老四喝止道，"莫要乱说话，你知道自己在说什么吗？"

"我知道。我说，我要杀了他，替我族人报仇！"

"你……"老四瞪着我说不出话来，半晌，豪饮下一口酒，酒渍连连洒在领口上，放了酒壶，他道，"你既然知晓你是人形凶兵，就更该知道你自己至关重要。当年因为你关系到欲界封印，关系到天下苍生，大师兄无奈，才会前去骨族要求将你带回。但骨族之人不肯交出，所以……所以……"

"所以他才灭我全族！"

话到此处，我胸腔里止也止不住地抽搐起来，痛得我难耐。不为其他，只为站在我面前的这个人，我的四哥。

许是不经意地红了眼眶，老四安慰地拍了拍我的肩膀，道："世间的事，从来没有纯粹的黑白。我知晓你的痛苦和无助，四哥在这里，给你靠。"

我沉默不语。

"报仇一事，今后都别再提及了。你是绝仙阁的人，不应该站在正道的对面。何况，以大师兄的修为，你要报仇，只是一句空谈。"

我道："既然我能开启欲界，当真就报不了仇吗？"

他脚下一晃，道："你说什么？"

我别开目光，没再重复第二次。老四慌慌张张地喝了口酒压惊，道："此事你想也别想，你当真是疯了。"

"是，我是疯了！我爱了那个人这么多年，他竟是我的杀母仇人。你告诉我，我怎么能不疯？"上前揪住烨世离的衣襟，连日来的压抑尽数崩塌，我撕裂地吼着，"换作是你，你要怎么活下去？认贼为兄吗？继续粉饰太平？我做不到，我没那个手段！倘若我决意开启欲界封印，你要如何？杀了我？我现在就给你这个机会！"

合上眼，我昂着头作出就戮的样子。

我多想老四在这个当头一巴掌打下来，恶狠狠地冲我道：你给老子好好反省反省，你都在想些什么！

再或者，他把我拎到白长轩的床前，踢我跪下认错。

若是这样，那该多好。

只可惜，我等了再等，等来的，只是他的默然退开。走出三丈远，他道："小师妹，希望你别为今日的举动后悔。"

我喉头一哽，喊道："四哥……"

"嗯。"

"你可否告诉我，这辈子，在你心中，什么最重要？"

他的背影一颤，须臾，望着天道："故乡。"

"那……楚凤呢？"

没有回答，宝蓝色的长衫，踱着来时的步伐，摇晃着走远。我看着他消失在云霭缭绕间，五脏像被火燎，急忙腾上云头，奔去了西海滨。

在这个时辰，莲华生该是在给老狐狸熬药，滚滚兴许还在打瞌睡。而西海滨的岸上，只有麒麟在打盹儿，见着我来，立刻四散逃命。

我记不得是谁说过，人总会有改变的一日。

我白里月暴力了这么多年，一不顺心，总想仗着武力来发泄。可自从骨族那件事后，我忽然厌倦了刀口舔血，觉得若是没有修为，做个平凡人，那也不错。

可转念一想，那就没有数不尽的金银了，愁上添愁，更是郁结。

在惯常的礁石上坐了大半日。其间擦着刀忘却了时辰，等回过神，一轮圆月已经挂在了夜幕当中。银辉罩着波光嶙峋，一望无际。

我将生之刃收好，调整了心绪，正想转回时，远空传来几个声音。

"你这妖僧，到底是要带我们去哪儿？再见不到我家小师妹，立刻送你见佛祖。"

我一怔，这声音是……

"阿弥陀佛，难得施主能看出贫僧以前是出家人。贫僧觉得你极有慧根，干脆……哎呀，别动手啊！别扔暗器啊！"

不稍片刻，三个身影已在夜空下出现。我遥遥看见那一袭白金相间的披风，再加一个头发乱得像鸡窝似的糙汉，一时没忍住，激动地迎了过去。待得近了，双手搭上他们二人的肩，道："五哥、七哥，你们回来了。"

老五看见我，眯了眯眼，道："怎么瘦了这么多？还如此憔悴，你当真是我小师妹？"

我板脸。

"哟呵，这神情就对了。"说着，一把将我强行揽进怀中，使劲拍了两下我后背，"你五哥我，回来看你了！"

我肩上伤口未合，被他这么一折腾，险些吐血，连咳了好几声。莲华生忙把我俩分开来，一手护在我身前，一手顺着我的背，沉声道："别动她！她身上还有伤！"

老五一愣，颇有深意地在我和莲华生身上瞄了个来回。

一旁，七哥碎碎道："卡库拉扣扣（被人嫌弃了吧）。"

老五摆摆手，又揉揉眼睛，随即惊讶地抓着老七肩膀摇晃，道："哇呀呀呀，老子没看错吧，我家小师妹，竟然有人把她当小鸡一样护着！"

给我说清楚，什么叫小鸡！

老五无视我抗议的表情，继续摇温言道："这个人还不是缺德大师兄，我真的没眼花？"

"卡拉利库扣扣（没眼花，只是你脑子有病）！"

被人这么说了一通，老五又把魔爪向我伸，结果不偏不倚被莲华生挡住。莲华生道："想再抱的话，贫僧也是个不错的选择。"

老五无语。

片刻，当真一个熊抱扑了上去，道："兄弟，你辛苦了。感谢你造福了天下。"

我道："呵呵，五哥，许久不见，你都快走上到处找死这条不归路了。"

老七绕过他俩来拍我肩膀，道："库里卡扣扣（他很担心你）。"

我默了默。再看面前人，忽然就笑了。所谓知己，便是知道对方在什么时候软弱，而自己该用什么方式来安慰才不会尴尬。老五，就是这样一个面子糙内心细的人。

他和莲华生你来我往地闹腾了片刻，方才正经起来，问："是老九伤了你？"

我点头。

"这小子，当年一走杳无音信，回来就敢这么嚣张。打了缺德大师兄是应该，但伤了你，看老子不打得他满地找牙。"

老七翻白眼接话道："卡拉里扣扣（你打不过他）。"

老五捂头，道："我说，七弟，你今天是来拆我台的？"

"卡扣（是）。"

"算了算了，还是找个地方落脚再说吧。这么在云头上站了一天，我都快吐了。"

我应声好，领着他们往岸边行去。中途，我问莲华生："老狐狸的伤……"

"无碍了，老丈人的恢复能力连我这个小年轻都自叹不如。"

我无语望天。

在岸边各自寻了地方坐定，我将事情的来龙去脉细细给老五、老七说了一遍，不详细的地方，莲华生代为补充。听完一席话，老五本来就习惯皱着的眉头锁得更紧，怒道："老四这浑蛋竟是暗桩！"

我垂头。

莲华生亦是不答。

暴躁地在空地上走了几趟来回，老五道："做兄弟的，有今生没来世，我不赞同缺德大师兄的做法！"

老七："库卡里扣扣（但也无奈）。"

"谁说的！"转头觑向我，老五接着道，"就按大师兄的意思，三日后，你去骨族假装开启封印，引老四暴露身份。老子再逮住他暴打一顿，不怕他不认错！敢不认，丢进冰牢里关个三五十年，看他还敢怎么样！"

我怅然地笑开，道："或许，五哥说得有理。"

"那是当然！"说罢，五哥自己又坐下来，和七哥絮絮叨叨地商量怎么对烨世离使用东荒十大酷刑。

我望了一会月色，像是说给自己听："倘若事情真能如此解决……"

那就好了。

一出神，又忆起那袭宝蓝色的长袍，背对着夕阳，说出"故乡"二字。我不知道在莲华生心里，是不是也有着这样一个结，还是只是因为多年前一托的恩情，极力压抑着心中所思。再或者，他是真的厌倦了血腥杀戮的日子，不想再历重了。明明修得了佛相，却在那时为了我……

喉头苦涩，我看着身旁的莲华生，低语道："累你为我再度红尘，我……"

"要以身相许吗？"他一脸期待地双眼放光。

老五冷不防地一拳砸在礁石上，威胁道："小师妹是我缺德师兄的，你想也别想。"

"库扣（对）！"

莲华生茫然地看看他俩，再看看我，皱眉道："其实，我一直想说……"

"嗯？"我挑眉。

他指向七哥，道："你这师哥一直'扣'来'扣'去，是不是出生的时候撞了脑袋，才会这么说话的？"

老七一怔，随即，伤心地双手掩面做抽动状。老五见势，一把大刀当即向天横，道："敢欺我兄弟者，虽远必诛！"

莲华生道："我还没说什么啊！"

"虽远必诛！"

"等等……别动……啊！"

我看着半空不断溅出的刺眼灵光，抿着唇不知该笑还是该愁。边上的温言握住我的腕子，轻声道："叽里卡，卡拉叽扣扣（不到最后，不要放弃希望）。"

"嗯。"我扬着唇角，须臾，又加了一句，"七哥，你不打算治治你不能说人话这个毛病吗？莲华生是个不错的大夫。"

"库扣里（连你也）……"然后，温言又蹲去一个小角落抽泣了。

老五和老七回来，的确让我安心了不少。想必白长轩也是考虑到我的心情和助力两个层面，所以才做这样的决定。但老五执意不肯进绝仙阁，自认西海滨的位置不错，就地搭了间简陋草棚住下了。

我每天两头跑着，不知不觉，便到了第五日。

午时过后，我去了趟海棠晓月。这个时节的桃花已有些凋零了，不复往日的艳丽。老八独自坐在水阁中，海风凛冽，吹得他面上毫无血色，连带眼里，也像被烧尽的死灰一般，干枯得没有生机。他独自对着一盘黑白错落的棋局，手执着白子发呆。一不留神，白子自指尖脱落，砸在棋盘上，磕出一声闷响。

我道："八哥。"

他抬起头，看了看我，干涩的嘴唇绽开勉强的弧度，道："你来了，小师妹。"

我在他对面坐下，因为不懂下棋，所以也不知这一局是不是无解。放缓语气，我问："烨……四哥呢？"

他用眼神指了指边上的七星琴，道："弦断了，他说要给我找一根上好的弦来续上。应是出去了。"

我拧了拧眉头，道："白长轩已经告诉你了？"

"嗯。"他应得平静，目光仍是专注在棋盘上，像听到无关痛痒的事。我一时语塞，只得静默地看着他。

老八拿着棋子踌躇半日，终归苦笑道："无解，无解。"

我唤他道："八哥……"

他又自言自语道："恋子以求生，不如弃子而取势，唯有此途，也只剩此途了。"

"八哥。"

喊了这第二声，他才抬眼看向我，放下手中棋，道："你还记不记得，在你十五岁那一年，我曾重伤过一次，险些死了？"

我想了想，已经久远的记忆中是有这么一回事。当时已为阁主的白长轩听闻浮现山有妖龙作祟，便叫了老四和老八前去降服。估错的是，那妖龙是条千年的灵物，修为极高，老八被其重创，险些丧命，最后是烨世离满身是血地背着他回来的。我不晓得他怎么提起这事，微微颔首，凝视着他的双眸。

老八道："我的命，算是他捡回来的。"

我默然。

片刻，他又道："世间的事总有许多无奈，立场不同，并没有绝对的对错。只可惜走上了背道而驰的方向。"他起身，看了眼水阁外的粉白烟浪，遂拿起七星琴，指尖一抚，变调的曲音奏出，续道，"终究是累沙成塔的情谊，骤风一过，难得剩下什么。可人生百年，谁又能事事都做的正确？不搏上一次，岂不显得苍白？"

老八碎碎说着我听不大懂的话。末了，他看了眼卷起的浪头，严肃道："是后日吗？"

我指尖一缩，答："是。"

"嗯。"他沉吟一句，挥开衣袂走出了水阁，"小师妹，以后这绝仙阁的大小事务，恐怕都要你上心了。"

我箭步追上他，拽住他衣袖，问："八哥，你想干什么？"

"无。只是有些疲累，想好好休息一阵儿。别担心。"

"八哥……"

他再拍了拍我的手背，将我拂开，快步踱进了缭绕的烟云中。

至夜，东海中心下了一场大雪，枯败的树枝又被压折了几根。我清晨起来的时候便听莲华生说，老八在逍遥居里跪了一夜，想见白长轩一面。可白长轩没给他这个机会。早上他去送药，看见楚凤的发丝里都凝着冰晶，整个人像死了一回。

我听闻这话，胸口像被刀剐了一般，痛不可言。、老八对老四的情义，是当年借琴弦解开心结的知己相交，也是后来浮现山上的过命之交。他把烨世离这好友看得至关重要，许是从来都没有想过有一日会刀兵相向。

可谁又曾想到过？

稳了稳思绪，我问："八哥回海棠晓月了吗？"

莲华生放下药盅摇头道："不知，只看见他背着七星琴走了，去哪儿也不说。"

我心头猛地一跳，仔细回想了一遭他昨日说的话，脸色骤变，道："不好。"

话音落下，我已奔出了西厢，直朝逍遥居去。莲华生想要追来，被我喝止了。

一方院落里，铁色苦蛮上还残留着未化去的白雪。寒气逼人，我拢紧了衣衫，只觉浑身凉透，连带左侧的骨手，都好像冷得没了知觉。冲进白长轩的房中，我边走边道："八哥恐怕去找四哥了！"

彼时，白长轩正坐在书案前写写画画。走得近了，我才看清满地堆积的白纸上，都只写了两句诗：偶开天眼觑红尘，可怜身是眼中人。

我随意拾起一张，本来没什么才学，却好像突然能领会这诗里的悲怆，一时有些难受。白长轩暗金的眸子充满着血丝，我问他："昨夜你也没睡？"

他继续执着笔，回答的却是上一句："我知晓。"

我一怔。

也是，按照老狐狸的智谋，没道理我能想到的事，他却想不到。静了下来，我等着他的解说。

好一会儿，他以紫毫蘸了墨，停滞在空中，道："这是老八为他求来的机会，也是老四最后一个机会。"

"可我担心八哥……"

"每个人都有自己想做且不能不做之事，也有无论如何都想护全之人。这一次，权当是老夫对你们最后的宽容吧。"

我喉间一哽，努力按下翻涌的情绪，走到案边，道："现在该如何？"

"等。"笔端落下一字，话间溢着掩不住的无奈，"等老四放弃，等老八回来。"

我不懂白长轩打的禅机，我也不想懂。若是有得选，我真的宁愿还在黄泉月，没有回来过。如此，我不必看见白长轩心力交瘁，也不必看见这手足相残。

可……我放得下吗？

低头觑了一眼白长轩，我握住他执笔的手，眼眶发涩，道："等这些事情过去了，你就和我退隐好吗？大好河山，随便去哪儿。"

他顿了一顿，另一只手也握上来，交叠在我的五指上，弯着眉眼，问："你想去哪儿？"

"只要和你在一起，哪儿都不重要。"

"哈，是吗？傻阿月。"低声轻笑，他蓦地起了身，手指抚过我的脸颊，又延向脑后，将我揽进怀中。

"既然在哪儿都不重要，何不留在绝仙阁？"

我默然无语。

他的手一下一下捋着我的耳边发，低语道："对老夫而言，有你的所在，就是家啊。"

"白长轩……"

"放心，世上怎会有老夫解决不了的事呢。"

我沉默了会儿，点头应声："嗯。"

从日中到日暮，再由月明至霞光初始，一日一夜，我和老狐狸都在逍遥居里等着老八的消息。而我心中的不祥感愈发抑制不下，逼得我几近无措。至了辰时三刻，初冬的天际，突然一声闷雷打响。我周身一颤，顿时凝神，老狐狸手中的紫毫也在此刻毫无征兆地断裂，墨渍晕开在纸上，变成浓重的一团。

"老八。"他低哑地自语了一句。

随即，身形赫然化光，奔出了屋外。我迅速腾云跟上，紧随在他身后。

早些时候，我曾听说书的先生讲过这样一段话：是谁道，旧年知交难白首，策马长歌一壶酒。又是谁道，立谈中，生死同，一言还比千斤重。

那两个人，一袭红色长衫，一袭蓝色锦袍，总好像还在我面前晃悠。一人打趣，一人就跟着附和。我是怎么也想不出，眨眼之间，怎就变了一副模样？

一场急雨若泼，打在人身上，疼得心慌。我抹了一把脸上的水泽，全身都在颤抖，捏着诀的手好像失了气力，却还紧紧地跟着白长轩在雨势中寻着老八的身影。

脑子里的思绪纷纷转过，玩笑的话还言犹在耳，却又想起前日的老八。

他道：今后绝仙阁，就要你上心了。

八哥，我不允，不允你出事。

你知晓我和白长轩两个都对家事一筹莫展，如果没了你，绝仙阁还不得被我们拆了，你想看见这一幕吗？

八哥，八哥……

脸上的水变得温热，前路已是模糊不清。

骤然，天地间，爆发出白长轩一声沉闷的低吼："老八！"

我抬头一看，气力瞬间消失，重重地散了云头落在地上。

前方不远，楚凤背对我们站着，一柄寒铁重剑，穿透了他的心口。而执剑之人，正是烨世离。

周遭尽化无声，我只听见连绵的雨落，只听见老八苍凉的声音。

他握着老四在剑柄的手，一字一句地说："大师兄告诉我真相那一日，我还在想，也许是大师兄弄错了。因为，我怎么也想不到，做兄弟这么多年，原来不过是虚情假意。"

雨水混着血水，滴滴入了土。

满目都是绽落的红渍。

老八的笑声回荡在我耳畔，悲怆得把心掏空了一片。

"我曾无数次想过自己会死，可是，我从没想过，世离……世离啊，这一剑，会是你亲手刺下！哈哈哈哈哈……"

我握紧五指，茫然前行。

烨世离冷漠地回答道："记住我，将来在黄泉，你才好找我算这笔账。"

再是一阵惊天的狂笑。铁剑无情地抽出，楚凤的身子像断了线的风筝，蓦然倒进血水里。笑声戛然而止，再也没了后续。

我听见自己的声音，低沉得词不成句："烨世离，他是楚凤，你最好的兄弟，你如何……下得了手？"

远处的人漠然，抬着眼觑了眼我和白长轩，指上灵光一过，蓝衣换成黑袍，嘴角竟是带着笑，道："大师兄，你又慢了一步。"

话罢，他携着楚凤的尸身，化成灵光冲上九霄。我怒极，半边骨躯乍现狼头巨刃，不及思量，便跟了上去。我满心只有一个想法，便是杀了烨世离。

身后，白长轩惊呼："阿月，回来！"

我没应声，一转眼，已经没入了云端。

一路追着烨世离的气息到了骨族。将将站定，身后强大灵力塑成的巨型兵刃成形，我按捺不住心绪，巨刃随着我的意念，一举劈下。

霎时，山河破碎，寰宇倒悬。

骨族地脉受我这一击的影响，断裂开巨大裂缝，黑色瘴气自狭缝中喷出，转眼就成铺天盖地之势。无数尖啸着的怪物也自地底涌上，数目众多，顷刻就在我周围形成了包围之势。我心神狂乱不已，刀势四下挥出，数只怪物身亡，又有其他的涌上来，像是毫无知觉的东西，根本不怕死。

我蓦地想起莲华生曾说过右神将的魑魅大军，想必，这也是他的计谋之一。

凝神欲突围，赫然，周遭荡开高低起伏的咒语声。我不明就里，只感体中灵力受这咒声压制，逐渐濒临溃散。我勉强做着抗衡，又逢魑魅来攻，根本应接不暇。

待到气空力竭，我模模糊糊地看见白长轩、莲华生和我一众师哥在外围厮杀，白长轩冲着我喊："阿月，阿月！"

我想伸手去碰他，却被魑魅狠狠咬了一口，当即右手见骨，鲜血喷洒。

再战须臾，咒声一刻也不停歇，摧残着我的灵台。

我用生之刃杵在地上，昏昏沉沉的，总觉得思绪里，莫名闪过许多记忆，颜色明艳至黑白，最后一幕幕灰化，斑驳。

严华殿里，七个师兄和老狐狸安坐在内，嗑着瓜子说笑，老七在"叽叽扣扣"，老五在道白长轩缺德。老八大声地质问着："阿月这厮又躲哪儿去了！昨儿个夜里厨房是不是她炸的！"

老四一耸眉，喝着酒望了遭门口，笑道："这不是来了嘛。"

我一晃神，人已站在了他们目光聚集的所在。一眼过去，几人不约而同地笑起来。所有的一切皆凝固在此时，飞花烂漫，岁月静好。

元宵节前一日，即墨镇里已经热闹起来。

我在被窝里被冻醒，睁眼一看，天已大亮。屋外行人说话的嘈杂声不断，还有小孩在大声嚷嚷着要买花灯，要穿新衣。我揉着昏沉沉的头，发觉眼角还有水泽未干。

正自出神，两扇木门被推开。紫衣的人边拍着领上白雪，边扯掉下颚上粘着的假胡须，放了手中的破旗子对我道："阿月，你醒了。"

借着打开的门缝，我瞅瞅天色，问："什么时辰了？"

他在我身旁坐下来，一手将我揽起，抱在怀中，像抱着一个小孩似的摇啊摇。

"午时三刻了。"

"都这个时辰了，你怎么不叫醒我？"我佯装发怒。

紫衣人挑眉一笑，道："看你睡得正熟，没舍得叫。"他又摸上我的眼睫，好看的眉头一蹙，问，"怎么哭了？"

闻言，我慌慌忙忙地抬着袖口去擦眼睛，再往他怀里一埋，唤道："白长轩。"

"嗯。"

"白长轩。"

"嗯。"

"白长轩。"

第三声上他迟疑了片刻，捧起我的脸，嘟哝道："怎么回事？睡魔怔了？"

我摇头道："刚刚我做了一个好长的梦，梦里，好苦。"

暗金色的瞳微微眯起来，嘴角扬开一抹浅笑，把我往怀里带，道："什么梦？说给我听听。说出来，便没那么苦了。"

我仔细回想，有许多细节早随着梦醒忘了个干净，只记得大概："我梦见一个修行的门派，你是一派之主，而我是你收养的小妹。我喜欢你好多年，你都没给我回应。还有一门子奇奇怪怪的师哥，大家感情都很好。可是……"

"可是什么？"

我忍不住鼻子又酸了一下，续道："后来，你发现其中一人是魔道的暗桩。因为他，派里的人死的死，伤的伤，我最后也被他杀了。临死前，我还是没听见你说句爱我的话。"

白长轩沉默了一会儿，我抬头觑他。忽然，他微笑起来，嘴角弯弯的，狐狸似的眼睛也眯成一条线，道："好阿月，你这是做的什么梦。你是我小妹？这不可能。不过，你倒可以为我生个小阿月。"

我脸上一烫，啐道："正经些！"

他摊手道："如何不正经了？"说着，他温暖的掌心便摸上我的肚子。片刻，又顺势将我压在床上，嘴唇挨着嘴唇，低声道："说句爱你也不是难事。阿月，我……"

我捂住他的嘴，道："大清早的，别这么不要脸。"

他嘿嘿一笑，在我手上舔了舔。我像被火灼了一般，忙把手缩回来。这厮就瞧着窗棂道："都午时了，不算清早。阿月，不如……"

我板着脸道："不如我去做饭吧。"

"哎呀，你的厨艺，还是罢了，待会儿我去做。"

"那你现在就去。"

不由分说，他的吻覆上我脖颈，呵出的热气惹得我一阵阵酥麻。我想推开他，却是无用。得寸进尺地解开我的盘扣，他重复道："为我生个小阿月。"

"我不！"我斩钉截铁。

"当真不吗？"长着老茧的手挨上我的肌肤，使得我打了个冷战。他辗转着亲吻上我的唇，大手在我背后亲昵贴紧。我所剩下的理智在这个动作后荡然无存，等回过神，双手已经攀上了他的肩。

"不、不去算命了吗？"

他含糊道："过年了，休整一日嘛。"

一番云雨缠绵，屋外的大雪落了又停。

等到申时过后，我的肚子发出了"叽咕"的抗议。白长轩打着呵欠，抱我的手紧了紧，咬着我的耳郭问："饿了？"

我道："嗯。"

他伸个懒腰，不紧不慢地披上外衫下了床，翻着拎回来的竹篮，从里面拿出一只拔了毛的鸡和两壶烧刀子。我挑眉，想起家里所剩无几的银两，当即满脸无奈。白长轩见状，忙笑吟吟地解释道："别急，这两样东西不是我买的。"

"那是……"

"鸡是温家两兄弟送的，说让我给你补补身子。这酒嘛……"

我嘴角一抽道："街尾那个死懒的酒鬼烨世离？"

"嘿嘿，娘子真聪明，就是他给的。"

我无语。

"哎呀，看来，今年又是一个好年啊。"白长轩念叨了几句，又唠叨着鸡要怎么吃才好，边说着边就走向了厨房。我看了好一会儿他的背影，从枕头下拿出没有缝完的狐裘披风，继续扎着针。

白长轩说了，像我这样一个什么都不会，空有一身力气的人，最好还是什么都别做。就譬如，这狐裘披风我从三年前的冬季缝到今年冬季，也还总差了一点。两手的指头都被扎过，他每每看见我手上有血，都心疼不已地含住我的手，闷着声气道："今后不准再做针线活儿了。"

我总应好。等他一出门，我就又拿出这东西来缝。

毕竟做了人家的娘子，得有点建树。

白长轩一年四季都在外面算命，挂的是神算子的名号，在镇上人缘倒也不错。吃完饭，已经是月上柳梢头。他从家里搜罗了些小物什，装在竹篮里，对我道："去给几个街坊还点小礼，如何？"

我点头说"好"。

他便将家里唯一贵重的貉子毛领搭在我身上，又仔细地替我拢紧。看着我裹得像只狗熊密不透风，他才呵口热气拉住我的手，道："外面天冷，适才下过大雪，有些湿滑，你拉紧我。"

我冲他笑笑。他便领着我出了门去。

一轮满月高悬夜空，银辉映着满街的雪色，街边家家户户都挂着红艳的灯笼，好不喜庆。时不时，几声鞭炮响传来，邻家的小孩总是跑得飞快，即便在雪地上跌倒，拍拍身上的冰碴，很快又站了起来，还嘿嘿直笑。我看着他们，也不禁捂了嘴。

白长轩偶尔叮嘱道："黄小四，快回去了，你娘叫你吃饭。"

叫黄小四的孩子就冲他做鬼脸，道："白大叔，我吃过了！"

"那你小心点跑，别摔折了腿，你爹还得打瘸你另一条做个对应。"

黄小四一脸苦相地指着他向我告状："白姐姐，你怎么不管管他啊。"

我还没来得及说话，白长轩一个栗暴弹在小孩脑门上，道："怎么叫人的，我是大叔，她是姐姐？"

"白姐姐看起来就是比你小。"

"你这黄毛小子！"

我看着他俩，一时乐不可支。路上碎碎念叨，白长轩的话异常多。说完了张家长，就说李家短。我只笑着看他，在必要的时候，才应上一句："你说得对！"

他就一脸无语的样子对着我。

街中的温府，是即墨镇上的大户，钱多地广。三子叫温言，性子温和，就是不知道为什么，说话总是"扣来扣去"，几乎没人听得懂。好在他家还有个大儿子，随了母亲的沈姓，名为之熊，只有他能听懂温言的话。是以，这两兄弟几乎是形影不离，没有分开过。

但沈之熊不大喜欢白长轩。

主要原因是多年前他刚外出回乡，找白长轩算命。结果，一坐下，白长轩就问他算什么东西。

然后……沈之熊追着白长轩打了三条街。

去温府回礼的时候，亦是沈之熊和温言出来接见。温言"扣来扣去"一大堆，看其表情，约莫是在说"谢谢"。白长轩和他俩寒暄了几句，便道：

"明日夜里倘若无事，过来一起喝个酒吧。"

沈之熊翻了记白眼，"砰"的一声关上了门。

留我和白长轩面面相觑。

走至街尾，便看见即墨出了名的懒鬼加酒鬼，他终日睡在一张躺椅上喝烧刀子，寄住在他的好友楚凤家里。楚凤是个开面馆的，每天都恨不得拿擀面杖把这货敲死。晨昏定省，必然伴随着一句杀猪似的怒吼："烨世离，你给老子把买面粉的钱又拿去买酒了？

"烨世离，我杀人的擀面杖你藏哪儿去了？

"烨世离，你信不信我踏平你的躺椅？"

诸如此类。

今夜我们来得还算是时候，面馆里还没发生大型流血事件。白长轩怕楚凤随时会失控，伤及无辜，匆匆送了东西，再说句明日来喝酒，便拉着我离开了。

东边卖淫书的暮云家我们也去了一趟。这厮接过白长轩送的年货，邪魅狂狷地扯着嘴角，道："哎，我也没什么好回送的，干脆这样……"随手拿过一本春宫册子，企图背着我塞给白长轩。我冷了冷眼色，白长轩见状，没敢接，忙推诿道："不必不必，暮兄好意我心领就是。"

暮云看送不出，抚着下颚迟疑道："你不喜欢这种风格的？"

白长轩："呃……"

"可上回你明明还从我这里顺了两本前传走啊？"

我无语。

白长轩："呵呵。"

出了暮家大门，我大半路都没跟白长轩说话。他又是哄又是逗，还死皮赖脸地亲了我两下，我才软下心肠来，任由他牵着走。最后一家是巷口转角的洛钰。这厮天天忙着照镜子，没空搭理我们，应了明日来喝酒之事，便推着我俩出了门。

我和白长轩站在风中凌乱了一会儿，他才摇头大笑。

转眼，雪又下起来，因为没有撑伞，两人的发上都掺了些许白色。我道："这样，算不算执手白头？"

交扣的五指紧紧一握，他道："总会一起走到白头的。"

我嘴角含笑："嗯。"

莹白的雪色映出灯笼的红，几家烟囱上，还有余烟袅袅。想来，真的是到过年了。

明月弯弯照九州，几家欢喜几家愁。

元宵来临。白长轩一早便起来忙碌着，杀鱼烧鸡，半点也不含糊。我想搭把手帮忙，还被他嫌弃地拒绝了。无奈，只得又回屋里，缝着狐裘披风。

临到夜幕笼罩，一桌子菜摆得琳琅满目。我手拙，只煮了一锅浮元子，还是白长轩包的芝麻馅的。

烨世离和楚凤是最先来的，提着三壶烧刀子，一路谈笑风生。烨世离这厮走到哪儿都带着他的轻便躺椅，在桌前把躺椅一撑，当即倒下，喝着酒问："就我们四人吗？"

我摇头。

门口两人突兀地抢了话："还有本爷。"

"还有我。"

暮云和洛钰也来了。

挨着入位坐定，白长轩将院子里的灯笼挂好，微弱的光线和着月白，照在每个人脸上。等他忙完了一切，才在正位上坐下来。环望着几人，凝眉道："哎呀，温家那两兄弟怎么还没来？"

我睨着虚掩的大门，合了合眼，道："兴许不会来了吧，谁让你总是逗得他家老大生气。"

"哪有啊，阿月此话说得为夫真是难过。"

正在打趣，木门"吱呀"一声敞开，温言一手提着红木雕花的食盒，一手拽着自家的大哥，低沉地"扣扣"两句。

沈之熊眉头一挑，目光在院中打了个来回，最后落在白长轩身上，哼声道："老子才不愿来喝酒。"

众人无语。

"要不是看在我小弟的分上……"

话还没说完，他已经被温言一脚踹到了桌边，再翻了两记白眼。沈之熊从袖口里掏出一个编缠着翠玉的同心结，递到我手边，道："白小妹，这个送你。祝你和这缺德算命的永结同心，年年有今日。"

我扬唇一笑，伸手接过，道："谢谢沈大哥。"

旁人起哄道："来就来，还带了礼，让我们这些白吃白喝的，怎好意思。"

说着，便都各自拿出了小玩意儿送上，虽是不值什么钱，却是礼轻情意重。城墙边的烟花接二连三绽开在头顶，随着屋外闹腾的喧嚣，一年的元宵夜终归来了。

席上，几人一边喝酒一边说笑，无非就是各自这些年发生的趣事。酒过了三巡，烨世离道："老白，当年你是怎么骗到白小妹的？同一个姓，我起初还以为她是你小妹。"

白长轩噙着一丝笑，道："哎呀，就是偶然遇上了，便结了夫妻，也没什么特别。"

"可有下聘？"

"可有拜堂？"

你一言我一语地问着，让我脸上有些挂不住，只得埋头吃浮元子。白长轩脸皮厚，打着哈哈道："没，穷嘛，所以什么礼节都没。"

"啧啧，这样白小妹都跟了你，真是人长得好看占尽优势啊。"暮云摆着脑袋撇嘴，显然是对自己至今还独身十分惆怅。

我说着再去舀点骨头汤出来，慌忙要落跑。忽然听得有人道："各位施主，贫僧路过此地，想化点缘，可方便吗？"

我一站起，便看见门口杵着个眉清目秀的俊俏和尚，蓦地一怔，也不知怎么就喊出："莲华生？"

和尚也愣了片刻，举着佛掌问："咦，施主认识贫僧？"

我慌忙摇头，明明是没见过的人，却又好像有些熟悉。正出着神，白长轩已经上前将人推进了屋里，道："来来，有缘都是客，大师进来坐吧。"

"呃，这……"

"莫客气，莫客气。"

几声相劝，人已坐在了席上。我去舀完汤出来，就见几个老顽童打成了一片，笑声几乎把鞭炮声都掩了。

楚凤道："干脆这样，明天也是个好日子，我们几人给你们做个见证，正式拜个堂。"

我一吓，忙放了汤盅，道："楚大哥别取笑我。我和白长轩已经夫妻多年，哪有现在才拜堂成亲的道理。"

"呼呼，凤卿说得是。白小妹，女人哪能不穿一次凤冠霞帔？就这样决定了。老白，你一个算命的，看看明天什么时辰比较好？"

白长轩还真掐起指头算起来，眯着眼一副大仙样，道："唔，巳时一刻不错。"

我嗔道："白长轩！"

他嘿然直笑道："兄弟盛情难却啊，阿月。"

我踌躇须臾，皱眉道："可……可我们哪有凤冠霞帔？"

"这还不简单？"沈之熊一拍桌子，随即大踏步走了出去。洛钰夹着一块红烧肉塞进嘴里，嘟哝道："有即墨第一富户在，怕啥？"又将眼神转向莲华生，"大师要是没事，明天也留下观礼吧，做个主婚人也好。"

莲华生无语。

片刻，沈之熊就抱着一个大箱子回来了。一打开，金红两色艳丽得刺痛人眼。我一时有些感动，哽着喉咙说不出话，白长轩靠着我坐近一些，将我揽进怀中。

"阿月，看来，明日你当真要嫁我了。"

我不语。

他又抚着下颚望天，道："洞房花烛夜，你得为我怀一个小阿月。"

我一个浮元子扔进白长轩嘴中，道："吃你的饭！"

白长轩被烫得含了泪，戚戚然地念叨："啊，寒叶飘逸，洒满我的脸。"

"吃饭！"

"吾妻绝情，伤透我的心。

"阿月的话语就像冰锥刺入我心底，为夫真的好伤心。"

一阵哄堂大笑。我板着的脸面没绷住，亦跟着笑了起来。

过了亥时，白长轩送着东倒西歪的六个人出了门。莲华生因为没有去处，白长轩把客房简单收拾了一下，让他住下。

结果，到了次日巳时，挂着几张简单红布的喜堂中，就站了我和白长轩，还有莲华生。三人尴尬相对，大眼瞪着小眼。

我问："温言和沈之熊呢？"

白长轩想了想，道："昨夜好像一时兴起，去河里游泳，结果冻坏了，起不来。"

"那烨世离和楚凤呢？"

"昨夜好像一时兴起，去花楼里喝了一夜的酒，结果头疼起不来。"

我合眼握响五指："暮云和洛钰呢？"

"昨夜好像一时兴起，去河边看姑娘洗澡，结果被沈之熊打得起不来。"

"他们，他们！"我气得肝疼，一把扯下头上的喜帕，怒道，"我去把他们抓来！"明明说好要做见证，现在却挨个儿不出现，简直让人忍无可忍。

我疾步走出屋外，惊觉昨日的雪已经化了。将近日午，青石板的街上还是冷清一片。朦胧的雾气罩在天地间，衬着令人心惊的安静。我觉着有些不对劲，心里却没有多想。去敲温府的大门，根本无人回应，试图撞门无果。我又转去了街尾的面馆，烨世离和楚凤不知去向，锅里的水还在沸腾着。

我一慌神，匆匆跑去暮云家。他家的大门也敞着，屋内没人，寒风一吹，无数书页翻飞出"嚓嚓"的响声。

我大喊了两句，整个城里忽然好像只剩了我一个，单薄的音调在空旷的城中回荡，一声又一声。

再找过巷口的洛钰，拍了黄小四家的大门，都没人应声。我害怕得紧，忙提着裙摆往回走。

白长轩还在等我，白长轩还在等我……

这般念着，蓦地，听见身后传来一个声音，喊着："小师妹。"

我一怔，讷讷地回头去看。

恰见不远处，暮云站在白雾中，眉头深锁，不像平常。他向我缓步走来，道："小师妹，随我回去吧。"

我摇头，惊恐地往后躲，道："回哪儿去？这是我的家。"

"小师妹……"他的双唇张张合合，想要说什么。我不愿听，捂着耳朵朝家跑。好不容易喘着气跑回了熟悉的所在，空荡荡的喜堂上没了人，白长轩和莲华生都已不知去了哪里。

我急得眼眶发涩，满屋子乱找，嘴里不停地喊："白长轩！白长轩！"

暮云站在大门口，对我道："他们，不会回来了。"

"你说什么？"我一顿，趔趄着扑到他面前，揪住他的领口大声道，"你将他们带到哪里去了？说，说啊！"

暮云的眼神软下来，满是心疼，抬起手替我拭了拭眼角，道："不是我带走他们，而是他们从来就不曾存在。"

脑袋似被一道雷击中，霎时空白。我往后一退，重重地撞在门板上。纷乱的思绪如同叫嚣的怪兽，挣扎着要冲破束缚。我痛苦地抱住头，自言自语道："不是，不是的。"

暮云上前箍住我双肩，道："小师妹，你要逃避到何时？"

我推开他，道："滚，滚！离我远一点，这里才是我的家，我不是你什么小师妹！我不是！"

"小师妹！"一声怒喝，他停在我眼前的指间垂下来一个透亮物什，我定睛一看，是一只玉色的骨手，通体碧绿水润，散发着冷辉。

"你还认不认得此物？"

我呆滞地将东西接过来，摊在掌心仔细观瞧。这是……

画面一闪，听见某人浅笑着道："阿月，难道你要老夫做你的掌上明珠？这可是反客为主了。"

我又听见与自己相同的声音："若有哪一日，我不在你身边，这玉手就代替我，护你周全。"

所有的光影重叠起来，一幕幕，一声声，将我逼得快要窒息。暮云适时地握住我的手，像是在哽咽，慢慢道："小师妹，这梦虽完美，可它终归是梦。真正的暮云，真正的洛钰，真正的沈之熊，都还在外面等着你。还有你心心念念的人——大师兄和莲华生。"

我抖了抖，眼下两行水泽滴落，抬起眼，看着暮云较之从前已有些憔悴的容貌，深吸着气，喊："二哥。"

他骤然抿唇，笑了笑，将我握着玉手的五指一紧，轻轻拍着，道："醒来吧，小师妹。"

我哑着嗓子答不出话。

暮云再与我对视片刻，转身走进了雾霭中，留下的最后一句话是："我们等着你回来。"

一言尽，人已消失。我在门前杵了半晌，水泽无声地落了半晌。再抬眼看看云层里的太阳，是如此的不真实。回过身，街道依旧，只是从来没人存在。在这个梦里，静得只有我一人。

睨着翠绿的玉手，睨着喜堂还未燃尽的红烛，我擦了眼角的泪，对自己道：该醒了，白里月。

"我……回来了。"

剧烈的几声咳嗽，呛得我从床上坐起。入目景物，是熟悉的西厢。灯花跳动出一声刺响，老二彼时正盘腿坐在屋中，片刻后，亦是睁了眼。我的手中还紧紧握着那枚玉手。调整了一番思绪，我试图下床，结果身上疼得厉害。一低头，才发现浑身上下都是伤口，没一处完好。老二踱到我身边，像是笑，却又掖着无限苦楚。

"你终于醒了。"

"嗯。"我揉揉眉心，"发生了什么事？"

记得昏迷前，我看见老八被老四一剑贯胸，而后我追去骨族，被老四的魑魅大军围困。再后来，便什么都不记得了。

抓住老二的双臂，我颤着声音问："老八他……"

"死了。"暮云合了合眼。

我身形一晃，偏头呕出来一口血。老二见状，急着为我运灵力平顺气息。

"守住灵台，莫再伤了心脉。"

我推开他的手，又问："白长轩呢？他在哪儿？"

老二面色更是难看，努力扯出半丝笑安慰我道："大师兄没事。"

"到底发生了什么？为何我什么都不记得？"

老二背对向我，静默了片刻，才道："你被烨世离所擒，是大师兄救你回来。现在仙道三派与当年残留在人界的欲界大军正在鏖战，死伤惨重。骨族的封印也有损毁，现在正在想办法修复。"顿了顿，又道，"岚羽先前为救大师兄，死了。莲华大师……也伤重濒危，现在被大师兄封冻了全身的经脉，在留风洞内。"

我闻言，当即心神俱裂，不管不顾地捂着伤口站起来，踉跄地攀住暮云的双肩，道："不，不可能。莲华生他怎会……他是欲界的左神将，不可能如此轻易就……就……"话到此处，我却再也说不下去。

这个伪和尚，一向喜欢藏招，不会这么容易就受伤。还有，他分明说他厌倦了血腥，又为何要卷入这场是非。

莲华生……

莲华生……

究竟……何以至此？

老二摇着头，道："小师妹，你先安心养伤吧。"

我推搡着他往外走，道："我要去见白长轩。"

老二拉住我，犹豫半刻，道："大师兄……他暂时不想见你。"

"为什么？"

"别问了，小师妹。眼下大师兄为抗欲界，无暇分身，你若真是为了他好，先将自己身体养好，莫要再令他分神就是。"

说完，老二将失神的我扶回床上坐下，又叮嘱了两句："时逢乱世，你莫要外出。空青会按时来给你送药，你先歇着。我尚有要事，先离开了。"

我默然无言。

老二走后，我在昏暗的房中枯坐了一宿，翠色的玉手静静躺在掌心里，凉得透了心。分明昨日还在一起的故人，一转眼，便天涯两相隔。

翌日，空青果真在午后给我送了药来。我以为这药会如同过往那般苦不堪言，喝在嘴里，却只是一股淡淡的药味，并无其他。

我放下药盅，看着空青稚嫩的眉眼，问："这药，是你熬的？"

他点头道："是。"

我心里一抽。若是换成从前，我受伤，白长轩这老狐狸必然是亲自给我熬药，还得多加两根黄连。这一回，想是战事激烈，已顾不上我。白里月真是没什么用，在这关键时刻，还帮不上他。探着手指拭了药渍，我尽量做得不动声色，问："近日白长轩很忙吗？"

空青抖了抖，埋着头不肯答话。

我重重重复了一遍，他才应声："是。"

"平常都在严华殿？"

"无。是在逍遥居。"

"哦。那是他将我安顿在西厢的？"

"是。"

"怕我扰了他的心绪吗？"我望着头上顶棚，自说自话。

空青却答："弟子……不知。"

摆摆手，让这愣头小子离开。

又在屋里一夜无眠。我合上眼，总看见几个老顽童聚在一起说说笑笑的样子，本该是欣慰的画面，此番看来，却尤其揪心。是以我睡也不敢睡，整夜整夜都醒着，看着月落日升。实在倦极，我便打个小盹儿，片刻，又会被这梦惊醒。

如此反复，到第八日上头，我的伤已好得差不多。喝完空青送来的药，我寻思着出门。空青道："月掌去哪里？"

我挑挑眉道："怎么？"

他迟疑了一会儿，道："师尊有吩咐，请月掌多在西厢休息。"

"唔。"我低吟了一声，"我去看莲华生。"

"可是月掌……"

"他若怪罪下来，就由我领罚。"说罢，人走出房门，剩了空青一人在后面喊着。我没应他，自顾自地往留风洞去。

过了这么些天，我还是不大相信莲华生会重伤濒危。我在想，兴许哪天辰时睁眼，这和尚会出现在眼前，咧着嘴喊我："排骨。"

可这一等，七八日，那个人也没有出现。

精神恍惚着，不知不觉便到了留风洞。此地早年是创派祖师悟道的所在，平常也少有人来。洞口掩在一方瀑布后，着实隐秘。我捏着诀穿过水帘，将将落脚，骤起的狂风就撩得我有些站不稳。好不容易定下心神，方才结了层屏障往内中行。

三光尽掩的洞中漆黑不见五指。我适应了片刻，眼前的视线方清晰起来。我顺着蜿蜒的小径走了约莫半炷香，便到了风眼处。一身青色僧袍的人被风抬在半空中，厚厚的冰覆在他身上，让他看起来毫无生气。面前，白色的巨獒还在守着，嘴里一刻不停地发出呜咽。

我鼻头一酸，低声喊道："莲华生……"

这厮没回应，仍是躺在风中，看起来还有几分悠闲自得。

我往前走，又道："伪和尚，我来了，你不打算看我一眼吗？"

尾音层层荡开，除此之外，再无其他。滚滚一双黑不溜秋的圆眼中闪着莹光，有气无力地朝我走来，在我腿上蹭了蹭，又低鸣几声。若是这伪和尚醒着，定能为我翻译一下它的狗语。我拍了拍滚滚的头，发现它瘦了不少。蹲下身与它对视着，我问："你多久没吃东西了？"

滚滚摇着脑袋，又转过去看风里的主人。

我见着在它方才卧过的地方，有几个已经快要烂掉的果子，还有一堆果核，顿时心酸难耐，道："你就靠着这些度日吗？"

滚滚："呜呜。"

眼中的泪泽像要控制不住，我忙起身扭过头，不敢再看。平静了好一会儿，才勉强压制住心绪，对狗儿道："我带你去西海滨？"

它还是低鸣，脚下慢慢退回了风眼旁，做着不肯离开的模样。我无奈，只能在边上陪着它半日，复又看了会儿莲华生，到日暮时分才离开了留风洞。

这日过后，我每天都去西海滨弄些麒麟肉给滚滚送至留风洞。也不知是不是人经历得多了，话就会随之多起来，我总是对着莲华生说一大堆，当他能听得见。

到了日午时分，我又会回西厢去待着。

有些门徒偶尔会说起，之前白长轩在天浴峡排下了一计，致使烨世离带领的欲界大军吃了败仗，损失惨重。

这两天，又由几名师哥带着仙道之人去剿灭在峡口周旋着半数的魑魅。我心上担忧，却又不敢妄自行动，生怕坏了白长轩的布局，只能时常望着后山的逍遥居，想他什么时候平定了天下，再来看看我。

白长轩，我很想你。

你，知晓吗……

时日一晃，又一年初春。我在留风洞里一边喂着滚滚吃麒麟肉，一边说着："听说峡口一役快要结束了，五哥他们大概快回来了。"

"莲华生，你还记得我五哥和七哥吗？就是那个说话总是口无遮拦'叽叽扣扣'的人。

"哈，你肯定记得，还打过架的交情嘛。

"不过话说回来，绝仙阁的掌字辈包括老狐狸，似乎没一个没和你交过手。

"对了，我之前做了一个奇怪的梦，梦见我们几人都在即墨那个小镇里过着平凡的日子。你还是个和尚，说起来，我仍是习惯你满头舍利的样子。"

天色渐暗，我自滚滚身旁站起，再顺了顺它的毛，低声自语道："我回去了。"迈出两步，又堪堪顿下，望着漆黑的前路，道，"莲华生，这条路，太黑了。你早点醒来吧，没你的人世，太过单调。"

话音将将落下，整个大地，没来由的一阵剧烈晃动。我踉跄半步，方稳住身形，就听见滚滚不停狂吠。以为是莲华生出了什么事，我忙折返回去，却见他仍是置于风中。这厢刚舒出一口气，蓦地，他背上闪过一道灵光，我凝着神仔细观望。

这是……

他背上的这伤口是条致命伤。可这灵力，却不似带着魔气，而是……正道的仙灵。若我没记错，多年前宏卿有一次与白长轩切磋，也用过这一招咒神灭杀。

怎么会？

那日二哥告诉我莲华生重伤濒危，我以为他该是为了将我从烨世离手上救回来，和欲界产生了冲突，可为什么中的会是仙道之招？情急之下，我捏着诀跃进风眼，将莲华生全身细细查看了一番。这一看，才惊觉所有重创他的招式皆是仙道的招数。其中，甚至不乏老二啸龙戟留下的创口。

为什么？

我不明就里，慌忙转手招了云头，冲出留风洞，急往逍遥居而去。半路上，遇到回转的老五和老六。

五哥一见我，不由分说地将我揽进怀中狠狠抱住。我嗅着他身上的沙尘味混着血腥，一时涩然，僵着手亦是回拥住他。

许久，老五的声音颤抖着，在我耳边道："醒了就好，醒了就好。"

我的五哥向来是个粗人，相处了快百年的时间，我未曾见他哭过。哪怕是早年他和白长轩抬杠，被打断过两根肋骨，也只是啐着口水骂人。我推开他，肃然望着他的眉目，哑声道："五哥，你……"

老五立刻拍了下自己的脸，又笑起来，道："太久没见，激动的。"

我有些怀疑，却又不晓得他为何这样感慨。凝视了他好一会儿，我偏着头去看他身后。老六一脸倦意地冲着我颔首，二哥也站在不远处，还有老九。我顿了须臾，问："怎么不见七哥？难道……"

话说着，我便是撕心裂肺的一怔。老五急忙安慰我，道："别乱想。那家伙命大得很。只是现在天下太乱了，我怕他暗器不够用，保护不了自己，便找了个隐秘的地方让他先躲起来。作为我们最后的撒手锏嘛。"

"真是如此？"我挑眉。

"嗯！"老五应得丝毫也不含糊。我不放心，又去看老二，他也跟着点头。得了众人的保证，我才安然了些许。

"那他现在在哪儿？"

"这嘛……今后你就知道了。"老五拍拍我的肩膀。老二一步跨上来，道，"先去逍遥居向大师兄汇报战况。"

几人异口同声地应好。

我道："我也去。"

老二眉间一蹙，道："现在诸事繁忙，你先回西厢养着。"

我不依，紧跟在他们身后，边走边问："二哥，莲华生身上的伤，尽是仙道之招，这是为什么？"

他一怔，随即将云头行得更快，道："不知。"

"可他身上还有你啸龙戟的伤口！"

"我不知，别问我。"

"那我该问谁？白长轩吗？"

老二再不答话，到了逍遥居后，迅速扯了云头，从正门快步走了进去。我想跟上，空青领着一群小弟子却拦在了我跟前，沉声道："师尊有令，月掌不得入内。"

我愣了愣，道："你说什么？"

空青略有些为难，重复了一遍："师尊有令，月掌……不得入内。"

我晃了晃。老五一手撑着我后背，抿着干裂的唇，道："小师妹，他……他或许是太忙了，无暇处理你的事。"

我讷然道："当真是这样吗？"

"我……"老五约莫还想说什么来安慰我，却到头也说不出个所以然来。自我醒来，白长轩就不曾来见过我。我以为他当真是忙于天下，而我又是个伤患帮不了他，所以一直在静静等着。直到今日，我知晓莲华生是被仙道所伤，濒临死亡，而他却用封冻之术留住莲华生最后一口气。至于我，他不让我参战，亦不让我入绝仙阁，这是为什么？

右手摸着一直藏于袖口里的翠玉，我深吸着气，问："是不是我做了什么错事？"

"无，错的是老四。"

我惊讶于到了今日，五哥还称他"老四"。可回过头想想，我不也没改口嘛。望着院落中如故的苦蛮花，我又问："那他为何不见我？"

"我……我不知晓。"老五合眼。

时逢老二在内中叫了他一句，五哥只得握了握我的手腕，继而快步走了进去。剩我一人被挡在逍遥居外，冷然而立。

空青低声道："月掌，对不住。"

我恍若未闻，只想着，白长轩，若我做错了事，你骂我也好，甚至打我也罢，可你别对我视而不见。莲华生为何落得此地步，我只想听你一个答案，无论你说什么，我都相信。

白长轩，出来见我一面，可好？

我就这般固执地站着，到了亥时。老二几人想是商量完了下一步，面上都盛着疲累，出了逍遥居。看见我还在，不禁讶然。

错身时，老二道："回去吧，大师兄不会见你。"

我不语，收在袖口里的手紧紧握成拳头，仍是不动。他叹了一口气，默然离开了。老五也劝我回西厢休息，我只对他道："再等等。"

他向来知我性子倔强，决定的事无人可更改，便没再多话。

至了夜深，白长轩房里的烛火灭了去，周遭陷入死一般的沉寂。我合了合眼，模模糊糊的，又想了许多往事。大多都是关于白长轩的，他的笑、他的怒、他的包容。

他的一切……

一眨眼，便到了天明。老二和几个门徒来来往往，空青又守在了门口。我目不转睛地盯着那扇房门开了合，合了又开，那个人始终没有走出来。

路过我身侧的弟子，都不禁投来一束既害怕又同情的目光。我不明白这意味着什么，只觉得双腿站得都快没了知觉。

夜幕再临的时候，老二又道："还不走吗？"

我张了张唇，哑着嗓子问他："将我叫醒，是他的意思吗？"

老二不语。

"他是想和我恩断义绝吗？"

仍是沉默。

我突然止不住地哽了两声，连带话音亦是起伏得有些怪异，道："这玉手，是他让你还给我的？"

老二低着头，闷声道："小师妹，别再问了。为了你好，回去吧。"

"为了我好……"我复述了一遍，咯咯地笑，"为了我好……如果当真是为了我好，他不会不知道他对我来说，意味着什么？"

"小师妹……"

我打断老二的话，问："莲华生是怎么伤的，你会告诉我吗？"

闻言，他移开视线，道："我不知。"

"嗯。"我低应一句，"我就在这里，等白长轩亲口告诉我。无论是莲华生还是我，你替我转告他，天长地久，我都等他这个答案。"

"小师妹，你！"许是对我的执着大为光火，暮云收了声，拂袖走了。

正是春寒料峭时，一连好几日，每至夜里，刺骨的风都吹得我瑟瑟发抖。有几回，我昏昏沉沉地喊着白长轩的名字，恍然以为屋里的烛火亮了，可定睛一看，还是漆黑一片。春分那天夜里，莫名下了一场小雪，将我一身白衣，都覆了层薄薄的冰碴。

我掰着指头仔细算了算，原来已经在逍遥居门口站了九个日夜。

原来，才九个日夜……

可我怎么觉得像一生那么漫长。

有一种痛，是当真痛到了左边心口，然后，便是绝望。

当东方再次泛开鱼肚白的时候，我几乎失了全部的气力，摇摇欲坠着要倒下。时逢浩浩荡荡的几束白光疾驰到后山上，化成了人形。领头的，正是碧云峰的掌教——岚音这尼姑。

她一脸肃杀地从远处走近，看见我立在门口，铁拂尘往肩上一扫，横眉怒喝："你怎么在这里？"

大概是有些破罐子破摔的意思，我无所谓笑道："老尼姑你问得好，这是我的住处，我不在这里该在哪里？"

要不是岚音一心想让碧云峰占据仙道第一派的位置，岚羽恐怕也不会跟老四交易，更不会提出成亲的要求，那便没了后来寻找人形凶兵。追根究底，今日的局面，他碧云峰也要负上一份大责。

孰料，我未问罪，岚音反倒箭步冲到我跟前，猝不及防，"啪"一记耳光打在我右脸上。力道用得大，加之我早已是内中空虚，险些被她扇倒在地。

稳了一稳，我念着现在仙道需连成一气，白长轩肯定不愿和碧云峰撕破脸面，便抚着右脸道："火气这般大，岚音掌教的涵养真让我开眼界。"

不由分说，又一记耳光打下来，扇得我眼冒金星。

我看着岚音气得苍白的脸，道："便是我有什么过错，怕也轮不到你碧云峰来教训。"

再一记耳光，我受不住，踉跄着往后退。还没说话，她接连着反手再扇了我一记，几乎是低吼着说："你知不知道，因为你，仙道死了多少人？"

我一怔，蓦地，耳畔似响起许多人的撕心惨号，晃过无数血腥的画面。我嗫嚅着问："你……说什么？"

她还要再打，手未落得下来，被一人紧紧拽住。我别过头，看见五哥怒发冲冠，对她道："岚音掌教，别太过分！"

岚音赤红着双目瞪着我，道："过分？她下杀手的时候，可知道过分这两字是如何写的？"

我往后一退，脑海里瞬时掀起狂风巨浪，顷刻就要将我摧垮。是谁的话在回荡，一声声说着："卡库里，卡叽拉扣扣（小师妹，你快醒醒）。"

又是谁的血，溅在我脸上，染红了天地？

我倏然记起来很多事，很多根本不愿想起，却不停如溪流汇入心间的事。岚音挣脱老五再要冲过来的时候，逍遥居里荡开一阵磅礴灵力。再后来，我便茫然看着久未相见的白长轩踱出了大门。他看也不曾看我，直觑着岚音，道："今日你来绝仙阁，是要清算前账？"

岚音怒极，道："这就是你白阁主给死去同道的交代？"

"如今苍生为重，绝仙阁不可再损战力。待得一切清平，白某人自会让她担起过失。"

"好！好！我就等着看，她是要如何担起这一切！"

说完，白长轩领着岚音往逍遥居里走去，至我身旁时，他的声音冷得像腊月的寒冰，道："还不回西厢去待着吗？"

我讷讷地埋着头，一步三晃，在众人的视线里，茫然循着山道离开。老五在后面说了什么，我已经听不见。满心都是痛，痛得我几欲死了一遭。

拉扯着胸口衣衫，又逢上连绵春雨，行尸走肉地踽踽前行。我只在想，白里月，你为什么……还活着？

老五说，现在天下太乱，他让七哥先找个地方躲起来了。

原来，七哥不是躲起来，而是再也不会回来。

早几年老五和老七没有离开绝仙阁，我们三人成日瞎胡闹，时不时都会去凡尘听上一首小曲儿。有一回听的是《将军西征玉门关》，去的时候军中气势高昂，唱的是家乡的民谣，承载着故人等他们凯旋的愿景。结果，不幸，将军的人马在玉门关遭了埋伏，三万兵将竟无一人生还。

听完这曲，老五说，红尘事就是这般，曲终人会散，人走茶会凉。那年初入红尘，谁也没想过会死。这年风沙历尽，谁也没想过会活着回来。

只是，可惜了那一树开得正艳的桃花。

彼时我和七哥嗤笑他，让他一介大老粗莫要学人强说愁。今日来看，这话却是说得对了，对得让人噬心剜骨。

我终归是想起了我昏迷前那段时日里的记忆。

老四以欲界的咒法缚住了我的神思，让我毫无意识地成了他的杀人之兵。几次与仙道鏖战，我都替他杀了不少同道。难怪岚音会如此气极，也难怪白长轩不愿再见我。因为……

是我亲手杀了七哥。

就在弥留虚境。

他对我说的最后一句话是：小师妹，你快醒醒，我们都还等着你回来。

可是，如今我醒了，他却不在了。

我也到底知晓了莲华生是如何伤的。他早说过不愿再染红尘，却在我被烨世离利用后，重回了欲界担起左神将之名，只为了能时时护着我。最后一战中，我被仙道之人围杀，莲华生护在我身前，导致重伤濒危，而我最终也被带回了绝仙阁。

所以，白里月，为何到了今日，你还活着？

我实在有些想不通透。也难为我，被白长轩教几十载，我的智慧程度还是停在入门阶段，真是给他丢脸。

漫无目的地在东荒上走了一天一夜，也不知怎的，便走到了以前和白长轩、莲华生喝茶的茶寮处。因着乱世，客人已寥寥无几。年轻的小二撑着头在竹筐旁打瞌睡，先前的老掌柜不见了身影。

我在外面站了许久，雨水淋得我浑身湿透。小二一觉醒来见着我，好心让我进去避雨。

我点点头，一言不发地找了以前那桌子坐下。

耳里，回响着许多声音。一抬头，好像看见白长轩和莲华生还在对面说笑。老狐狸眯着一双暗金瞳，问："好阿月，你在发什么呆？"

我摇摇头道："无。"

他又探着手过来，作势要给我擦脸，道："看你，头发都湿透了。"

我哑着嗓子，喊了句："白长轩……"

刚想去握他的手，一眨眼，人影尽化浮沫，无影无踪。雨水淅淅沥沥地下着，我蓦地觉得，心头空荡得紧，好像谁都离我远去了。

眼中涩然，终归无泪可落。

小二提着茶壶走到我边上，问："姑娘，你……没事吧？"

我擦着面上的水泽，回道："无事。"

他又踌躇了一会儿，小心翼翼地将茶壶放下，道："我见过你，那时和你在一起的还有个大师，还有个好看的男子。"

"嗯。"

"是他俩出了什么事吗，惹得你这般伤心？"

我微一愕然，遂将头埋得更低，不想让别人看见我这失魂落魄的模样。

顿了半晌，小二本是已经走开了，却又折返回来，嗫嚅着："上次看见你们，就知晓你们不是普通人。后来别人说起，我才知道那个紫衣人是绝仙阁的阁主，你们都是绝仙阁之人吧？"

我没答话。

他大着胆子，不停地絮絮叨叨道："现在欲界作乱，天下生灵涂炭，多亏有你们绝仙阁，我们才能苟延残喘。"

我道："不是。"

就是因为我，天下人受的苦楚才更多了一分，绝仙阁众人才会走到这一步。握上茶杯，我喉头发紧，说不出话。

小二给我斟上一杯茶，续道："其实，只要人还活着，就没什么难关过不去的。姑娘人好心善，问题总会解决。"

我沉默不语。

他又道："像我阿爹，就是上次你来时看见的老掌柜。我以前经常哭，"说到这儿，小二有些不好意思，"可我爹就从来没哭过。他跟我说，不要轻易掉眼泪，因为哭就是不相信有奇迹，哭就是认输。我想想，觉得还挺有道理，从那过后，我就很少再落泪了。"

我问："你阿爹呢？"

"爹他，半年前死了。"

我一怔。

他道："就死在这场欲界之乱里。说来，欲界真不是个好东西。听闻，先前那个什么右神将利用了一个绝仙阁的高手，封住她的神识，让她成了杀人兵器和仙道内斗。那名高手杀了不少人，我同村的几个好友，都死在她手上。"

我指间颤抖，不经意将杯子握出一条裂缝，问："你想报仇吗？"

"不想。"小二摇头叹气，"她若清醒，最痛苦的应该是她吧。这世上，有几人没做过错事的？何况，她不是自愿，要怪，只能怪那个右神将。黄婶说，那个右神将在绝仙阁埋伏了好多年。都这么多年的感情了，真是想不透，他怎么就狠得下心。"

是啊，我也想不透。恍恍惚惚，又看见那日满目的断叶雨声，老四一剑杀了老八。

出着神，旁边的人还道："我只希望，那名高手若有一天清醒了，不要太过自责。"

"是吗？"我低笑，举起手里的茶，却因哽咽，半晌也喂不到嘴边，"可她亲手杀了至亲的人。"

小二微微发愣，片刻，道："当真是至亲的话，也不会怪她吧。大概只希望她以后能好好活着，替自己活下去。"

蓦地，模糊掩盖了视线。

我一合眼，茶杯里荡开一圈涟漪，苦不堪言。

小二道："姑娘，你……"

我摆手道："没事。"

他顿了须臾，犹似带着笑，道："等这场风波过去了，就好了。那些为了天下在拼的痴人们，都愿他们能安然无恙。如此，我爹也可以瞑目了。"

说着，小二便红了眼。他慌忙抬起双手捂了捂，继而咧嘴笑起来，道："啊呀，不知不觉说了这么多。茶凉了，我去给姑娘热一下。"

我饮下半杯苦茶，道："这茶，一点也不凉。"

一场雨过，红云又似火。我在桌上多放了几锭银子，随即离开了茶寮。西边的厮杀持续到了第三日黄昏。我去看过战况，白长轩布局精妙，借着天时地利，再胜了一役。无处可去地走回绝仙阁，又在留风洞中待了两天。与莲华生该说的话都已说尽，剩下的，只是无穷无尽的沉默。

辰时去完西海滨回来，看见五哥提着两壶酒，落寞地独行。我悄无声息地跟在他身后，不过半炷香，便到了一向无人去的静心湖旁。

四月微风一拂，零落满地的残花。

一座坟寂然矗立在如镜的湖边，墓碑上的字，将我的眼刺得生生作疼。

温言之墓。

老五盘腿在墓前坐下来，一壶酒放到碑前，再启了另一壶的酒封，狠狠灌了一口。望望天，又望望如黛的远山，手抚在墓碑上，如常地道："老七啊，这两天没来看你，你不会怪老子吧？唉，太忙了，烨世离那孙子始终不消停，魑魅虽灭了大半，剩下的还是不容小觑。缺德的大师兄整日忙着研究战况，研究怎么修复封印，都快疯魔了。哈哈哈，你也不来看一看。"

笑声起伏着，明明很爽朗，听在我耳中，只觉荒凉。

他又自说自话道："小师妹终于醒来了。我看着她好生心疼。你也是吧？现在大师兄不愿见她，我就是想不明白，他的变化怎么这么突然。分明是烨世离这孙子的错，难道要硬怪在小师妹头上吗？"顿了顿，"老七，我不晓得，如果有一天小师妹想起了那些事，她会不会承受不了，唉……"

风沙吹进眼睛，我手足无措地拉着袖口去擦，越擦越痛，水泽不禁湿了一大片白衣。

老五背对着我，"咦"了一声，蓦然撕下衣袂，仔细地拭去碑上每一处灰尘。末了，又将杂草除干净，把一壶酒倒入土里，另一壶酒灌进喉中，道："老七，你一个人在那边，很寂寞吧？没人陪你说话，别人也听不懂你说什么，没有我在，你的'叽叽扣扣'要跟谁说去？没关系，等这天下清平了，我……我就……"

剩余的话没有出口。

老五呆坐了半晌，起身拍拍尘土，再看了看温言的墓碑，无声踱进了风中。待他走得不见了人影，我才从树后转出来。在墓碑前站了良久，涩声道："七哥，我来……看你了。"

过了几日，四月初十。老五从外面回转，来静心湖看老七。撞上我面无表情地坐在湖边觑落日，他吞吞吐吐了半晌，道："小、小师妹……"

我回头，道："嗯，五哥来了，一起坐吧。"

他苍白着脸色没有说话，依言在我身侧坐定。我睨着一旁的温言，道："七哥早年就说这静心湖的景色不错，我在这儿看了几日，确实如此。是个好地方。"

"小师妹，你……"

我挑眉头道："怎么？"

"你是不是……"

我扬唇笑开，道："别担心，我没事。"

而后，在老五无法言喻的目光中，我又慢慢把过去老七的趣事搬出来说。说到兴起，还让老五下次带一壶酒来。我没喝过酒，此番倒也想尝尝是个什么味道。老五陪着我在湖边坐了大半日，后来老二急召，他便走了。

过了两日回来，他见我还是坐在原地，遂一个箭步冲来将我拎起，道："你是不是已经想起来了？"

我合着眼点头。

他手上一颤，将我松开，道："小师妹，那不是……"

"我知道你要说的话，收下吧。"接过他的话头，我望着天上，"这里太冷清了，我得多陪陪七哥。总归眼下白长轩不待见我，他的安危，就交由你替我好好护着。"

我话说得平静，丝毫不带情绪。

老五握紧我的腕子，道："我知晓你难受，想哭就哭出来，不要一个人憋着。我还在这里，天塌下来，也有我替你扛！"

我摇头道："现在战局要紧，你先回去。我有些疲累，想再坐一会儿。"

"小师妹！"

我没有应声，循着习惯的地方坐下，一边看看远空，一边抚着冰凉的墓碑。老五什么时候走的，我都不知道。

随后第三日、第四日，老五天天来。我总在用手掌擦拭着碑上的灰，像怎么也擦不干净。偶尔与老五说上两句话，他总在劝我回去，我也总把他的话当成了耳边风。唯独说起我们三人的过往，我才会笑一笑。

临到黄昏的时候，静心湖边来了一袭紫色的身影。

恍若隔世般。

白长轩微黄的发丝依旧在斜阳里闪烁着耀眼的光华，逼得人不敢直视。他负手走近，漠然的眼光在我身上打了个来回，揪得我心口急抽。暗地里抚着袖中的玉手，我别开了头。

他在老七墓前站定，对我道："想起来了？"

我应声："嗯。"

往前一步，将老五隔在身后，他厉着声气道："既然想起来，就将老七怎么死的，仔仔细细说一遍给我听。"

我埋低头，极力掩饰浑身的颤抖，道："是。"

一月二十九日，我在弥留虚境外围埋伏，阻止靠近三角封印的仙道之人，与七哥温言和万和派众人发生缠斗。老七引着发了狂的我往弥留虚境中心带，以求让万和派之人脱身。战了一夜，日出时分，我以凶兵之体尽毁老七心脉。他的最后一招本可以将我重创，却在关键时刻收了手，对我说：小师妹，快醒醒，我们都还等着你回来。

一直不愿回忆的画面在脑海里重新上演，从未结痂的创口再度撕裂，鲜血直流。我压抑着内心的感受，字字平缓地说给白长轩听。

片刻，他冷冷睨我一眼，道："你说得不够详细，再说一遍，老七是怎么死的。"

我怔了怔，双手紧握成拳，尖利的指甲掐入了肉中，道："在弥留虚境里……"

重复着那场摧心蚀骨的战局，每一个停顿，都用尽我浑身的力气。

白长轩却道："我没听仔细，你七哥是怎么死的？"

我脚下一踉跄，继续回溯。

待说完，他道："再说一次！老七他究竟是怎么死的？"

"是。"

额上冒出冷汗，我僵硬地说着亲手杀了七哥的过程。朦胧的光景里，总掺着老七从前对我点点滴滴的关怀，一字一句，如擂鼓敲击在心。

白长轩还在道："老七他是怎么死的！"

我止不住地往后退，道："是在弥留虚境……"

一遍，再一遍，白长轩不停地逼问我道："说清楚，你七哥到底是怎么死的！"

"他……他……他……"嘴角溢出一丝血渍，混着滑落的汗液，滴在襟口上。老五上前阻止，道："大师兄！别再逼她了！"

白长轩拂开他，道："白里月，温言是怎么死的！"

我趔趄三步，眼前骤然一片空白，道："七哥……七哥他……啊！"猝不及防，一口血喷洒在地上，渗进了碑前的黄土。我双膝一软，跪倒在地，抱着头痛不欲生。

老五急忙运开灵力点住我身上大穴，着急地唤我道："小师妹！你怎么样了！"

我推开他，发狂地道："七哥……七哥他死了……我亲手杀了七哥！我亲手杀了他！哈哈哈哈。"像是在笑，却更像撕心裂肺的号哭，渗着血的双拳砸在土上，绽开满地的红。眼中的泪簌簌扑落，恍惚中，我像又看见老七在说话，他的一举一动，一言一语，一颦一笑。

七哥……

温言……

为什么，为什么你不杀了我！

不知道哭了多久，斜阳散尽，无数星辰跃上夜幕。每一回的呼吸里都盛着极致的痛意。许久，白长轩道："从今日起，你不再是绝仙阁之人。"

我木讷地抬头，听得不真切，唤道："白长轩……"

他转过身，道："我……不想再看见你。"

话音落下，灼得我五脏俱焚。白长轩没有留念，迈着步子走远。我想去抓他的衫子，却眼睁睁地看着紫色的衣袂从指缝滑落，无论如何，也使不上力气。目送着他的身形没入黑暗里，老五怒极，吼道："大师兄，你怎么能说出这种话！"

无人回应。

我缓缓从地上爬起，狼狈地理了理自己的乱发，又擦了血色。眼睛仍是涩得发疼，我道："五哥，谢谢你数年的照拂。"

老五转回来，抓着我双臂，道："小师妹，大师兄只是一时气昏头而已。"

我眨眨眼，睫上沾了许多水汽。像白长轩这样冷静的人，怎会有气昏头的时候。我杀了七哥，他不想看见我，这是应该的。嘴角勉强扯出半丝弧度，我道："这老狐狸，今后就真正劳烦你替我护他周全了。"

老五又喊道："小师妹！"

我轻轻拂开他的手，往回去的路前行，道："我真是累了。"

身后的人不再言语。

我又想起来一首小曲。

"十年韶华覆前程。覆前程，难觅旧年知交人……"

说起来，我似乎也没什么东西好收拾。来时孑然一身，走时也不过如此。所有的念想都在后山那一隅小小的院落中。我思来想去，还是觉得爱了白长轩这么些年，合该与他做个了结。顺便，也把莲华生以后的归处做个交代。若他愿意想方设法救回莲华生，我就让他继续留在留风洞；若他不愿，我便带莲华生走。

东荒如此大，总能找到救活他的方法。

趁着春日晴好，我缓步踱上了后山。再来此处，心境大不一样。好似历了回生死，即墨的梦以前算是白里月的前生，满满的坏脾气，行事过于偏执。即墨的梦之后算作我的今世，通身上下什么都不存，只剩下一副躯壳。

逍遥居的门前，今日无人看守。两扇脱了漆的木门虚掩着，遥遥看去，能从一线中觑见内中的光景。

我看见白长轩背对着我坐在一张木椅上，低着手抚那些苦蛮花，低声道："看来，快要到花开的时节了。"

原本以为不会再刺痛的心口又在这一刻不争气地抽搐起来。我抓着翠色的玉手，入目处，铁色的花树已经绽开了些许殷红。

在门边站了会儿，刚想进屋，又一个声音传来，却是老二。

"大师兄，现在魑魅只剩三分之一，烨世离的欲界大军已经不成气候了。"

"嗯，还剩一战，不可掉以轻心。"

"是。"

应下一声后，院中再度陷入沉寂。我抬着手正欲推门，老二又道："小师妹她……"

"我让她离开了。"白长轩答得古井无波，毫无情绪。

"这样对她而言，不会太残忍吗？"

白长轩不语。望了许久的苦蛮花，他突然自说自话道："老八出事那天，她跟我说，等这些事情过去了，就让我和她退隐。"

老二沉默。

我收回手，静静靠在门边。

好一会儿，他接着道："老夫也曾想过，如果当真同她一起退隐，会是什么样子呢？"一声轻笑，"她不会做饭烧菜，老夫肯定要负责厨房里泰半事物。她也不会穿针缝线，老夫要亲自给她做春夏秋冬的衣服。她又那么粘人，如果我离开她的视线半炷香，一定会被她冷着脸找到。"说着说着，停了片刻，又继续，"醋劲那么大，我若多和其他女子说上半句话，她指不定就会掀桌。每日，要亲手为她梳头，给她画眉。夜里凉了给她添被，热了替她打扇，想想就像一个贴身的'奶爹'。真是累啊……"

我捂住嘴，尽力不让自己发出声音，眼泪却不听使唤，落在了手背上。

屋里的人继续道："不过，能看到她的笑，那也值得。哈，怎么连老夫也开始做白日梦了。"

许久。

"怎么，这就只是一个梦呢……"

"大师兄……"

后面的话，我没能听得清楚，反反复复的，耳边就只响着白长轩碎碎念着退隐诸事。回西厢的路上，我想了许多。七哥的死，我有无可推卸的责任。白长轩恼我骂我，都是应该。可倘若我就这般一走了之，岂不辜负了七哥对我的期望？

正因犯过错，才该尽力弥补，而不是怨天尤人。哪怕白长轩要十年百年来原谅，我都会等他。

打定了主意，我收拾好心情。去留风洞跟莲华生念叨了我的打算，又去静心湖看七哥，陪他坐了大半夜。

等旭日东升，我道："我会好好活着，连同你的那份一起。接下来的日子，我怕是不能常来陪七哥你了。你等着我，待诸事了结，我和五哥来与你大醉一场。"

走出静心湖，我捏了个诀，使得身上的白衣焕然一新。厚着脸皮去找了老二，告知他我要参战。老二不理解，一心让我离开。无奈，我只得去寻老五，让他下次出战带着我。五哥欣见我的转变，干脆地应了下来。

白长轩布局的最后一役是在三角封印的中心点，欲和其余两派成包围之势，将所有魑魅一举歼灭。我和五哥去查探情况，当初的三万魑魅至今只留一万不到。烨世离神出鬼没，并不好捉准他的行踪。我俩在魑魅出没的地点蹲了一天一夜，杀了不少没有痛觉的怪物，身上虽是负了小伤，却也酣畅淋漓。

五哥多年没和我并肩作战，一柄大刀舞得天地失色。

我怕蹲守的时间太长反倒坏了白长轩的计谋，便拖着尚未尽兴的老五走了。回转绝仙阁，我又死皮赖脸地去找白长轩，仍是被空青拦在门口。

索性，我在屋外喊："白长轩，你出来见我一面。"

他没回答。

我又接着喊。

空青看不过去，为难地说："月掌，师尊并不想见你。"

我道："我知晓。我只想给他一件物什。"这翠玉所制的手，已然送了出去，断没有收回来的道理。再喊了几声，从逍遥居里荡出来一阵强悍灵力，把我推出七八丈远。白长轩的声音寒得好似冷冰，只道了两个字："安静！"

我顿了一顿，对空青道："我改日再来。"

到了四月底，我趁着空青与老二老六外出，又去了逍遥居，没人看守，一路倒是畅通无阻。院落中的苦蛮花出奇地绽开了花骨朵，我不明所以，小心翼翼端着手里的青花盘推开白长轩的房门。

彼时，他正坐在书案前看着一卷地图，手边的琉璃耀华闪着紫辉。没有抬头，他便道："回来了？情况如何？"

我猫着步子走过去，将一盘漆黑的鸡腿放于案上。

不想白长轩眉头一皱，寒声道："出去！"

我沉着语气，像在哀求，道："我看你一天没用过膳了，多少吃一点。"

"出去！"他仍是拒绝得彻底。

我揾了揾胸口，尽量平缓着，说："我的厨艺虽不及八哥，可大致……"剩余的话尚未脱口，他就拿着青花盘砸在了我脚边。盘子一声脆响，鸡腿散落了一地。

"滚！老夫说过，不想再看见你！"

我怔了一怔，揪心地道："白长轩，我知晓我做过错事，我会尽力去弥补。你曾教我，做人贵在顶天立地，担起自己的那份责任。连一个机会你都不愿给我吗？"

他沉默了片刻，倏然抬起眼帘，暗金色的瞳孔里一派深邃，道："机会？被你所杀的仙道之人，机会在哪里？你留在此地，只会让我难做，走，别让老夫再说下去！"

我讪然退了半步，眼前不期然闪过那些被错杀的人的面孔，更觉锥心地痛。缓慢转过身，我道："他们的血债，我会还。至于你，天长地久……我都会等着你。"

话音落下，我踏出了房门，身后"砰"的一声响，两扇门无情地合上。

我望望蔚蓝的天色，又望望左侧我住的厢房，苦涩像卷进四肢百骸，让我举步维艰。无妨，从前不也是这样？我进，他便退，退得我抓也抓不住。现在唯一不一样的，只是他对我的态度罢了。

他不想见我的态度……

五月初七，临近最后的关头。老二一行人匆匆赶去严华殿。我随着五哥，也站在了殿中。许是碍着弟子太多，白长轩在正座上不好对我发火，只冷然觑我一眼，便将视线转去了别处。五哥在一旁，握了握我的五指，我对他颔首示意，已然习惯了。

他便咧着嘴苦笑。

说的大多是骨族的封印越来越弱，不时会从内中钻出一些魔类。好在老二几人轮番值守，将其尽数斩于刀下。

"只是……"老二迟疑了会儿，"大师兄，若再不想方法修补封印，只怕欲界就要现世了。"

白长轩沉吟一句，刚要启齿，远空传来一个声音："修补封印的方法，我已找到。"

是岚音。

她带着碧云峰的门人，汇同万和派的宏卿等人，一同化光站在了殿中央。白长轩睨见他们的当头，脸色微微一变，沉声道："什么方法？"

"就是……"岚音顿了顿，侧身对向我，"她！"

殿里的人齐齐倒抽了一口冷气，自是也包括我。老五比我还紧张，上前问道："你要小师妹做什么？"

岚音送来一记轻蔑的眼神，转回去看着白长轩，道："端看白阁主舍不舍得此举为苍生了。"

闻言，我心头顿时腾上不祥的预感。

白长轩亦是斜着眼风从我面上扫过，继而道："愿闻其详。"

宏卿上前一步："要修复骨族的封印，单从外已是不可能，唯有从内以纯灵之力搭桥，再辅以我们三人的功体，同时施术。"

"宏兄的意思是……"白长轩将尾音拖得极长。

宏卿歉意地看我一眼，续道："选一个半魔之体，将其注入三皇灵能，送入欲界之中。而这世上，现今唯有白姑娘的半骨之躯最接近魔体，是以……"

老六讶然惊呼："你这是什么意思？要将小师妹送入欲界？且不说她能不能承受住三皇灵能。换作一般人，这三道灵气注入体内，早就爆体而亡。便是她能受住，将她送进被封印的欲界，她还有活路吗？！"

"所以，"岚音接话道，"贫尼说了，端看白阁主舍不舍得此举为苍生。"

"不舍得又要怎样？！"老五怒发冲冠。

"那就是欲界开启，大战不休！"

"那就战吧！"老五道。

我静静地站在一旁，抿着唇没有开口，眸色紧盯着白长轩，看他要做出什么决断。若是换作以前，他断然不会答应。就像他自己说的，这世上没有什么事是他不能解决的。

可到了今日，我却没了这份自信。

白长轩合了半晌眼帘，问道："此举成功可能性多少？"

"九成。"岚音答。

"大师兄！"

"师尊！"

声音此起彼伏，都抵不过白长轩不带感情的一句话，他道："既是如此，老夫决定将白里月送进欲界，修复封印！"

我一失神，颤抖着摸上了袖口中的玉手，垂下眼，默然无语。老五横身挡在我跟前，另一方，老二喑哑地道："大师兄，你……不该这样做。"

白长轩皱眉，道："我是她的兄长，唯有老夫才能做这个决定。"

"我不准！"老五的声音回荡在整个严华殿里，震耳欲聋，"我不准你这样做！"

"老五！"

五哥不听白长轩说话，拉着我前行一步，怒极也狂极，吼道："够了！我受够了！为什么所有的错都要她来承担？为什么天下人的性命要她一人来挽救？为什么你们输了不能找烨世离报仇，却只敢对着她冷眼相待？她做错了什么？！她最错，就是太重情！不该看见老八被杀，不该去找老四报仇！不该被老四控制！你们凭什么？凭什么决定她的生死！"

我晃了一晃，哽着嗓音道："五哥……"

旁人被他质问得无话可说，连带岚音和宏卿也别过了头，唯独白长轩冷然道："就凭老夫是养她多年的兄长！"

"是啊！"五哥继续吼，"自她被救回绝仙阁，你可有对她说过一句好话？可有给过半点好脸色？你骂她杀了老七，错杀同道，可这是她自愿的吗？！老七的死，我比谁都心疼！可我知晓，老七便是为她再死一回，也是心甘情愿！现在你们要送她去死了，你跳出来自称兄长，你算哪门子的兄长？她伤心难过绝望的时候，你在哪里？你到底算哪门子兄长？！如果这就是你们所谓的苍生大义、仙道正派，我沈之熊不屑入仙道！"

"老五！"老二想要喝止他，却被五哥一道灵力震开。随即，大刀化出，往殿中央狠狠劈下，顿时地晃山摇，众人不由得齐齐退出。

"老七已经死了，老八也死了，我不会再让小师妹送了性命。今日，你们谁都动不了她！"

说着，老五拉我往殿外走去，我愣怔地由他带着。身后，白长轩一声令下，无数门人围上来，也包括老二和老六。

五哥道："连你们也要阻止我？"

老二无奈地摇头，道："对不住。"

白长轩又道："绝仙阁弟子听令！绑下沈之熊和白里月！将白里月送入欲界，修复封印！"

杀声震天响。

老五不愿伤了同门，出手总留有三分余地。我在他的护持下，迈着百阶石梯步步往下。到了广场中间，更多的同门之人涌了上来。老五身上溅血，却是越杀越狂。我讷讷喊着五哥，手摸着腰上的生之刃，始终未曾拔出。

记忆里，是谁在对着我笑，一声又一声地喊"好阿月"？

又是谁跟我说，有我的所在，便是家。

可惜，终究是镜花水月，梦一场。一合眼，两行泪泽漫出眼眶，我抬着袖子拭了拭。老五还在拼命，我刚想助他一臂之力，赫然，磅礴的掌风猝不及防，向我袭来。我一回身，还未看得真切，老五就挡在了我跟前，一时血花绽地，满目猩红。

老五抓着紫色的衣袖，一开口，便呕出一口血。

"大师兄，她是你最疼爱的小师妹啊……你……当真要杀了她吗？"说着的话是痛彻心扉的哭腔。

我从未见老五哭过，即便是在老七的坟前，他也是嘻着笑的。而今，为了我，大好男儿有泪不轻弹，他却是哭得泪雨滂沱。

白长轩斜飞入鬓的眉头一拧，没有答话。

五哥不敌，刀"咣当"一声落了地，半跪下去。他低着头，血混着泪，溅落在石板上。此时，严华殿里的众人都已出来，在我们身旁围成了一圈。

我怆然环顾，最后将视线凝固在白长轩脸上。他绕过五哥向我走近，无悲无喜，手上一转，化出三枚不同颜色的灵针。

我道："这两天，我反复做着一个梦，梦见你和我在即墨的那一夜。你那时说的话分明让我铭刻于心。可是，梦里我却怎么也想不起来，你到底说了些什么。"

第一枚针，刺进我头顶的百汇穴。霎时，剧痛袭身，倒映在暗金瞳里的人，转眼面如死灰。鬓边的冷汗涔涔而下，我忍着痛，几乎将牙齿咬碎。

老五抱着白长轩的腿，还在声嘶力竭地喊："大师兄，不要，不要啊！"

我抿了抿唇，接着道："还有，我总在想，你当初说苦蛮花是为我种的，这到底是骗我，还是当真。可笑到了今日，我依然想知道这个答案。白长轩，你还会不会告诉我？"

第二枚针，刺入膻中，我晃了晃，努力没有让自己倒下。

他漠然地开口道："白里月，在骨族你其实有件事猜得很对。老夫养你，从来都是有所图。因为你是人形凶兵，我才将你带回来抚养，你可知晓，你若不能为我所用，我宁可亲手毁之？"

我一愣，双手颤巍巍地捂上耳朵，道："啊？你问我恨你吗？我不恨，我只希望……我出生那年，能死在骨族，可以不用……遇见你。"

白长轩的手停滞了片刻，终究，还是将第三枚针刺进了我左边的心口。

我一口血没忍住，当即吐在了地上。无可抗拒的痛意摧心裂肺，我所有的意识都在渐渐被摧毁。气力空竭，紧握的五指一松，玉手掉在了地上，碎成两半。

不得长相守，不得长相守啊……

往后一仰，我倒在了地上，模糊的视线中，看见最后的画面，是老五咬牙道："白长轩，从今往后，我沈之熊，自逐绝仙阁！"

白长轩转过背，似是微微晃了一下。老二揽住他，悲伤的眸色落进我眼底。

我敛了双目。

如此也好，总算完结了。

再度醒来，身上已被缠上了层层灵封，使得我无法动弹。空青押着禁锢我的牢车，往骨族之地行去。前方不远，红色的氤氲铺天盖地，魔气冲霄。

空青道："就到骨族了。"继而，他抬头看我一眼，见我茫然地睁着眼睛，垂下头，咬着唇，接着又道，"月掌，对不住。"

我没答话。

若说先前我还是有着一颗心的行尸走肉，那么，现在便连心也不剩了。

没了心，便再也无痛。合上眼眸，脑中空白地任由他们推送着，步入死途。

就在快抵达封印之地时，天地间乍闻一声狗儿的狂吠，我忽然想起滚滚。忙望向四周，看见漫天风沙里，一袭青色的身影向我走来。三千红发在风中飘荡散开，愈显出其魔者的狂态。我险些喜极而泣，嘴上喃喃，喊出了一个名字："莲华生。"

滚滚在他身边嚎叫着，莲华生眉眼沉着地走近了，道："放下她。"

空青拔剑出鞘，道："抱歉，我不能。"

无话可说，伪和尚一掌翻出磅礴气力，袭向我周遭之人。我看着他和空青等人缠斗，心里只在想，他是怎么醒来的？莫非……是五哥？

生平唯一一次看见莲华生不加掩饰地动手，便是今朝。他之所以能成为欲界的左神将，修为自是不在话下。空青和一众弟子不是他的对手，不稍片刻，已经晕的晕、伤的伤。空青一次又一次地攻上来，每回都被莲华生不费吹灰之力地荡开。衣上溅血，他拄着剑道："我不能……让你带走月掌。"

最后一击，莲华生直接把他敲晕了。

滚滚急忙跑到我跟前，咬着牢车的链子一挣，木头顿时四分五裂。莲华生亦跃过来，手法熟练地替我解开灵封。

我问："你怎么醒过来的？"

他手上不停，道："我命大呀。还没占你便宜，怎么舍得一直瘫痪。"

已经到了这种时候，他的嘴犹然如常的贱。低笑一声，我又道："是五哥吗？"

他没答话，将灵封扔下，再两指并气，喃喃念了几句我听不懂的咒语，从我的三处大穴里逼出三枚灵针。继而握在手中，用灵力一送，扔向了东边。我喘着气，捂住心口，一直承受着剧痛的身体一轻，四肢百骸顿时充斥着灵力。

"这也是五哥教你的？"我皱眉。

"别问了。"他拉起我，迅速往骨族外走，"从今以后，这红尘与你我都无关。随我离开吧。"

我道："等等。"

"别等。"

这话刚一说完，他急着想腾云，却在这当头，东边传来了响彻九州的杀伐声。我仔细侧耳，道："难道是烨世离？"

他拽着我往前，道："排骨，走吧。"

我挣脱他的手，道："你不把话说清楚，我不会走。到底是怎么回事？"

"你！"他眉头一竖，片刻，终归软了神情，"烨世离知晓仙道修复封印的打算，今日定会亲自前来骨族阻止。现在数千魑魅和烨世离都在东边与仙道之人大战。若是被他找到你，一定会想方设法将你除去。"

"如此……"我顿了顿，回过身看着东方烧红的云头，一轮红日如血。

"我会跟你走，但不是现在。"

"排骨，你还想做什么？"

做人，有所为，有所不为。白里月受绝仙阁众人恩泽才能活到今日，这最后一件事，合该我去做。我道："我要去会会烨世离。"

"排骨！"莲华生挡住我的去路，"你可知，烨世离为何能活到今日？除了他有能和白阁主相提并论的智谋，他的真实修为更是连我都自叹不如。当年普陀寺连同无数正道都是惨胜。你现在去对上他，胜算根本不足五成！"

"那我也要去！"我说得斩钉截铁，丝毫不容拒绝。

做了师兄妹近百年，我知晓，对谁而言，亲手杀了曾经的兄弟都是一世的痛苦。我已让别人替我背负得太多，这一次，就换我替众人承担。红着眼眶，我道："烨世离唯有我能杀，也只能由我去杀他。"

迎着厮杀声，我迈出两步。忽然停下来，侧首对莲华生道："能和你成为知己，是白里月这辈子的福分。这一次，我希望你不要插手。若我能回来，我应你天下共游。若我回不来，此后每年，给我祭三杯薄酒。莲华生，不要让我太快在下面见着你。"

"排骨……"

我默了默，捏诀腾上云头。莲华生隔了须臾追上来，道："我与你同去。我答应你绝不插手。但是你若死，我不能保证不会被想你折磨得骨瘦如柴，最后倒下。"

我喝道："莲华生！"

他应："在。"

蓦地，我就不知该说什么了，酝酿了半晌，憋出两个字："多谢。"

他扬了扬唇角，没再答话。

到了中阴谷东部，无数魑魅似龙卷风尖啸着冲进云端，一层白色的结界将它们阻住，使得这些怪物无法进攻。而在结界里，老二、老六和老九，正与一名黑衣人打斗。我定睛看了看，那黑衣人是烨世离。那柄寒铁重剑，我还认得，便是从老八胸口穿刺过的那柄。

拧了眉头，我转眼觑了眼莲华生。他和我颇有默契，眼神一交会，当即口诵咒法，手捏伽印，将结界破出一个大洞，容了我与他，还有滚滚钻进去。而后，结界再度封上，魑魅的吼叫随着我们二人的到来显得愈发刺耳。

不远处，烨世离长剑一扫，其他三人同时退开数丈。趁着这个间隙，莲华生晃身上前，点了老二等人的穴道，使他们动弹不得。

暮云一惊，喊："莲华大师，你这是……"话未说完，又见我从后面缓步行去，顿时脸色大变，"小师妹！"

我抽出生之刃，周身灵气蓄势待发。烨世离遥遥地，双眼一眯，笑得邪魅，道："小师妹，你总算来了。这样就聚得差不多了。哦，还有本神将的同僚，莲华生。"

莲华生别过头，举着佛掌不语。

生之刃在地面划出浅痕，带着嗡鸣的声响，我问："四哥，这段时日，你可曾后悔过？"

举起重剑遥指我，他笑道："本神将一心只为欲界，不择手段，从不后悔。"

"你对所有绝仙阁的兄弟，都只有欺骗吗？"

"是。"

"包括八哥。"

"是。"

我笑了一笑，满是涩然。再抬头，眼中换上决绝，道："四哥，这是我最后一次这样叫你。这声过后，今日你我，不死不休！"

话罢，生之刃挽出刀花，攻势凌厉。烨世离横剑一挡，惊爆八方。我与他这一战，天愁地惨。刀光剑影里，我不可抑制地想起许多往事。

烨世离道：有四哥在这里，谁也不能强行对你干什么！

烨世离也道：凤卿的管家狂习惯犯了，没药吃吗？

他最后还道：故乡……故乡……

天底下的痴人何其之多，黑与白，怎会有明确的界限。不过是立场不同，各自为了心中的向往罢了。

血舞扬沙。

寒铁的重剑当头劈下，我举着生之刃格挡，手上气力一滞，被压得脚下的土地寸寸龟裂。虎口盛血，俱是红色。我运起十分灵气，竭力将他挥开，再起手，丝毫不留情分。我小心地死里求生，而他则是招招进逼。

到午时过后，灼烈的太阳照遍惨无生机的大地。我因先前被三针灵力注体，一时提不上气，他一剑砍在我肩头，我顿时不支，半跪在地。

身后几声疾呼："小师妹！"

"排骨！"

我一咳，血腥遍布。

烨世离道："啧啧，虽然强了不少，还是不够。要杀我，还是不够！"

我抬起蒙眬的双眼看他，恍然出神，也不知道怎的，好似有雨滴落在我的眼前。远处，缓缓走来一个如梦似幻的影子，微黄的发，暗金的瞳，颀长的身影，绝世的风华。

他如往昔一样，冲着我笑，叫我："好阿月。"

我哽下喉头的血，艰难道："白长轩，你……怎么来了。"

他隔着一段距离，扬了眉："想来看看我家阿月了。阿月可愿答应老夫，从今往后，远离这红尘俗世？"

"无你作陪吗？"

他想了想，摇头："无。"

我苦笑起来："若这是你所求，我答应。此战过后，白里月不会再出现在你面前。"

白长轩欲言又止，好一会儿，他唇畔绽开半分涩然笑意，道："这样，也好。"转了身，紫衣渐行渐远，低沉的声线回荡在广阔天地间，念的正是从小教我的佛偈："弥勒汝当知，一切诸众生，不得大解脱，皆由贪欲故，堕落于生死，若能断憎爱，及与贪嗔痴，不因差别性，皆得成佛道。"

我眼睁睁地看着白长轩消失。雨落渐停，云层后的阳光又穿透下来。时值耳侧疾风倏至，我本能地伸出五指一握，霎时疼痛钻心。

重剑落在我掌心，我凝神，睨着面前的烨世离。

"战中分神，你还是如此恣意妄为。"

我道："是啊。"手上用力，血雾顿时喷洒，咬着牙，我缓缓从地上站起，道，"我会亲手杀了你，因为，这是我最后的责任。"

更因为，这是现在的我唯一能为白长轩做的。

沉声一喝，磅礴灵力冲出身体，形成一口巨大的狼头巨刃。烨世离骇然，退出两步，亦将所有气力注上寒铁重剑。这最后一击，他与我皆是使出全力。

随着九州一声巨响，骨族之地，在刀剑相交的刹那，毁于一旦。山川崩塌，寰宇倒悬，黄沙遮天蔽日。

待得周遭万籁无声，沙石落尽，一声脆响，生之刃从中断裂。烨世离的重剑堪堪停在离我脖颈三寸的地方，而我的骨手自他胸膛穿过，溅了我一脸的血色。对面那双黑白分明的眸子里像是突兀地撕下了一层笼罩的纱，清澈得让我恍然以为还是那个四哥。

他一开口，鲜血染襟。

"哈……哈哈哈。"笑声跌宕，听得人悲从心生，他弃了剑的手搭在我肩上，小声道，"阿月，这一次你做得很好，总算……没令我失望。"

话音落，染血的手滑下。

我讷讷地收回骨手，看着老四的身躯往后倒。

蓦地，周围结界破碎，万千魑魅在一声吼叫后，尽数化为灰烬散落。也不知是谁喊了一句世离，我涩着眼眶，看见暗红色的长衫从天而降，接住了烨世离失了温度的身体。

我木然道："八、八哥……"

老二等人冲破了穴道，也箭步过来，惊诧地喊着："老八！"

楚凤恍若未闻，只摇晃着合眼的人，撕心裂肺地喊着："世离，世离！你睁眼！你……醒来啊！你还欠我一个解释！欠我一句道歉！我不会让你死，不会让你死！"灵芒冲霄，一次一次地灌入烨世离体内。那人却不语，一头黑发随风飘散。

老八像是陷入了癫狂，不停地唤着烨世离的名，手上灵力亦流转着。充斥耳膜的，是他绝望的声音。

"你说你为了欲界可以不择手段，那你为什么不杀了我？为什么要留楚凤一人在世上？你说话，说话啊！"

我捂住耳朵，不堪再听，也不晓得自己是不是在哭，只觉前路迷茫。

阴风如哭，草木凄凄。

我连同莲华生等人站了很久，看着楚凤从声嘶力竭到暗哑无声。一切，都好像在这一刻尽归于无。

我忽然明白，那个嘴上最无情的人，却是不得不将最重的情谊藏在心底的人。刺楚凤那一剑是真，救活楚凤也是真。利用我是真，想让我杀了他结束这一切也是真。为的，不过是自己心心念念的故土；为的，不过是不能两全的情谊。

绝仙阁，当真如他所言，都是一门子不正常的人啊。

都是如此苦不堪言的人啊……

半晌。

老二走上前去，拍拍老八的肩膀，道："让他回欲界吧。这是当兄弟的最后能做之事。亦是……为了这天下。"

老八不言。他面无表情地看着暮云将三枚灵针刺入烨世离的身子，再起咒术。往昔的四哥，昨日的欲界右神将，统统如云烟而过，再也不存。我目送烨世离回了欲界，继而，三道灵力同时击在封印上，中间的破洞，在顷刻消弭于无形。

如同风过一般，了无痕迹。

老八在原地杵了须臾，摇摇晃晃地转过身，像死过一回，眼中空洞无他，只往骨族外走着。

我问他："八哥，你去哪儿？"

他想了想，道："回去温一壶桃花酿。"

我喉头发紧，一句劝慰的话都说不出来。莲华生适时搂上我的腰，哑着嗓音道："结束了。"

我应："嗯。"

"与我离开吧。"

我默了默，随即点头。再回首，老二、老六、老九都站在身后，蹙着眉心好不容易挤出半丝笑，老二道："以后找个地方退隐，好好过完这一生，不要再涉红尘了。"

我哽咽道："二哥……"

"放心，老五那老小子，我会替你看着他。大师兄……他也会好好的。这些俗事，莫再挂碍。昨日种种，昨日已死。小师妹，我欣见你为自己活着的将来。"

我微微颔首。

老二正要过来同我作别，东荒上，骤然数响钟声彻鸣，悠远而悲戚。没来由的，我心狠狠一缩，像被石瀑冲击而过，疼得我站也站不稳。那厢，老二几人也变了脸色，匆匆对我叮嘱了几句，便腾上云头离开。

我咬着唇，额头的冷汗大滴大滴地落下。五指发白地握着莲华生的腕子，我几乎开不了口。

莲华生抱紧我，道："排骨，排骨！你还好吗？"

我只是摇头，眼睛痛得发胀。一旁，滚滚对着东边，长长地低鸣。我像忽然意识到什么，抓着心口衣衫，问："莲华生，你是怎么醒来的？"

他垂头。

我又问："你为何会清楚解开灵封的方法，还有……还有那三枚灵针……"

他犹自不语。

我急得将唇咬出了腥味，努力把词句吐得清楚，道："你到底有什么事瞒着我？告诉我，告诉我啊！"

他双眼一合，紧紧蹙了眉。

我道："别逼我……恨你一辈子。"

身形倏然一颤，他终归抬起了眸，道："排骨……白阁主他……"

后来，我是怎么忍着剧烈的心痛腾上云头奔去绝仙阁的，我已经有些记不得了。只觉得胸腔犹如擂鼓，双心跳动得异常起伏。许是悲恸到了极致，反而无泪可流，我茫然地看着前方，听着无尽的钟鸣。

莲华生说，当初白长轩为了解除老四对我的控制，以逆天之术将自己的心脏强行植入我体内。由此，我才得以恢复。而他自己，勉强靠着毕生的修为来续命，最长也不过三个月。先前之所以答应岚音将我送入欲界，是想借此引出烨世离。我被送离后，他以念灵珠之力救回莲华生，让他结印封住了魑魅后再来找我，带我退隐。

三个月……

原来，已经过了三个月了吗？

白长轩自我醒来，便冷眼待我的缘由，原来就是因为知晓自己时日无多，所以才想让我死心离开。这般，我就不用看着他死，这般，我就不用因自己的偏执把自己逼入绝路。

他为我把所有后路都想好了，这么残忍……这么长情……

临近东海中心的时候，钟声越发震耳，漫山遍野都是殷红的花瓣，像血一样，铺满了河山。岛中里里外外，皆跪着白色的人影。我循着他们的朝向一路腾到后山上，只见逍遥居门口，宏卿和岚音也在。所有的花雨都是来自院中的苦蛮，疾风一过，花瓣打着旋，浓香扑鼻。

我呆滞地撤了云头，空青领着辈分稍高的弟子，已经跪在了白长轩门前，眼眶通红，双肩不停地抖动。

我踩上三步石梯，每行出些许，脚下都似千钧之重。

屋内，暮云、洛钰、沈之熊、沐沧尹并成一排跪着，听见脚步声，都怆然抬起头来。

老二一震，泣声道："小师妹，你……你为何要回来……"

我听不清楚他说的话，只觑着书案那头。

路过时，老五扯了扯我的衣袖，一开口，即是痛哭道："小师妹，我……我怪错大师兄了……我……对不起他……"

晃了晃，没有应声，我直直地走至案前。

那个人，仍是一身紫色，苍白的脸不复生机，双眸紧紧合着，坐得端端正正，像只是倦极了，正在打盹儿。

我失神地张了张嘴，却没有任何声音。我绕过书案走近，颤得厉害的手指想抚上他的脸，却不敢触及，怕一碰，这个人就会消失。

茫然地左顾右盼，目光落在书案上放着的木匣子。我问："白长轩，这是何物？"

他没回答我。

老二却代他答着："大师兄……让我们在你走后，连同这只木匣一起将他火化，让他的骨灰散进风里。若有一日你回来了问起，就说他厌倦了劳碌的日子，娶了一个小娘子度日去了。"

"哈哈。"我笑起来，笑声干瘪得紧，想了想，又道，"这世上，可还有能配得上你的人？"说到最后，话音颤得不成形。我收了声，摸着木匣子打开。因背着光线，看得不清楚，只得将木匣反转过来，叮叮当当，内中的物什落了满桌。

摇铃、木头小刀、长命锁、拨浪鼓，还有破旧泛黄的小衣裳，逐一摊开在眼前。每一样，都是我幼年玩过、穿过的东西。明明是早该弃掉的废物，他竟视为珍宝地收着。我指尖一颤，挨着抚过，心口像空了一大片，什么感觉都没有。

再看木匣内，还有两件东西没抖出来。

一件，是画卷。我将其摊开，上面绘着一名盈盈浅笑的女子，半边姣好面容，半边银色面具，执着一朵艳丽的花，正不知为何向前伸手。

我笑着咳，咳了笑，喉头止不住涌上血腥的味道。忍了忍，又拿起匣子里一本不能再旧的蓝皮手札。封面上没有写字，唯有翻开内中，一行行刚劲有力的小楷，才展现眼前。

"二月初七，骨族之地，拾得一女婴，其半边血躯，半边白骨，既胖乎乎又血溜溜，一看见老夫就笑。念及师祖之过，我将此婴带回阁中抚养，为她取名白里月，盼其得月之光华，耀世万载。

"三月十五，阿月周岁抓阄。老夫摆一桌物什，琴棋书画，刀剑棍戟。

恰逢老八送饭菜而入，阿月竟抓过盘中鸡腿，爱不释手……又在老夫腰上抓走钱袋，望着银子笑了三炷香而不停……

"五月初六，阿月在湖边看见自己半边骨面，哭得伤心欲绝。老夫将她举高高，她才破涕为笑。至此，这丫头有了一个坏习惯，一不高兴就要老夫抱着她举高高，实在是很有助于老夫练习臂力啊。

"七月二十，阿月十八岁，开始占老夫的便宜。今日又被她偷亲，还要装作不知晓。这傻丫头，一点也没继承老夫演戏的本领，笨死了。

"九月初九，阿月竟然为了那只小蝴蝶与老夫怄气三十二个时辰又半炷香。老夫为了此事，很上火……

"九月十八，小蝴蝶自毁仙元。最后一面时，她对我说，我心里装着一个不能爱的人，就像一种名唤苦蛮的花。想不到，最了解老夫的，竟是这小小蝴蝶精。

"十一月初三，阿月离开绝仙阁……"

手札上，至此空白了几十页。再落笔时，墨渍变得尤为浓厚。

"一月三十，阿月被救回绝仙阁。我不知，若待她一觉醒来，看见这翻天覆地的变化，她要如何承受……

"四月初五，老五来说，阿月已在老七坟前毫无情绪地待了四个昼夜。今日我前去看她，让她一遍一遍地重复老七是如何死的。以这样残忍的方式让她发泄情绪，她合该绝望了。

"四月二十二，阿月还是没有离开。今日做了一盘黑乎乎的鸡腿来讨好我，估计是油放少了，已经焦煳，难吃得紧。

"五月初十，阿月说，她希望出生的时候就死在骨族，可以不用遇见我。傻丫头，看着你难过，我多想像你小时候那样再抱着你举高高。可惜，老夫已经老了，抱不动你了啊。"

刺目的红残留在这一页上，让人触目惊心。

最后的一行，歪歪曲曲，笔迹落得轻重不一，像是写字的人已到了生命尽头，无力再握笔：

"傻阿月，老夫是骗你的。

"从今往后，就真正只剩你一人了……"

我握着手札，晃了一晃，讷讷地拉起白长轩的手臂，柔声唤他："白长轩，白长轩……"

"啪"的一声响，自他五指中落了个翠玉色的东西出来，我弯腰去捡。这时听到老二哭着道："大师兄说，苦蛮花是需以养花之人的心血浇灌，一生只开一回。其花心无比苦涩，被包覆在花膜之内，象征着无法言说的心意。他还说，这种花，花瓣质地轻盈单薄，却坚不可摧，红艳似火，永世不变，最好……最好……用来给阿月……做一件嫁裳。"

原以为空得不能再痛的心，不知怎的又狠狠抽搐了一下。我看着掌心中碎成两半的玉手，在满目花雨中，似听见谁的声音，在道着："老夫也想过，若是与阿月一同退隐，会是什么模样呢？"

"哈，怎么老夫也开始做白日梦了……"

"怎么，这就只是一个梦呢……"

我突兀地笑起来，笑声一阵高过一阵，极尽凄狂。

白长轩，你骗我，你又骗我……

眼中模糊得看不见，一睁一合间，竟是猩红的泪泽落在蓝皮的封面上。此时我五内俱焚，喉头一紧，吐了口血出来。

老五作势要起身，喊我道："小师妹！"

我"嘘"了一声，将食指按在唇中央，道："别说话。"

"小师妹！"

我摆摆手，兀自低着头凑近老狐狸，小心翼翼地问："你说什么？饿了？要吃鸡腿？好，好，你现在身子不好，等你喝完药，再吃鸡腿。"

那人好似应承下来。我忙拭着眼眶，负手问老二："白长轩的药呢？"

老二一怔，半晌没有反应。

我又问："药呢？"

"哦。"他这才回过神来，忙去了屋外，不消片刻，端着一个药盅进来，递到我手上。我满意地接过，将药喂到白长轩唇边，道："药来了，快喝下。"

这厮又叽里咕噜地低喃了两句，我虽听得不真切，却是无奈笑道："嫌药苦？好，不喝就不喝。"

五指一松，药盅落在地上，碎得四分五裂。老五喑哑地道："小师妹，你别这样，大师兄他……已经死了……"

"住口！"我怒喝，"他还醒着！他没死！再胡言，休怪我手下不留情分！"

"小师妹！"

白长轩又说了话，我附和他："吵吗？那我带你走，我们去退隐，可好？"

他说，好。

我挑眉一笑，将白长轩往背上一带，撕下一截衣裙缚在我和他的腰间。灵力爆冲着荡开众人，到了院落里，迅速招来云头腾上半空。

脚底下的人还在喊着什么，我已然听不进去。呼啸的风拍打着我的脸，眼角又渗了水泽，我抬着双手拭了拭，加快了速度。

东荒的极北处，有一片大雪原，终年冰雪覆盖，寒气凛人，便是修行者，也难入雪原中心。我抱着白长轩坐在冰天雪地里，一头青丝染色，像是和他执手到了最后的白头。我翻袖运开灵力，变出来一把木梳，道："这里就是我们退隐的地方，你可喜欢？"

他没说话，但我知晓，他是喜欢的。因为他说过，有我的所在，便是家。

噙起一丝笑，我又望了望天。筑起的结界外，似乎来了一群人，不停地拍打着泛黄的结界，双唇张张合合。

我收回视线，手在白长轩脸上抚了一遭，再轻轻于他唇角印上一吻。指尖缠绕着他的头发，又拆了自己的发髻，将不同颜色的发揉在一起，我道："我与你说过，人的青丝是情思，只有心中无人的时候，才可以散在风里。此番，我与你结发，黄泉之下，你等着我，等着我……"

木梳梳过，我喃喃念起自己从话本子里学来的说辞，珍藏了许多年的话：

一梳长相守，春风善解愿白头；

二梳长相思，与君携手度春秋；

三梳长相念，千里烟波情悠悠；

四梳长相顾，三生结缘不相负。

……

　　木梳落在地上，我将编缠的发拢在一起，身上越来越凉，周遭的结界亦是越来越弱。我蹭了蹭白长轩，十指相扣，夹着那枚玉质的骨手。

　　我倦极，觑着风雪渐盛，只觉得虚空里好似来了一个极为好看的人。

　　他朝我伸出手，盈盈浅笑道："好阿月，我来带你回家。"

大雪原中，老二暮云、老五沈之熊，不停地使出招式砸着白里月幻出的结界。

那袭白衣已经抱着怀中人坐了五日五夜，神态癫狂，根本谁也认不得。

老二知晓，再这样下去，白里月势必没命。可他合着老五的修为，竟也无法打破这层禁锢。

两人隔着一层黄芒看内中的人，皆是心如刀绞。

谁都知道白里月对白长轩的感情，可谁也不想眼睁睁看着她随他步入黄泉。

绝仙阁至今已损失得太多，再也承受不住失去她了。

老二这厢正思量着对策，惊闻老五喊出小师妹的名字，再抬眼，已见白里月将她和白长轩的头发编缠在一起，双眸一合，濒临死亡，跟前结界露出的破绽亦是说明了这一点。老二将心一横，推开老五，道："我要强行破开结界。"

"那会伤了她！"

"也总比让她死好！"老二怒道，"大师兄只想让她好好活下去！"

老五默了一默，哑着嗓子退开。

双掌提上十成灵力，便要出手时，身后传来一个声音："等等。"

是老九沐沧尹。老二两人同时回头，但见漫天风雪中，来的人还不止这个九弟。空青也在，莲华生那妖僧也在，还有……

咦，一个六七岁的娃儿？

老五大怒道："都什么时候了？你们还有心情去拐卖小儿！"

众人沉默。

老九一怔，突然扑哧笑出了声。

老五继续失控道："现在小师妹就快没命，大师兄也死了，你给老子还笑？信不信老子打死你？"

老九委屈地摊手道："我就是想到了办法才来的。"

"什么办法？"暮云和沈之熊异口同声地发问。

老九侧身走开半步，露出身后那个肉嘟嘟的齐腰高的小儿。此子端着一脸严肃，和他这个年纪该有的表情十分不相符。而且，他还恶狠狠地瞪着莲华生。

莲华生无辜地作望天状，道："你再看，也只有这副身子能与你的灵魄相容，无奈啊。"

听闻这话，老五张了张嘴，老二揉了揉眼。再仔细看，倏然觉得这孩子不管眉眼还是从气态，都跟大师兄有七八分相似，俨然缩小版的大师兄。

紧张地靠在了一起，老五牙关打战，道："不、不、不会见鬼了吧。"

老二假作镇定，转头向空青求证。

空青一板一眼地点头，正色道："的确是师尊。"

老五晃了晃，道："缺德大师兄？"

老二亦跟着晃了晃，道："这怎么可能？"

老九笑道："我起初也觉得不可能。可……只能说，多谢了莲华大师吧，他对小师妹果然情深义重。"

肉团子更加凶残地瞪了眼莲华生。那意思就像在说，救活了我，我也不可能让阿月对你以身相许！

莲华生耸肩道："啊呀，为了排骨，我上刀山下火海也在所不辞呀。"

"闭嘴！"稚嫩的声音一喝，老二和老五顿时被他的气场折服，立刻深信不疑。一个箭步过去半跪下，老二颤颤抖抖地拉起那孩子的小手，虎目含泪，柔肠万千地道："大师兄，你……你能回来，太好了！不管你是什么模样，我们都不会嫌弃你，你还是绝仙阁的阁主。"说着，他捏上孩子的脸，继续哭，"大师兄，你小时候就长成这样啊？脸上的肉这么多真的好吗？"

某人一时无语。果然这人是专业找死一百年。

受限于身形的差距，小孩巍然合起双眸任他揉捏。老五一见，也不淡然了，冲过来捏孩子另一边脸，道："大师兄，我就知道，你这么缺德，不会死这么快的。"

孩子心想：重见你们几人，已经让我有想死的心情了。

捏得够了本，老二想起一事，转过头去问老九："老六人呢？"

"哦，"那孩子道，"对老夫不敬，被我吩咐吊在玉像上示众了。"

老二和老五齐齐退后，双手背在身后使劲擦，嘴上道："方才……方才我二人只是……"

"嗯。"孩子负着手应声，"不过捏了老夫的脸而已，别紧张，老夫怎么会怪你们呢？"

霎时，这孩子在两人心中变得无比高大。

顿了会儿，他又接着道："你们就在玉像上吊个三五日吧。"

"啊？"

眨巴眨巴眼，两人还没回过神，老九一声嗤笑，上前做请的姿势，道："二哥，五哥，走吧？"

"大师兄，我知道错了！"老二险些跪下。

老五啐他一句没骨气，一昂头，道："大师兄，我没错！但是……扫茅房行不行？"

那肉嘟嘟的孩子不理他俩，别过头转向一边。老九再伸了伸手，两个人无奈，只得你推着我我推着你，在雪地中踽踽前行。

走了不远，身后传来了那个青涩的、盛着掩不住沧桑的嗓音，道："兄弟，再相见不知是何时，各自珍重。"

三个人的步伐一滞，骤然红了眼眶。接着，老五背对着那孩子一步当先而行，挥了手，也未说话，只用粗犷的调子唱起一首小曲儿。老二嫌他唱得难听，把人都唱哭了，却还是浅浅地跟着他哼起来。老九没有这天分，只能旁观。

此一曲，为君送别：

风萧萧，豪情义胆冲云霄，红尘沙扬路迢迢
浪滔滔，绝仙出世风云刀，一争高低为鬼豪
兄弟相交，六州歌头把酒长啸

目送三人远去，孩子叹了口气，再看向结界里的一双人，喉头发紧，喊了句："阿月。"

莲华生道："再慢来一步，排骨就变成冰冻排骨了。"

空青一脸正经地补充道："现在也和冰冻的没什么两样。"

某人顿觉心口中刀，捂了捂，打量一番已显薄弱的结界，抚下颚道："眼下老夫灵力不存，这和尚也是个半残之躯，万不可能打破这结界，空青……"

莲华生皱眉，严肃地打断他道："你知道你现在只有七岁吗？"

某人无语。

"一个七岁的娃在我面前自称老夫，你知道我多别扭吗？"

"莲华生，你知道以你现在这种老弱病残的躯体，我要整死你有多容易吗？"

"哇呀，老丈人，你翻脸不认人啊？"

空青听不下去，皱着眉头上前一剑破开了封印。莲华生和那孩子边向白里月走边道："我觉得你教出来的苗子都有问题。这空青，总是一板一眼的，比早些时候的排骨还不近人情。"

"呵呵，是吗？那你还看上阿月。"

"说明我也有问题，不行吗？"

空青简直想遁地了。

在白里月面前站了一会儿，那孩子打量着面前的女子，见她满头白雪，连眼睫上都是冰碴，衫上的血迹干涸，一块块暗红交叠着，艳得刺目。她和白长轩十指相扣，隐隐还能看见那枚翠玉的骨手。

一时间他心疼得无法言喻，恍若隔世，唯一不变的是对这姑娘的爱。此回，他定不会再放手。

这厢动着情，那厢莲华生道："看来排骨已陷入深眠，要让她醒，只有一个办法。"

"什么？"

话音将落，身旁青色的人影迅速冲过去抱住了白里月，那孩子头皮一麻，短促的五根手指捏成了拳头。无奈地听见莲华生鬼哭狼号起来："排骨，你……醒醒。我带他来见你了，他还活着，你听见了吗，排骨！"

孩子道："莲华生，适可而止。"

莲华生不依，一把鼻涕一把泪，使劲在白里月颈窝蹭着，脸挨着脸，险些就要唇挨着唇，看得七岁的娃差点吐血。

他仍在道："排骨，我早就知晓他对你有多重要，可我没想过，我做了那么多，你始终不曾留给我只字片语。你说要与我同游天下，都是骗我的吗？都是骗我的……"

三分演戏七分真情。

许是唯有这样的境况，他才能不假思索地好好爱她一场。从今往后，这样的爱，也只能埋在心底了。说着说着，语气变厉，他道："既然你已经不在，留白长轩在这世上又有何用？你要死，我就送他一程！这一生，让他再也不能丢下你！"

话罢，身着青色长袍的人猝不及防地起身，作势要向孩子劈来。就在这一瞬，白色身影晃过，一道红光乍现，竟将莲华生震出了七八丈远。一时间，莲华生唇角见红，捂着胸口咳嗽不止。

那孩子和空青同时喊道："阿月！""月掌！"

白里月将将醒来，还处在半癫狂的状态，有些认不得人。再要凝掌逼近莲华生时，只听身后一声喝："阿月，住手！"

白里月一怔。

"那是莲华生啊！你不认得了？"

"莲华生……莲华生……"白里月喃喃重复了两遍，再定睛，神智逐渐清晰，"莲华生。"她垂下头，看着自己的双手，颤抖道："我伤了你，我竟伤了你……我……"

眼看着伊人再要陷入狂乱，莲华生忙擦了血渍上前，道："我无碍，你那点三脚猫的功夫，怎伤得了我？"

白里月还是摇头，碎碎念着。

此时某人顿时心上钝痛。从前，他只是猜测，若他出事，阿月必将自己逼入绝境，可待他亲眼所见，才知晓对白里月而言，他比她的生命当真更为重要。

咽了泪意，上前拉拉白里月的衣角，那孩子歪头道："好阿月，老夫……回来了。"

白里月茫然一顿，低下头，嗫嚅道："你叫我什么？"

"阿月。"

"你……是谁？"问着话，白里月的眼中已盛出晶莹。那孩子扯着她的衣袂示意她蹲下。白里月也不明为何，总觉亲切，便依着他放低了身形。小孩子左右打量了她一番，细小的眉头皱起来，又用胖乎乎的手捧起她的脸颊，两片濡湿的唇贴在白里月额头上，又贴在她眼睑上，最后辗转至唇边。

蜻蜓点水地过了一遭，他笑道："阿月，我回来了……不要不信，不要怀疑。你身上有几颗痣，老夫都是知晓的。"

白里月骨躯一颤，指着不远处还躺着的紫衣人。

那孩子亦回眸看了一眼，道："昨日种种，昨日已死。是莲华生用他毕生控灵之术将我的灵魄放进这孩子的体内，由此我才得以存活。"

白里月眼眶一涩，看着莲华生道："你……"想说什么，却只觉言语苍白，任何话都表达不了此刻心中所想。

莲华生摇头道："这是还情。谁让老丈人救了我一次。不过，你要是感动得想以身相许，我也是……"

"唰"，白长轩的贴心小棉袄空青，十分懂事地凝了一指剑气割断半缕伪和尚的红发。和尚怔了怔，委屈地闭了嘴。

白里月沉默。

某人翻着白眼，不情不愿地道："这和尚现在散尽了修为，是个'残疾人'。以后你要动手，还须轻一点。"

"你……"又是一阵伤感。白里月对着莲华生哽咽了半晌，方才道，"幸好刚刚没打死你，否则以后每年的元宝香烛，也是一笔不小的费用。"

某人捂住心口晃了晃。什么叫一报还一报，就是这样的。一时无语泪千行，踉跄着往边上走。时逢滚滚撒着欢儿来找自家主人。看见白里月醒来，更是高兴，当即改变了狂奔的方向，直接去蹭白里月的腿。

莲华生落空的双手……很受伤……

抿了半晌唇，伪和尚道："天下无不散的筵席，如今一切战事都已经靖平，排骨，我也该走了。"

白里月正在捏孩子的小脸，苍白的脸色好不容易红润了些许，听见这话，皱眉道："你要去哪儿？"

"安心修佛。"

他招呼了滚滚，一人一狗走向风雪深处。

白里月看了团子一眼，团子也回看她一眼。两人再齐齐看了莲华生一眼，心有灵犀地一笑。

白里月道："说好的同游天下，现在你怎么反倒要落跑了？"

莲华生脚步一停，没有回头，道："我只想和你同游，才不愿带个拖油瓶。"

某人大怒道："你嫌弃老夫，老夫更嫌弃你！"

话虽是这样说着，白里月却是牵着那孩子，缓步向那妖僧走去。而莲华生亦是没动，顿在原地等他二人。滚滚高兴得哈喇子流了一地。

白里月心情大好，将那肉嘟嘟的孩子举起来抱在怀中，乐道："白长轩，你这么表里不一，把我用过的东西都留着，这是为什么？"

团子脸上一红，忙别过头，道："那只是没时间扔掉！"

"哦，是这样吗？"空出一只手掏出怀中的蓝色手札，劲风一过，白里月翻到某一页，面不改色地念起来，"七月二十……"

某人听得面色一阵青一阵黑，轮番交替，眨眼万变，嘟起嘴道："别念了！"

白里月奸笑："到底是为什么留着？"

只见那孩子心高气傲地扭头。

于是，白里月继续念。

某人终于抵抗不住，闷着声气道："因为……君心如你心，老夫……也爱阿月！"

白里月动作一滞，蓦地鼻头发酸，眼中闪着泪花花，颤声道："你……再说一遍。"

"呃，"某人扭头，"老夫说话从来不说第二遍。"

片刻，白衣的女子笑开怀，额头抵上那肉嘟嘟的小额头，道："无妨，今后时日还很多，我等着你说一辈子。"

"阿月。"

莲华生骤然觉得，刚刚没有拒绝这两人是件很悲惨的事情。就譬如，滚滚的狗眼已经被闪瞎，正痛苦地在地上打滚。

远方，空青尚立在原地，低唤了句："师尊，月掌……"

某人在白里月怀中回首，看了看自己的得意门生，道："愣小子，以后绝仙阁交给你了。好好葬了本阁主。"

白里月亦是侧过半边脸颊，道："替我给几个师哥带话，六十年后，三界武会，再聚一堂。"

"是！"

空青答得坚定，是因他知晓，记忆里的人终有一日会再相聚。抽出袖口里的丹青画卷，上面描绘的女子，笑容使得万物也失色。空青再看看没入了一片苍茫的白衣，指尖一转，画卷着火，悉数烧成了灰烬。

昨日已死。

"月掌、师尊，我等你们回来……"